에드거 앨런 포 단편선

에드거 앨런포 단편선

2판 1쇄 인쇄 | 2025년 07월 25일
2판 1쇄 발행 | 2025년 07월 30일

지은이 | 에드거 앨런 포
옮긴이 | 김지영
펴낸이 | 윤옥임
펴낸곳 | 브라운힐

서울시 마포구 토정로 214 (신수동 388-2)
대표전화 (02)713-6523, 팩스 (02)3272-9702
등록 제 10-2428호

© 2025 by Brown Hill Publishing Co. 2025, Printed in Korea
ISBN 979-11-5825-176-9 03840
값 16,000원

*무단 전재 및 복제는 금합니다.
*잘못된 책은 바꾸어 드립니다.

에드거 앨런포 단편선

에드거 앨런 포 **지음** | 김지영 **옮김**

Edgar
Allan
POE

단순한 공포소설을 넘어 인간적인 테마를 중심으로, 우주론과
암호학에까지 영향을 끼친 독창적인 에드거의 고딕 호러물!

차 례

베레니스	♦ 7
어셔가의 몰락	♦ 26
모르그가의 살인	♦ 64
황금 곤충	♦ 133
검은 고양이	♦ 200
도둑맞은 편지	♦ 220
범인은 너다	♦ 246
고자질하는 심장	♦ 273
타르 박사와 페더 교수의 광인 치료법	♦ 285
작가 세계포의 내면, 문학으로 남다	♦ 320

베레니스
Berenice
1835

　고통의 종류는 다양하다. 이 세상에 불행이 어찌 한두 가지 뿐이겠는가? 고통은 땅 끝에서 땅 끝까지 무지개처럼 뻗쳐 있다. 고통의 빛깔은 무지개처럼 다양한 색채를 드러내고, 무지개처럼 아득하면서도 동시에 너무나 가까운 곳에서 서성거리고 있다.

　고통을 드넓은 지평선에 걸려 있는 무지개에 비유하다니! 그 아름다운 무지개에서 내가 어떻게 추한 것을 연상해 냈단 말인가? 평화의 상징에서 어떻게 슬픔의 씨앗을 발견했단 말인가? 그러나 윤리학에서 악이 선에서 파생되는 것처럼, 슬픔은 기쁨에서 태어나지 않는가. 행복했던 지난날의 추억은 현재의 고뇌와 슬픔인데, 그 고뇌와 슬픔은 '과거에 누렸을지도 모르는' 환희 속에 그 뿌리를 두고 있다.

나의 세례명은 에게우스인데, 가족들의 세례명은 여기서 밝히지 않겠다. 그러나 무엇보다도 내 기억에 생생하게 남아 있는 것은 대대로 물려받은 음울한 회색빛 고색창연한 건물이다. 사람들은 우리 가문을 몽상에 사로잡힌 집안이라고 불렀는데, 그럴만한 특징이 적지 않았다. 대저택의 모습, 거실의 프레스코 벽화들, 무기창고 버팀벽의 조각들도 특이했지만, 오래된 유화들을 전시한 화랑은 더욱 유별났고, 서재를 가득 채운 기이한 책들만을 보더라도 몽상에 사로잡힌 집안이라는 믿음을 충분히 뒷받침하고 남을 정도였다.

어린 시절의 추억을 떠올려 볼 때 제일 먼저 생각나는 것은 바로 서재이고, 그 다음이 책들이다. 그러나 책들에 대해서는 더 이상 말하고 싶지 않다. 그 서재에서 어머니가 돌아가셨고, 나는 거기서 태어났다. 그러나 내가 태어나기 전에는 내가 존재하지 않았다고 말한다면 어불성설이다. 다시 말하자면, 영혼이 전생에는 존재하지 않았다고 주장하는 것은 터무니없는 얘기다. 여러분은 전생을 믿지 않는가? 이 문제에 관해서는 논쟁을 피하기로 하자. 나 자신은 확신을 하지만, 다른 사람들에게 그것을 강요할 생각은 없기 때문이다.

나는 피안의 형상에 대한 것들을 꿈을 꿨던 것처럼 기억하고 있다. 뭔가 말하는 듯한 영혼의 맑은 눈빛에 대한 기억, 아름답지만 슬픈 선율에 대한 기억……. 그림자처럼 희미하면서 여러 형태를 띠고, 무어라고 단언할 수 없는 그 기억을 지울 수가 없다. 그림자를 떨쳐 버리지 못하는 것처럼, 이성의 빛이 나를 떠나지 않는 한 피안의 형상에 대한 기억도 버릴 길이 없는 것이다.

나는 바로 그 서재에서 태어났다. 오랜 잠에서 깨어난 것이다. 태어나기 전의 오랜 잠은 존재 이전의 상태인 듯하나 실은 이미 존재 상태이다. 그러니 나는 동화의 나라, 바로 상상의 궁전에서 수도자의 사상과 학식이 지배하는 황량한 저택 안으로 갑자기 던져진 것이다. 당연한 일이겠지만, 나는 주위를 둘러보면서 소스라치게 놀랐다. 그러나 그 놀라움 속에서도 나는 소년시절을 책에 파묻혀서 보냈고, 젊은 시절을 몽상 속에 빠져 덧없이 흘려 버렸다.

그렇지만 세월이 어지간히 흘러 어른이 된 뒤에도 내가 그 저택에 여전히 살고 있다는 것은 이상한 일임에 분명하다. 게다가 한창 젊은 시절을 정체된 상태에서 보내는 동안 나의 평범한 생각이 완전히 바뀌어 버렸는데, 이 또한 기이한 일이 아닐 수 없다.

세상의 현실은 나에게 오로지 몽상으로만 작용했다. 반면 꿈의 세계에서 종잡을 수 없이 피어오르는 모든 생각은 일상에서 존재하는 것이 아니라, 바로 그 자체가 완전하고 유일한 나의 존재가 되어 버렸다.

사촌간인 베레니스와 나는 우리 부모가 살던 고색창연한 대저택에서 같이 자랐다. 그러나 우리는 참으로 달랐다. 나는 몸이 약해서인지 늘 침울한 성격이었지만, 베레니스는 발랄하고 우아했으며 쾌활하고 활기에 넘쳤다. 내가 늘 서재에 틀어박혀 있는 데 반해, 베레니스는 들판을 마음대로 쏘다녔다. 나는 홀로 고독한 상상에 파묻혀 지내면서 몸과 마음을 온통 고통스러운 생각에 몰입시켰다. 그러나 베레니스는 어두운 것과는 거리가 멀었으며, 밝고 아름답게 삶을 가꾸어 가면서 영혼과 육신의 자유로움을 만끽했다.

아아, 베레니스! 나는 그녀의 이름을 소리쳐 불러 본다. 아아, 베레니스! 그녀의 이름을 부르면, 무수한 회상의 잔영들이 추억의 황량한 폐허에서 화들짝 놀라며 깨어나 마구 소용돌이친다. 기쁨으로 충만했던 어린 시절의 베레니스를 바라보는 것처럼, 아아! 지금도 그 모습이 너무나 선명하게 떠오른다.

오오! 찬란하면서도 환상적인 그 아름다움이여! 아른하임의 숲속을 오가는 요정이여! 오오! 분수에서 뛰어노는 물의 요정이여! 하지만 그다음에는, 그다음에는……모든 것이 수수께끼이며 공포이고, 입 밖에 내서는 안 되는 이야기이다.

어떤 치명적인 병이 마치 아라비아 사막의 모래 폭풍처럼 몰려와 베레니스를 덮쳤다. 눈에 보이지 않는 악령이 베레니스의 마음과 습관 그리고 성격까지 휘어잡아, 그녀를 마치 딴사람처럼 변하게 만들었다. 그 병은 매우 미세하고 교묘한 방식으로 영향을 미쳐 베레니스라는 사람의 본래 모습을 알아볼 수 없게끔 망가뜨려 버린 것이다.

아아! 병이 깊어갈수록 그녀의 모습을 찾을 길이 없었다. 나는 베레니스를 알아보지 못했다. 더 이상, 베레니스는 내가 알고 있던 그 베레니스가 아니었다.

갑자기 들이닥친 치명적인 질병은 베레니스의 도덕적·육체적 상태를 참혹하게 뒤바꾸어 버렸을 뿐만 아니라 줄줄이 다른 병을 유발시켰다. 그중에서도 가장 고통스럽고 끈질긴 병은 일종의 간질이라 할 수 있는 증상이었다. 이 병은 환자를 보통 '혼수상태'로 빠뜨렸고, 그럴 때마다 그녀는 완전히 죽은 것처럼 보였다. 그런 상태에 있다가 깜짝 놀랄 만큼 갑작스럽게 깨어나고는 했다.

한편 내가 앓고 있던 병(나 자신의 병이라고 할 수밖에, 달리 부를 명칭이 없었다)도 급속히 악화되어, 기이하고 드문 유형의 편집광적 증세를 나타내기 시작했다. 그 증세는 시간이 흐를수록 심해져, 끝내는 나 자신도 모르게 거기 압도당하곤 했다.

굳이 명칭을 붙이자면 '편집증'이라고 할 수 있는 이 병은 형이상학에서 '집중력'이라고 하는 마음의 상태가 병적으로 과민해져 흥분을 일으키는 것을 가리킨다. 아마 사람들은 내 말을 이해하지 못할지도 모른다. 신경성 '집중력'을 적절하게 설명하고 이해시키기란 불가능하기 때문이다. 하여간 이런 상태에 들어가면, 지극히 일상적인 사소한 것들에도 끈질기게 집착하여 거기 몰두하는 증상을 나타낸다.

예를 들면, 책의 여백에 있는 하찮은 그림이나 조판 체제에 주의를 집중한 채 생각에 골몰하며 시간 가는 줄을 몰랐다. 또는 양탄자나 문에 비스듬히 깃드는 희미한 그림자에 여름날 내내 정신이 팔려 있기도 했다. 밤이 새도록 램프에 켜진 불꽃이나 타다 남은 재를 응시하는가 하면, 하루 종일 꽃의 향기에 취해서 꿈을 꾸듯이 지내는 경우도 허다했다.

또한 단어를 하나 골라 그 의미가 더 이상 생각나지 않을 때까지 계속 단조롭게 중얼거리거나, 오랫동안 눈썹 하나 까딱하지 않고 운동 감각이나 신체 감각 따위를 마비시키기도 했다. 물론, 이러한 예들은 정신 작용에서 나오는 여러 가지 변형 가운데 가장 일반적이면서 해독이 적은 것이며, 유사한 것이 아주 없지는 않다 해도 분석이나 설명 같은 방법으로는 도저히 이해할 수 없는 기행인 것만은 사실이다.

그렇다고 나를 오해해서는 안 된다. 이렇게 하찮은 대상들에 병적으로 집착하는 것을, 풍부한 상상력을 가진 사람들이 흔히 가지고 있는 심사숙고하는 경향과 혼동하지 않았으면 좋겠다. 하찮은 대상들에 대한 병적인 집착은 흔히 생각하는 것처럼 보편적인 사색의 성향이 극단적으로 과장된 것이 아니라, 사색과는 본질적으로 뚜렷하게 구분되는 것이다.

몽상가 또는 정열가는 일반적으로 그리 하찮은 것이 '아닌' 대상에 대해서 관심을 가지게 되며, 그것에서 파생하는 여러 추측들과 생각에 사로잡혀 자신도 알지 못하는 사이에 본래의 것을 놓쳐 버리게 된다. '대개의 경우 사치스러운 생각으로 충만한' 백일몽은 환영으로 가득 차게 되고, 심사숙고의 최초 원인, 즉 '동기'마저 잊어버리고 만다.

내 경우에 주요 관심 대상은 '언제나 하찮은 것'이고, 병적인 환상을 통해서 굴절되고 비현실적인 중요성을 띠게 되었다. 연역이라는 것은 전혀 하지 않았고 최초의 대상을 젖혀 놓고 중심부에 끈질기게 들어앉는 것도 없었다. 명상은 '단 한번도' 유쾌하지 않았고, 몽상이 끝날 때면 최초의 원인이 사라지기는커녕, 초자연적으로 더욱 확대되어 관심을 끌게 되는데, 이것이 바로 질병의 두드러진 특징이었다.

한마디로, 가장 많이 작용하는 정신력이 내 경우에는 앞에서도 지적한 대로 '집중력'이라면, 몽상가의 경우에는 '사색력'이다.

내가 읽은 책들이, 정신질환을 실제로 촉진시키지는 않았다고 해도, 질병 자체의 대표적인 특성을 반영했다. 이것은 그 책들이 대체적으로 상상력이 풍부하면서도 하찮은 것이라는 점에서 드러날 것이다.

특히 내가 또렷이 기억하고 있는 책은 고상한 이탈리아인 첼리우스 세쿤두스 쿠리오의 <신의 축복된 왕국의 풍성함에 관하여>와 성 아우구스티누스의 걸작인 <신국론> 그리고 테르툴리아누스의 <그리스도의 육체에 관하여>인데, 특히 마지막 책에 적힌 역설적인 라틴어 구절, 즉 '신의 아들이 죽었다. 이것은 부당한 일이기에 신빙성이 없다. 신의 아들은 무덤에서 부활했다. 이것은 불가능한 일이기에 확실하다'는 구절이 내 마음을 내내 사로잡아서 여러 달에 걸쳐 고되고 무익한 시간을 온전히 이 글귀에 바쳤다.

그러니까 사소한 것들에 의해서 균형을 잃는다는 점에서는 나의 이성이 프톨레미 헤페스티온이 말한 바다의 바위와 닮았다고도 할 수 있을 것이다. 이 바위는 인간이 아무리 강하게 공격해도 견뎌 내고, 인간의 공격보다 더 거센 파도와 바람의 공격도 물리치지만, 아스포델이라는 꽃이 닿으면 몸을 떨었다고 한다.

그러니까 베레니스가 불행한 병에 걸려서 '도덕적' 상태에 변화를 일으켰을 때, 나로서도 설명하기 어려운 집중적이고 비정상적인 사색의 대상을 내가 많이 발견했을 것이라고 누구나 쉽게 믿어 버리겠지만, 결코 그렇지가 않았다.

내가 병을 앓으면서도 제정신을 차린 동안에는 베레니스의 병 때문에 고통을 느낀 것이 사실이다. 베레니스의 아름답고 평온한 생활이 완전히 파괴된 점을 가슴 깊이 되새기면서, 이토록 기이한 변화가 일어나게 된 그 불가사의한 원인을 자주 생각하고 원통한 심정에 사로잡히기도 했다.

그러나 이러한 반추작용은 나의 질병과는 아무 상관이 없었다. 같은 조건에서라면 일반인도 누구나 나처럼 그렇게 생각했을 것이다.

한편, 나의 병적인 요소는 베레니스의 '육체적'인 변화, 그리 중요하지는 않지만 보는 이에게는 커다란 충격을 던져 준 변화들로서 원래의 모습을 알아볼 수 없을 만큼 기이하고 더없이 참혹한 뒤틀림을 관찰하며 쾌감을 느꼈다.

베레니스가 그 누구보다 더 아름답고 가장 행복하게 살던 시절에는 내가 베레니스를 사랑하지 않았음이 거의 확실하다. 나 자신이 기이하고 비정상적인 존재이기 때문에 나의 감각들은 '결코' 마음에서 우러나오는 것이 아니었고, 열정은 '언제나' 정신에서 나왔다. 뿌옇게 밝아오는 새벽빛을 통하여, 한낮의 숲 그늘 속에서, 한밤 나의 서재의 침묵 속에서 베레니스가 나의 눈을 휙 스치고 지나갔다. 그때 내가 본 것은 살아서 숨쉬는 베레니스가 아니라 꿈속의 베레니스였고, 지상에 실제로 존재하는 베레니스가 아니라 그런 베레니스의 추상이었으며, 숭배가 아니라 분석의 대상이었고, 사랑의 대상이 아니라 산만하면서도 가장 심오한 사색의 주제였다.

그런데 '지금', 바로 나는 베레니스의 존재 안에서 부들부들 몸을 떨었고, 베레니스가 다가오기 때문에 얼굴이 창백해졌다.

그러면서도 베레니스가 비참한 상태에 떨어진 것에 대해서 한없이 탄식했다. 그리고 베레니스가 오랫동안 나를 사랑해 왔음을 기억했다. 그리고 어느 당치도 않은 순간에 나는 그녀에게 청혼했다.

드디어 우리 결혼식 일자가 가까워졌다. 그해 겨울, 동지를 전후에서 예년과 달리 따뜻하고 고요하고 안개가 끼는 날이 계속되던 어느 날 오후, 나는 서재 깊숙한 방에 앉아 있었다. 혼자서 앉아 있다고 생각했는데, 눈을 들어 보니 베레니스가 내 앞에 서 있었다.

베레니스의 모습이 심하게 흔들리고 윤곽이 불확실해졌는데, 그것은 내가 흥분해서 상상한 탓이었을까? 뿌연 대기의 영향이나, 실내의 희미한 황혼 빛, 아니면, 베레니스 뒤에 드리운 회색 휘장 탓이었을까? 어느 것인지 알 수가 없었다.

베레니스는 한마디도 하지 않았고 나도 무슨 말을 해야 좋을지 통 알 수가 없었다. 온몸에 싸늘한 냉기가 퍼졌다. 견딜 수 없는 고뇌에 휩싸였다. 불타는 호기심이 내 영혼을 휘어잡았다. 의자 깊숙이 몸을 던진 채 베레니스를 뚫어져라 응시하면서 나는 숨을 죽이고 꼼짝도 하지 않았다.

아아! 베레니스는 너무나도 쇠약해져서 과거의 모습이 어느 한구석에서도 발견되지 않았다. 드디어 타는 듯한 시선으로 나는 베레니스의 얼굴을 쳐다보았다.

이마가 높고 매우 창백한데 기이하게도 평온했다. 흘러내린 머리카락이 이마를 반쯤 가렸고, 곱슬머리가 많은 고리를 이루며 움푹 꺼진 관자놀이에 그림자를 드리웠다. 한때 새까맣던 머리칼은 이제 밝은 금발이 되었는데, 몽환적인 금발은 얼굴 표정에 나타나는 심한 우울증의 기색과 전혀 어울리지 않았다. 두 눈에는 생기도 광채도 없었고, 눈동자 자체가 아예 없는 듯했다.

나도 모르는 사이에 텅 빈 그 시선에서 눈을 돌려 얇게 시든 입술을 바라보았다. 입술이 서서히 벌어졌다. 기이한 의미를 담은 미소와 함께 이미 변해 버린 베레니스의 '이빨들'이 조금씩 보이기 시작했다. 차라리 그걸 보지 말았어야 했는데! 이미 본 이상, 그 자리에서 차라리 내가 죽었어야 했는데!

문 닫히는 소리에 놀라서 눈을 들어 보니 베레니스는 이미 방을 나가고 없었다. 그러나 이빨들의 희고 유령 같은 '잔상'은 혼란된 나의 뇌리에서 떠나지 않았다.

베레니스는 떠났지만 그 영상은 결코 사라지지 않았다. 이빨 표면에 티 하나 없고 얼룩이나 흠 하나 없었지만, 잠시 동안의 베레니스의 그 미소에는 내 기억에 각인될 정도로 강력한 무언가가 있었다.

내 기억 속에 떠오르는 '지금' 그녀의 미소는 내가 실제로 보았던 '당시' 미소보다 선명하다. 이빨들! 이빨들! 여기에도 저기에도 그리고 사방 어디에도 있고, 내 앞에서 보이고 만져지는 것이다. 길고 가느다랗고 너무나도 하얀 이빨들이었다. 그리고 유치가 막 돋아날 때처럼 창백한 입술이 그 이빨들 위에서 떨고 있었다.

그 이후 무서운 기세로 '편집증'이 닥쳤다. 기이하고도 막강한 그 힘에 대항해서 몸부림쳤지만 헛수고였다. 외부 세계의 수많은 대상 가운데서도 나는 이빨 이외에는 아무것도 생각하지 않았다. 다른 모든 것과 모든 관심이 이빨에 대한 한 가지 동경 속에 빨려 들어갔다. 나의 마음의 눈에는 이빨들만, 오로지 이빨들만이 보였다. 그녀의 이빨이라는 유일한 존재가 나의 정신적 생활의 본질이 되었다.

나는 그녀 이빨들의 모든 색깔을 살펴보고, 모든 각도에서 관찰하고, 모든 특성을 조사했다. 그 특이성에 관심을 두고, 구조를 곰곰 생각하고, 성질의 변화에 대해서 숙고했다. 상상의 세계에서 이빨들에게 감각과 지각의 능력을 부여하면서 나는 몸을 떨었다.

마드므아젤 살레에 대해서 '그 여자의 모든 발걸음은 감각이었다'라고 한 것은 적절한 표현이었는데, 베레니스에 대해서 나는 '그 여자의 모든 이빨은 생각이었다'라고 한층 진지하게 믿었다. '생각'이라니! 아아, 바로 이 바보 같은 믿음이 나를 파멸시켰다! '생각'이라니!

아아, 바로 '그렇기 때문에' 내가 그 이빨들을 그토록 미친 듯이 갈구한 것이었다! 그 이빨들을 손아귀에 넣어야만 평온을 회복하고 이성을 되찾을 수 있다고 느꼈던 것이다.

어느덧 해가 기울고, 어둠이 다가와 한참 머물다가 사라졌다. 아침이 찾아오고 다시금 다음 날 밤에 안개가 깔렸다. 그때까지도 나는 적막한 서재에 홀로 앉아 있었다.

여전히 명상에 잠긴 채 앉아 있었다. 그리고 이빨들의 '환영'은 서재의 빛과 그늘의 변화에 맞추어 너무나 생생하고 섬뜩하게 공중에 떠돌아다니는 듯 나를 꼼짝 못하게 움켜쥐고 있었다.

이윽고 공포와 실망에서 치솟는 듯한 비명이 나의 꿈을 산산조각으로 만들었다. 잠시 후 근심에 싸인 웅성웅성하는 소리와 슬픔과 고통이 느껴지는 나지막한 탄식이 이어졌다. 나는 자리에서 일어나 서재의 문을 열었다. 문 앞에 서 있던 하녀가 눈물을 줄줄 흘리며 나에게 말했다. 베레니스가 세상을 떠났다고! 아침 일찍 간질병의 발작을 일으켰고, 밤이 끝나가는 그 무렵에는 묻힐 자를 기다리는 무덤 속에 들어갈 준비를 마쳤다고 했다.

나는 슬픔에 잠기고 공포에 짓눌린 꺼림칙한 마음으로 베레니스의 침실로 향했다. 넓은 침실은 캄캄해서 걸음을 옮길 때마다 방 안에 놓인 장례용구들에 부딪혔다. 하인 한 명이 관은 저쪽 침대 위에 커튼으로 가려져 있고, 관 속에 베레니스의 시신이 있다고 속삭였다. 시신을 보지 않겠느냐고 누가 말했던가? 입을 여는 사람은 보이지 않았는데 그런 말이 들려왔고, 방 안에 메아리쳐 울리며 떠나지 않았다. 나는 거역할 수가 없었다. 그래서 숨 막히는 심정으로 가까스로 침대 옆에 서서 천천히 커튼 자락을 들어올렸다.

나는 커튼 자락을 놓았고, 그것은 내 어깨 뒤로 흘러내렸다. 이렇게 해서 나는 살아 있는 세상과 격리되어 죽은 이와 일 대 일로 대면했다.

공기에서 죽음의 냄새가 났다. 관에서 풍기는 특이한 냄새 때문에 구토증이 일어났다. 시체는 벌써부터 악취를 풍기는 듯했다. 여기에서 나가게 해 준다면, 죽음의 파괴적 영향에서 벗어나게 해 준다면, 영원한 천국의 맑은 공기를 다시 한 번 마시게 해 준다면 내게 있는 모든 것을 줄 수도 있다고 생각했다. 그러나 나는 움직일 수 없었다. 무릎이 후들거렸다. 뚜껑 열린 관 속에 누워 있는 딱딱한 주검의 섬뜩한 모습을 응시하며 꼼짝할 수가 없었다.

앗, 이럴 수가 있는가? 내 머리가 돈 것인가, 아니면 흰 수의에 싸인 시체의 손가락이 정말로 움직인 것인가? 표현할 길 없는 공포에 사로잡힌 나는 눈을 들어 시체의 얼굴을 바라보았다. 붕대에 감겨 있던 턱이 어찌된 일인지 드러나 있었다. 뒤틀린 검푸른 입술은 마치 미소를 짓는 듯했고, 사방을 둘러싼 어둠 속에서 베레니스의 하얗게 반짝이는 섬뜩한 이빨이 나를 향해 번뜩였다. 그녀의 이빨이 손에 잡힐 듯 생생한 현실 속에 다시금 나타난 것이다. 나는 발작을 일으킨 듯 소스라치며 침대에서 물러났고, 반은 실성한 것처럼 공포와 미스터리와 죽음의 방에서 도망쳐 나왔다.

정신을 차리고 보니 나는 다시금 서재에 앉아 있었다. 홀로 거기 앉아 있었던 것이다. 혼란스럽고 흥분에 찬 꿈에서 새삼 깨어난 듯했다. 그때가 한밤중이라는 것을 알았고, 이미 해가 졌으니 베레니스가 땅 속에 묻힌 후라는 것도 잘 알고 있었다. 해가 지고부터 한밤중까지 그 무서운 시간 동안에 일어난 일들에 대해서는 아무것도 알 수가 없었다. 그러면서도 그에 대한 기억은 공포에 가득 차 있었다. 모호하기 때문에 더욱 몸서리쳐지고, 애매하기 때문에 더욱 무시무시한 공포였다. 내 생애에서 그 페이지는 희미하고 섬뜩하고 이해할 수 없는 기억으로 온통 채워져 있다. 그 불가해한 기억을 풀어 보려고 했지만 소용없는 일이었다. 다만 이따금씩 귀를 찢을 듯한 날카로운 여자의 비명 소리가 마치 과거로부터 온 듯한 영혼의 귓가를 맴돌았다.

나는 무엇인가 일을 저질렀다. 무엇이었지? 내가 큰 소리로 외치자 서재의 메아리가 속삭이듯 다시 말했다. 무엇이었지?

탁자 위에 등불이 빛나고 있었다. 등불 옆에는 작은 상자가 놓여 있었다. 우리 집안 주치의의 것이라서 전에도 자주 보았던 평범한 상자였다. 그런데 어떻게 이 상자가 '여기'에 놓이게 되었고, 왜 이것을 바라보면서 온몸이 떨리는 것일까? 나로서는 도저히 알 수 없는 일이었다.

그러다가 내 시선은 펼쳐져 있는 책으로 옮겨 갔고, 거기 밑

줄 친 문장에서 멈추었다. 시인 이븐 자이야트의 기이하면서도 단순한 라틴어 구절이었다.

'사랑했던 여인의 무덤을 찾아가면 나의 고통이 약간은 잦아들 것이라고 동료들이 내게 말했다.'

그런데 왜 이 구절을 읽으면서 내 머리카락이 곤두서고 혈관의 피가 모조리 얼어붙는 것일까?

서재의 문을 가볍게 두드리는 소리가 나더니, 하인이 무덤의 주검처럼 창백한 얼굴로 조심스레 들어왔다. 하인은 공포에 가득 찬 표정으로 탁하고 떨리는 목소리를 한껏 낮추어서 말을 건넸다.

무슨 말을 하는 것일까? 더듬거리는 말에 귀를 기울였다. 그가 말하길 미친 듯 부르짖는 비명 소리가 밤의 고요을 깼고, 집안의 모든 사람이 모였으며, 비명 소리가 나는 쪽으로 가서 조사했다는 것이었다. 하인은 소름이 끼치도록 정확한 아조로 말을 이어 갔다. 무덤이 파헤쳐져 있었고, 거기 심하게 손상된 시체가 수의에 싸여 있었다고 했다. 그런데 시체는 여전히 숨을 쉬고, 여전히 심장이 뛰고 있었다. 여전히 '살아 있는' 것이었다고 말했다!

  하인이 내 옷을 손으로 가리켰다. 옷은 흙투성이에다가 피가 엉겨 붙어 있었다. 나는 내구하지 않았다. 하인이 내 손을 부드럽게 잡았다. 손에는 사람의 손톱자국이 선명하게 나 있었다. 하인이 벽에 걸려 있는 어떤 물건을 가리켰다. 나는 잠시 그 물건을 응시했다. 삽이었다. 소스라치게 놀란 나는 비명을 지르면서 자리에서 일어나 탁자 위의 상자를 움켜잡았다. 그러나 그것을 열 힘이 없었다.

  떨리는 내 손에서 상자가 미끄러져 바닥에 떨어지며 쿵 하는 소리와 함께 산산조각이 났다. 그 상자에서 덜거덕거리는 소리를 내면서 치과용 수술도구들이 쏟아졌다. 그리고 그와 함께 상아처럼 희고 작은 물체 서른두 개가 사방으로 흩어져서 굴러다녔다.

어셔 가의 몰락
The Fall of the House of Usher
1839

하늘에 음침한 구름이 끼어 있는, 어둡고도 고요한 정적이 깃든 어느 가을날이었다. 나는 혼자서 말을 탄 채 종일토록 어떤 황량한 지방을 지나고 있었다. 저녁 어스름이 내릴 무렵, 음울한 어셔 가(家)의 저택이 보이는 곳에 당도했다.

어째서 그랬는지 이유는 알 수 없지만, 그 저택을 처음 본 순간 견딜 수 없는 우울한 기분이 나의 마음속에 스며들었다. 그것은 정말이지 견딜 수 없는 그 무엇이었다. 그 이유는, 아무리 외떨어져 있고 황량한 자연 경관이라 하더라도 조금쯤은 편안하고 시적인 마음이 들기 마련인데, 지금의 경우 나의 마음속에 스며든 우울한 감정을 누그러뜨릴 수 없었기 때문이다.

나는 눈앞에 펼쳐진 광경 — 아무런 특징도 없이 덩그러니서 있는 그 저택, 주변의 단조로운 풍경, 황폐한 느낌이 감도는 담, 공허한 눈을 연상케 하는 창들, 몇 개의 무성한 사초(莎草) 더미, 몇 그루의 늙고 썩은 나무들의 버석버석한 둥치들……. 나는 그것들을 아주 을씨년스러운 기분으로 바라보았다. 그 느낌은 마치 아편 중독자가 꿈에서 깨어나 일상으로 되돌아올 때의 이상야릇한 허전함이나 베일을 벗겨낼 때의 스산한 감정 외에는 이 세상의 어떤 감정과도 비교할 수 없는 것이었다. 마음이 싸늘하게 가라앉으면서, 기운이 빠지고 구역질이 났다. 아무리 상상력을 이끌어낸다 해도 도저히 평온한 마음으로 기분을 바꿀 수 없는, 견딜 수 없는 그런 적막감이었다.

도대체 이것은 무슨 까닭일까? 나는 잠시 멈춰 서서 생각해 보았다. ― 어서 저택을 바라볼 때 마음이 이렇게 을씨년스러워지는 까닭이 도대체 무엇일까? 그것은 아무리 생각해도 해답을 찾을 수 없는 수수께끼였다. 이런 상념에 잠겨 있는 동안 나를 엄습하는 막막한 환상의 정체를, 나는 정확히 알 수 없었다. 그래서 나는 만족하지는 못하나마 다음과 같이 결론을 내릴 수밖에 없었다.

'즉 그 안에는 극히 단순한 자연물이 결합된 것이라 할지라도 틀림없이 우리들을 괴롭히는 힘을 지닌 무엇인가가 있다. 그러나 그 힘의 본체를 분석하는 것은 우리들의 사고력으로는 불가능하다.'

또한, 눈앞의 펼쳐지는 풍경 중의 일부를 달리 배치하면 슬픈 인상을 주는 힘을 약화시키거나 아니면 없애 버릴 수도 있는 것이 아닐까 하는 생각도 해 보았다. 이러한 생각에 이끌려서, 나는 잔물결도 일지 않고 조용한 빛을 내뿜으면서 괴어 있는 저택 옆의 늪으로 말을 몰고 내려갔다. 회색빛 사초와 무시무시한 나무둥치, 공허한 눈을 연상시키는 창 등이 수면에 거꾸로 비쳐 있는 모습들을 가만히 내려다보았다. 아까보다 더 심한 두려움과 전율이 엄습해 왔다.

그럼에도 불구하고, 나는 이 음울한 저택에서 몇 주 동안 묵을 참이었다. 이 저택의 주인인 로드릭 어셔는 나의 어릴 적 친구였는데, 서로 헤어진 후 오랫동안 만난 적이 없었다. 그런데 얼마 전에 멀리 떨어진 지방에 살고 있는 나에게 그가 한 통의 편지를 보내왔다. 그것은 단순히 안부를 전하는 내용이 아니라 꼭 한 번 방문해 달라는 부탁이 너무나 간곡하게 담겨 있었기 때문에, 나는 이곳으로 오지 않을 수가 없었다.

편지에는 그가 신경과민에 빠졌다고 생각되는 구절이 몇 군데 있었다. 그는 자신의 심각한 병세와 정신적 혼란을 호소하면서 — 자기와 제일 친한, 아니 단 하나밖에 없는 친구인 내가 옆에 있어 주면 기분도 밝아지고 나아가 병세도 호전될 것 같다면서 — 꼭 만나고 싶다고 했다.

이런 사연과 함께 그 밖의 여러 가지 일들을 적어 보낸 편지에는 진심어린 간청이 담겨 있었기에, 나는 망설이거나 주저할 수가 없었다. 그래서 나는 매우 이상한 초대라고 생각하면서도, 즉각 응했던 것이다.

어릴 적에 우리는 친하게 지내기는 했지만, 실상 나는 이 친구에 대해서 제대로 아는 것이 거의 없었다. 그는 지나치게 내성적인 성격으로, 늘 말이 없고 조용했다. 내가 아는 바로는, 유서 깊은 내력을 가진 그의 가문은 먼 옛날부터 특출한 기질을 가진 민감성으로 유명했다. 그 가문의 특출한 기질은 대대로 이어져 왔는데, 뛰어난 예술작품을 발표하는가 하면 눈에 띄지 않는 갖가지의 자선 행위로 그러한 기질을 표출했다. 또한 이 가문의 사람들은 음악의 정통적인 아름다움보다도 그 복잡 미묘한 멋에 심취하여 몰두하는 경향이 있었다.

또 하나 특이한 것은, 이 유서 깊은 혈통인 어셔 가는 어느 시대에서도 오래 지속된 분가(分家)가 없었다는 사실이다. 다시 말해서, 이 가문은 아주 사소하면서도 일시적인 몇 가지 변화를 빼고는 대대로 한 줄의 직계만으로 이어져 왔다.

문득 이 저택의 구조가, 세상에 알려진 이 저택에 사는 사람들의 성격과 일치한다는 생각이 들었다. 그러면서 몇 백 년이라는 세월이 흐르는 동안에 이 저택이 거기 사는 사람들에게 끼쳤을 영향이 무엇일까 하는 궁금증이 생겼다.

방계의 자손이 없고, 상속 재산이 아버지에게서 아들에게로 똑바로 내려왔다는 사실이, 저택과 거기 사는 사람들을 동일시하게끔 만든 것은 아니었을까……. 그리하여 그 땅의 본래 이름을 버리고 '어셔 가'라는 고풍의 혼합된 명칭으로 바꾸어 버린 것이 아닐까……. '어셔 가'라는 호칭을 사용하는 농부들은, 그 명칭에 일족과 저택 모두가 포함되어 있다고 생각하는 듯했다.

이미 말한 바와 같이, 나의 어린애 같은 행동 - 늪 속을 들여다본 다소 어리석은 행동은, 처음 느꼈던 이상한 인상을 더욱 강하게 할 따름이었다. 물론, 미심쩍다는 생각이 갑자기 강해졌다는 그 자체가 미심쩍음을 더욱 북돋웠는지도 모를 일이지만……. 하지만 모든 공포의 감정은 이런 모순적인 법칙을 가지고 있다는 것을 나는 오래전부터 알고 있었다.

늪에 비치고 있는 그 영상에서 저택으로 눈을 돌렸을 때 나의 가슴속에 기묘한 망상이 떠오른 것도, 이와 같은 원인에서 비롯된 것일지도 모른다. 그것은 너무나 기괴한 망상이어서 말하는 것조차 망설여지지만, 무겁게 덮쳐오는 이러한 감정이 얼마나 생생한 것이었나를 설명하기 위해서 여기에서 말하는 것일 뿐이다.

이 저택과 영지 전체에서는 특이한 분위기가 감지되었다. 실제 대기와는 전혀 다른, 썩어 자빠진 수목과 회색빛 벽 그리고 쥐 죽은 듯이 적막한 늪에서 솟아오르는 독기가 느껴졌다. 그런가 하면 희미하게 피어오르는 안개가 어떤 신비로운 기운을 몰고 오는 것만 같았다. 상상력이 혼재된 상태에서 마침내는 이러한 모든 느낌이 실제처럼 여겨졌다.

악몽이라고 생각할 수밖에 없는 이런 망상을 떨쳐 버리기 위해 나는 눈앞에 있는 저택의 모습을 찬찬히 살펴보았다. 첫눈에 알 수 있는 것은, 굉장히 오래된 집이라는 사실이었다. 건물 외부를 온통 뒤덮고 있는 곰팡이가 처마 끝까지 가늘게 엉킨 거미줄처럼 드리워져 있었다.

그렇다고 해서 건물 자체가 지나치게 황폐한 건 아니었다. 허물어진 부분은 전혀 없었다. 그러나 완벽하게 손질된 부분과

각기 다른 상태로 부스러지는 벽돌은 뭔지 모를 기묘한 부조화를 이루고 있었다. 이런 부조화는, 오랜 세월 동안 방치되어 있었지만 그럴듯한 겉모양을 간직하고 있는 낡은 목공예품을 연상하게 했다.

얼핏 보면 황폐하게 느껴졌지만, 건물이 위험하다는 생각은 전혀 들지 않았다. 물론 주의해서 들여다보면, 눈에 띌까 말까한 균열이 건물 정면의 지붕에서 번개 모양으로 벽을 타고 내려와 음울한 늪 속으로 사라지는 것을 발견할 수 있었다.

이러한 것들을 눈여겨보면서 나는 저택으로 통하는 짧은 둑길로 말을 몰았다. 마중 나온 하인에게 말을 맡긴 다음, 나는 현관의 고딕풍 아치 문 속으로 들어갔다. 발소리를 죽이고 조심스럽게 걷는 집사가 한마디 말도 없이 어둡고 복잡한 복도를 지나, 주인의 서재로 나를 안내했다. 왠지 모르지만, 서재로 가는 동안 마주친 모든 것들이 앞서 말했던 적막감과 막연한 공포감을 더욱 강하게 불러일으키는 것만 같았.

내 주위의 여러 가지 것들 — 천장의 조각, 벽에 걸린 칙칙한 태피스트리, 흑단같이 검은 바닥, 내 걸음에 맞춰서 덜거덕거리는 문장이 박힌 전리품 같은 갑옷 — 은 어릴 때부터 보아온 익숙한 것이었지만, 선뜻 친숙하게 받아들여지지 않았다. 이처럼 평범한 것들이 불러일으키는 기이한 망상과 낯섦을 도무지 이해할 수 없었다.

계단을 오르는 중에, 나는 이 집의 주치의를 만났다. 이 사람의 표정에서는 침울함과 곤혹스러움이 한데 뒤섞여 있는 것 같았다. 그는 당황한 표정으로 나에게 허둥지둥하면서 인사를 하고는 지나쳐 버렸다. 잠시 후에 집사가 어느 방문을 열더니 그의 주인 앞으로 나를 안내했다.

내가 들어간 방은 굉장히 넓고 천장이 높았다. 뾰족하면서 좁고 긴 창문은 아무리 애를 써도 손이 닿지 않을 만큼, 방 안의 검은 참나무 마루바닥에서는 너무나 멀리 떨어진 곳에 높이 달려 있었다. 붉은 빛으로 물든 약한 광선이 격자로 된 창유리를 통해 흘러 들어와, 주위의 사물들은 그런 대로 뚜렷하게 알아볼 수 있었다. 그러나 창문에서 멀리 떨어진 방의 구석이라든가 둥근 아치형 무늬로 장식된 천장의 안쪽 같은 곳은 아무리 애를 써도 잘 보이지 않았다.

벽에는 우중충한 휘장이 걸려 있었다. 가구는 많이 놓여 있었지만, 대개는 칙칙하고 낡아빠진 것들이었다. 또한 여기저기에 많은 책과 악기들이 놓여 있었다. 하지만 그런 것들이 이 방의 분위기를 생기 있게 해 주지는 못했다.

나는 마치 슬픈 공기를 호흡하고 있는 것 같은 생각이 들었다. 엄숙하면서도 적막하고 우울한 기운이 방 안 전체에 떠돌았고, 모든 것에 깊이 스며들어 있었기 때문이다.

내가 방 안으로 들어가자, 어셔는 그때까지 길게 누워 있었던 소파에서 몸을 일으키면서 친숙하고 다정하게 나를 맞아주었다. 처음에는 짐짓 과장된 진심 — 인생에 권태를 느끼고 있는 인간이 만들어 내는 가식적 노력이 다분히 포함되어 있는 것이 아닌가 하고 생각했다. 그러나 그의 얼굴을 자세히 보는 순간, 나는 그것이 진심에서 우러나온 것임을 깨달았다.

우리들은 자리에 앉았다. 그리고 그가 아무 말도 없이 조용히 있는 동안, 나는 연민과 의구심이 뒤섞인 기분으로 그를 가만히 바라보았다. 이렇게 짧은 시일 동안, 로드릭 어셔처럼 그 모습이 심하게 변한 사람은 아무도 없으리라! 내 앞에 있는 사람을, 나의 어린 시절의 친구와 동일인이라고 믿기 어려울 만큼 그는 끔찍한 모습을 하고 있었다.

그러나 사실 그의 얼굴에는 원래부터 옛날이나 지금이나 남다른 특징이 있기는 했다. 시체와 같이 창백한 안색, 비길 바 없이 반짝이는 크고 젖은 눈, 약간 얇고 핏기가 없으나 놀랄 만큼 아름다운 곡선을 그리고 있는 입술! 우아하면서도 섬세한 유대인 형(形)이면서도 그런 형에서는 보기 드물게 옆으로 퍼진 코, 선은 고왔지만 돌출된 정도가 너무 약해 정신력이 부족해 보이는 턱, 거미줄보다도 더 가늘고 부드러운 머리털……. 이러한 특징은 남달리 튀어나온 광대뼈와 겹쳐서 쉽게 잊혀지지 않는 독특한 인상을 이루고 있었다.

그러나 이렇게 두드러진 특징에도 불구하고 그의 얼굴에 나타난 극심한 변화는, 도대체 지금 내가 누구와 이야기하고 있는지조차 의심스러울 정도였다. 소름이 끼칠 만큼 창백한 피부색과 이상한 광채를 내뿜는 눈, 이것이 무엇보다도 놀라웠으며 나를 두렵게 했다. 게다가 또한 비단실 같던 머리털은 손질도 않고 자라는 대로 내버려 두어서, 얼굴에 흘러내렸다기보다는 공중에 붕 떠 있는 것만 같았다. 그래서인지 아무리 애를 써도 이 괴상한 모습을 가진 사람이 어릴 적 내 친구라고 여겨지지 않았다.

갑자기 친구의 태도가 이상하게도 앞뒤가 맞지 않는다는 느낌이 들었다. 한마디로 일관성이 없었다. 이것은 잠시도 멈추지 않는 몸의 경련 — 극도의 불안과 초조를 이겨 내려고 헛되게 몸부림치는 일련의 투쟁이라는 것을 나는 이내 알아차렸다. 물론 이러한 그의 태도는 편지를 보면서 미리 예상한 바였다. 어릴 때의 성격이나 특이한 신체 구조와 기질로 미루어 생각해 보아도 충분히 예상할 수 있는 일이었다.

그의 태도는 쾌활하다가도 금세 침울해지곤 하였다. 목소리도 그의 상태에 따라 끊임없이 변했다. 어떤 때는 침착하고 활발한 어조로 말했으며, 어떤 때는 불안에 떨며 기어들어갔고, 어떤 때는 주정뱅이처럼 횡설수설했으며, 경우에 따라서는 아편 중독자처럼 극도로 흥분하여 버럭 소리를 지르기도 했다. 퉁명스럽고 설득력 있고 느긋하고 허공에 울리는 듯한 분명한 말투와 묵직하고 침착하고 억양을 완벽하게 조절하는 허스키한 발음 사이를 순식간에 왔다 갔다 했다.

이렇게 변화무쌍한 태도로, 그는 나를 부른 목적을 이야기했다. 나를 꼭 만나고 싶었다는 것, 나를 만나면 틀림없이 위로가 될 것이라고 생각했다는 것 등을 말했다. 그리고 자신의 병의 특성이라고 생각하는 것에 대해 꽤 상세하게 이야기해 주었다. 그의 말에 의하면, 그 병은 유전적인 것이어서 그 치료법을 찾아내는 것은 거의 불가능하다고 했다. ― 그러다가 그는 곧이어, 이것은 흔히 있는 신경통이기 때문에 아마 머지않아 나을 것이라고도 하였다.

이 병의 증세는 부자연스러운 '이상 감각'의 형태로 나타났다. 그가 그 증세에 대해 말하는 동안에도 그런 부자연스러움이 나타났는데, ― 아마도 그가 나에게 사용한 말이나 이야기 전체의 분위기가 그런 효과를 가져왔을 것이다. ― 그것이 나에게는 흥미롭기도 하고 당황스럽기도 했다.

그는 병적으로 예민해진 감각 때문에 몹시 고민하고 있었다. 아주 싱거운 음식 이외에는 어떤 음식도 입에 맞지 않았다. 입는 것도 특정한 천으로 된 옷만 입어야 했다. 꽃의 향기는 그 어떤 것을 막론하고 그의 가슴을 짓눌렀고, 눈은 아무리 약한 빛이라도 심한 고통을 느꼈다. 그에게 공포감을 주지 않는 음은 특별한 소리 ― 현악기 소리뿐이었다.

그가 아주 이례적인 공포에 시달리고 있음을 알게 되었다.

"나는 죽어 가고 있어. 이런 비참하고 어리석음 속에서 나는 죽어 가지 않으면 안 된단 말이야. 달리 방법도 없단 말이네. 내가 두려워하는 것은, 장래에 일어날 사건 그 자체가 아니라 그 결과일세. 그것이 아무리 사소한 사건이라 할지라도, 마음속에 참을 수 없는 동요가 일어나면서 소름이 끼치네.

나는 위험 그 자체를 무서워하거나 두려워하는 것은 아니네. 다만 '공포'를 일으키는 절대적인 영향이 두렵다네. 이렇게 기력이 쇠퇴해 버린 상태에서 '공포'라는 그 무서운 환영(幻影)과

싸우다가, 결국 생명과 이성을 모두 버리지 않으면 안 될 시기와 맞닥뜨릴 것만 같네."

그가 모호하면서 애매한 표현으로 띄엄띄엄 말하는 것을 통해, 나는 그의 정신상태의 또 다른 특징을 간파할 수 있었다.

그것은 그가 여러 해 동안 한 번도 문 밖에 나가지 않은 채 살아온 그 집에 대해서, 어떤 미신적인 인상에 사로잡혀 있다는 사실이었다. 그는 괴이한 힘이 지니는 가공의 지배력에 관한 것을 지금 여기에 묘사할 수 없을 만큼 모호한 단어들로 표현했는데, 그의 집 — 즉 이 저택의 형태와 본질 속에 내포되어 있는 어떤 특징이 어느샌가 자기 정신을 지배하게 되었다고 믿고 있었다. 다시 말해서, 저택의 회색빛 벽과 작은 탑, 그것들이 그림자를 던지고 있는 어둠침침한 늪, 이러한 것들의 형태가 마침내 살아 있는 그의 정신에 영향을 미치게 되었다는 것이다.

그러나 그가 주저하면서도 인정한 일이지만, 그를 이다지도 괴롭히고 있는 기이한 우울증에는 좀 더 자연스럽고 명확한 원인이 있었다. 그것은 오랜 세월 동안 그의 유일한 벗이자 지상에 남아 있는 단 하나의 혈육인 사랑하는 누이동생의 오랜 병 때문이었다. 아니, 병이 위중해져 시시각각으로 다가오고 있는 누이의 죽음 때문이었다.

그는 내가 평생 동안 잊지 못할 비통한 어조로 말했다.

"누이가 죽고 나면 내가, 아무런 희망도 없는 나약한 내가 유서 깊은 어셔 가의 마지막 인간이 되는 것이네."

그가 그렇게 말하고 있을 때, 그의 누이동생인 마들렌이 내가 여기 있는 것도 알지 못한 채 방의 저쪽을 천천히 지나 그대로 사라져 버렸다. 나는 공포가 뒤섞인 놀라움으로 그녀를 자세히 살펴보았다. 어째서 그런 감정을 품게 되었는지를 설명할 수는 없지만, 멀어져 가는 그녀의 모습을 눈으로 좇는 동안 나의 마음은 텅 빈 것 같으면서 마치 둔기로 얻어맞은 것처럼 아뜩해졌다.

그녀의 모습이 사라지고 문이 닫혔을 때, 나는 본능적으로 오빠인 어셔의 얼굴 쪽으로 시선을 돌렸다. 그는 두 손에 얼굴을 파묻고 있었는데, 창백한 빛의 그의 야윈 손가락 사이로 뜨거운 눈물이 흘러내렸다.

마들렌의 오랜 병에 대해서는 주치의를 비롯한 저명한 의사들이 애를 써 봤지만 어찌할 수 없었다. 만성화된 무지각, 점점 더해지는 육체의 쇠약, 일시적이긴 해도 빈번히 일어나는 근육 경직 증세 — 이런 것들이 그녀의 병세였다. 여태까지의 그녀는 강인하게 병에 맞서 열심히 싸우면서 병상에 눕지 않고 버텨 왔다. 그러나 내가 저택에 도착하던 그날, 석양이 가까운 무렵부터 — 어셔가 그날 밤 형용할 수 없는 마음의 동요를 보이면서 이야기한 바에 의하면 — 병마의 파괴적인 힘 앞에 굴복해 버렸다는 것이다.

때문에 내가 조금 전에 힐끗 보았던 그녀의 모습이 아마도 마지막이 될 것이라는— 적어도 살아 있는 마들렌의 모습을 두 번 다시 볼 수 없을 것이라는 — 것을 알게 되었다.

그 후 며칠 동안 어셔는 물론이고 나 또한 그녀의 이름을 입에 담지 않았다. 그동안에 나는 어떻게 하든지 내 친구의 우울증을 풀어 주려고 갖은 애를 다 썼다. 같이 그림을 그리거나 책을 읽었으며, 그가 연주하는 감명 깊고 광기 띤 기타의 즉흥곡을 마치 꿈을 꾸듯 듣기도 하였다.

이렇게 해서 그와 나는 점점 더 친밀해지면서 허물이 없어졌고, 나는 그의 마음속에 깊이 감추어진 속마음을 이해할 수 있게 되었다. 하지만 그의 마음을 밝게 해 주려는 나의 어떤 시도도 아무런 소용이 없다는 것을 통감할 따름이었다. 그의 마음의 어두움은 마치 유전적인 형질인 것처럼, 모든 정신세계와 물질세계 위로 끊임없이 방사되어 터져 나왔다.

어셔 가의 주인과 이렇게 단둘이서 보낸 많은 엄숙한 시간의 추억은, 오래도록 내 기억 속에서 사라지지 않을 것이다. 하지만 그동안 내가 그곳에서 무엇을 했는지에 대해서는 정확하게 말할 수 없을 것 같다. 흥분된, 매우 병적인 상상력만이 모든 것 위에 푸른빛을 던지고 있었으며, 그가 즉흥적으로 불러 주었던 긴 비가(悲歌)는 오래도록 나의 귀에서 울려 퍼질 것이다. 특히, 폰 베버(Vonweber, 1786-1826, 독일의 작곡가)의 곡인 '마지막 왈츠'의 격렬하면서도 분방한 선율을 기묘하게 뒤틀어서 과장된 연주로 들려 주었는데, 그것을 나는 지금도 애달픈 느낌으로 마음속에 간직하고 있다.

뿐만 아니라, 나는 그가 환상을 품고 몰두했던 그림들을 보고 말할 수 없는 전율을 느꼈다. 그 전율이 까닭 모르는 것이었기에, 내 몸은 더욱더 격렬하게 떨렸던 것 같다. 지금까지도 그 그림들의 이미지가 생생하게 남아 있는데, 그 느낌을 아무리 말로써 표현하려고 노력해 보아도 부질없는 일일 뿐이다. 그의 그림은 그지없이 단순하고 명확한 구도에 의해서, 보는 사람의 주의를 끌고 위압했다. 관념을 그림으로 그린 사람이 있다고 한다면, 그가 바로 로드릭 어셔일 것이다. 적어도 나에게 있어서는 — 당시 나를 둘러싸고 있던 사정으로는 — 이 우울병 환자가 화폭 위에 펼쳐 놓은 순수 추상화들 앞에서 격렬하고 참기 어려운 공포를 느꼈다. 스웨덴 화가인 푸젤리(Fusely, 1741-1825)의 불타는 듯하면서도 구체적인 환상화(幻想畵)를 가만히 들여다보고 있을 때에도 이런 공포와 의구심을 느껴 본 일이 없었는데 말이다.

내 친구의 요지경 같은 그림들 중에는 추상 정신에 꼭 들어맞지 않는 것도 있었는데, 이 그림에 대해서는 어렴풋하게나마 말로 표현해 볼 수도 있을 것 같다. 그것은 한 장의 소품인데, 굉장히 긴 장방형의 지하실 내부가 그려진 그림이다. 그림 속에는 평평하고 흰, 아무런 장식도 없는 낮은 벽이 끝없이 이어져 있었다. 이 그림의 한 보조적인 부분인 동굴은 지표에서 훨씬 깊은 곳에 있었다. 그 거대한 공간의 어느 부분에서도 출구가 보이지 않았으며, 횃불이나 기타의 인공적인 빛도 보이지 않았다. 그런데도 강렬한 빛이 넘쳐 흘러나와, 모든 것이 기분 나쁜 이상한 광채 속에 잠겨 있었다.

조금 전에 말한 바와 같이 그의 모든 신경은 병적인 상태에 있었고, 현악기의 연주 소리 이외에는 모든 음악을 견딜 수 없어 했다. 기타를 연주할 때도 한정된 범위의 몇몇 곡만을 선택했는데, 이러한 점이 아마도 그의 연주를 환상적으로 들리게 했을 것이다. 그러나 그의 즉흥적이면서도 열렬한 연주는 지금 말한 이유로는 도저히 설명할 수 정도로 탁월했다. 그의 광적인 환상곡의 가사(그는 즉흥적으로 가사를 읊으면서 기타를 연주하는 일이 흔히 있었다)는, 최고의 예술적 감각과 영감이 어우러졌을 때만 나올 수 있는 것이었다. 이는 강렬한 정신적 집중과 냉혹함 속에서 나올 수 있는 소산물이었다.

이러한 즉흥곡 가운데 한 편을 나는 기억하고 있다. 나는 그가 시를 읊을 때 강한 감명을 받았다. 그 노래 가사의 신비로운 흐름 속에서, 자신의 고귀한 이성이 그의 왕좌에서 흔들거리고 있다는 것을 어서 자신이 충분히 의식하고 있다는 사실을 비로소 나는 처음으로 감지했다. 아마도 그 때문에 그가 가사를 읊을 때, 그것이 내 마음속에 한층 강하게 새겨진 것인지도 모른다.

'유령의 궁전'이라고 제목을 붙인 그 시는, 다소 부정확할는지는 모르지만 대략 다음과 같다.

1
초록빛이 짙은 골짜기에
천사들이 깃들어 살던

아름답고 웅장한 궁전,
위엄 있고 빛나는 궁전이
우뚝 솟아 있도다!
'사색'이라는 왕의 영토 위에
궁전이 솟아 있도다!

2

황금빛으로 찬란하게 빛나는 노란 깃발이
그 지붕 위에서 펄럭였도다.
'이것은 모두가 먼 옛날의 일'
그 즐겁고 행복했던 날에
엄숙하고 창백한 성벽에 불어오는
온갖 부드러운 바람이
향기로운 깃을 달고 살며시 스쳤도다.

3

이 행복한 골짜기를 헤매는 사람들은
빛나는 두 개의 창을 통해
아름다운 비파 소리에 맞추어

옥좌(玉座)를 돌면서 춤을 추는
신(神)들을 바라보았도다.
'황제 포오피로신!'
그 영광에 어울리는 위엄을 갖춘
이 나라를 지배하는 자였도다.

4
아름다운 궁전의 문은
진주와 루비로 빛나고
그 문을 통해 산울림의 한 무리가
반짝반짝 쉬지 않고 흘러들어 오네.
세상에서 드문 아름다운 목소리로
왕의 크신 공덕을 노래하는 것이
산울림의 즐거운 임무였도다.

5
그러나 슬픔의 옷을 입은 악마들이
왕의 용상을 습격했다네.
'아아, 슬프도다.

이제는 영영 왕의 모습을 보지 못할 것이로다.'
궁전 터에 떠도는
붉게 피어오르던 영광도
지금은 묻혀진 그 옛날의
허무한 추억일 뿐이도다.

6
이제 골짜기를 찾는 여행자들은
붉은 빛이 비치는 창문을 통해,
미친 듯이 터져 나오는 음악 소리에 맞춰
기이하게 움직이는 거대한 그림자를 볼 뿐.
무서운 급류와도 같이
창백한 문을 지나
부정한 것들의 무리가 끊임없이 뛰쳐나와
소리 높여 웃어 대지만,
그 옛날의 미소는 더 이상 찾아볼 수 없었도다.

    이 시가 던져 준 암시는 여러 가지 생각을 불러일으켰으며, 어셔가 마음속에 품고 있는 것이 무엇인지를 분명하게 알게 했다. 내가 여기서 그것을 설명하는 이유는 그것이 새로운 것이라기보다는(다른 사람은 그렇게 생각할 수도 있을 것이다), 그가 집착하고 있는 견해가 특이하기 때문이다. 그 생각이란 간단히 말해서 모든 식물들이 감각을 갖고 있다는 믿음이었다.

그의 혼란스런 망상 중에서 이 생각은 보다 더 대담하게 발전했고, 상황에 따라서는 그것이 무기물의 영역에까지 확장되었다. 그의 이런 확신이 얼마나 강하고, 얼마나 진지하고 저돌적이었던가를 나로서는 도저히 표현할 도리가 없다. 그런데 이 신념은 (내가 앞에서 암시한 것처럼) 대대로 내려오는 이 저택의 회색빛 돌담과 관련 있는 것 같았다.

그 돌들의 배열 방법 — 돌 자체의 배열 순서, 그 돌들을 덮고 있는 수많은 곰팡이와 저택 주위를 둘러싸고 있는 나무들의 배열 방법, 특히 이러한 배열 순서가 오랫동안 그대로 지속되어 왔다는 것과 움직이지 않는 늪 수면에 비친 그림자 — 속에 감각의 조건이 충만해 있다고 그는 믿고 있었다.

식물들이 감각을 갖고 있다는 증거는 (그가 이런 것을 말할 때 나는 섬뜩해졌지만) 늪의 물이나 저택의 벽 근처에 독특한 분위기가 서서히, 그리고 확실하게 응결해 가고 있다는 것이었다. 그 결과는 수백 년에 걸쳐서 그 어셔 가의 운명을 형성했고, 또 그를 지금 내가 보고 있는 인물로 만들어 버린, 끈질기고 무서운 영향력 속에서 발견할 수 있다고 그는 덧붙였다. 이러한 그의 견해에 대해서는 굳이 설명할 필요가 없기 때문에 더 이상 말하지 않겠다.

몇 해 동안 그가 읽은 책들도 이러한 환상과 어울리는 것들로, 그의 정신생활에 적지 않은 영향을 끼쳤다는 생각이 들었다. 우리가 같이 탐독한 서적은 다음과 같다. 그레세의 <앵무새>와 <수도원>, 마키아벨리의 <벨페고르>, 스베덴보그의 <천국과 지옥>, 홀베르그의 <니콜라스 클림의 지하 여행>, 드라 샹브르의 <수상학(手相學)>, 티크의 <먼 창공으로의 여행>, 캄파넬라의 <태양의 도시> 등이다.

우리가 특히 애독했던 것은 도미니크 파의 승려 에이메릭 드 지론의 소형 책자인 <종교재판법>이었다. 폼포니우스 멜라의 저서에는 고대 아프리카의 반인반수신인(그리스 신화에 나오는 디오니소스의 종자로, 상반신은 사람이고 하반신은 양의 다리를 가졌음) 사티로스와 에지판(Egipan, '산양'이라는 그리스어로 '빵을 주는 신'을 뜻함)에 대해서 쓴 대목이 있는데, 어셔는 그것들을 취한 듯이 탐독하며 몇 시간씩 몽상에 빠지곤 하였다. 그러나 그가 가장 기뻐하며 탐독했던 책은 고딕판의 희귀본으로, 지금은 잊혀져 버린 어느 교파의 기도서 <메인츠 교파 성가대의 죽은 이를 위한 철야기도>였다.

어느 날 밤, 어셔는 별안간 나에게 마들렌이 죽었다고 전했다. 그러면서 그녀의 유해를 (매장할 때까지) 2주일 동안 이 저택 안에 있는 지하 납골실에 안치해 둘 작정이라고 말했다. 그 말을 듣는 순간, 나는 희귀본 속의 괴기한 의식이 이 우울병 환자에게 어떤 영향을 준 것은 아닐까 하는 생각이 들었다. 그러나 이러한 기묘한 조치를 취하는 것에 대해, 내가 왈가왈부할 수는 없었다. 그가 이런 결심을 하게 된 것은, (그의 말에 의하면) 누이동생의 병이 흔치 않은 것이었고, 의사들이 지나친 호기심과 함께 병의 원인에 대해 연구하려 했으며, 어셔 가의 묘지가 외떨어져 있는데다 몹시 황폐했기 때문이었다.

이 저택에 도착하던 날 층계에서 마주친 의사의 불길한 얼굴이 떠올라, 나로서도 별반 해될 것도 없고 또한 결코 부자연스럽다고 할 수도 없는 이 조심스러운 조치에 대해 반대하고 싶은 생각이 조금도 없었다.

어셔의 부탁대로 나는 가매장 준비하는 것을 기꺼이 도왔다. 유해를 관에 넣은 다음, 우리는 둘이서 그것을 안치소까지 운반했다. 관을 안치한 지하 납골실(오랫동안 방치해 둔 탓인지 공기가 몹시 습하면서 퀴퀴했고, 우리들이 가지고 간 횃불도 꺼질 듯이 깜빡거려서 내부의 모습을 살펴볼 수 없었다)은 무척 비좁고 눅눅했으며, 한 줄기 빛도 들어오지 않는 곳이었다. 이곳은 저택의 건물 중 내가 기거하는 침실 바로 밑 깊숙한 곳에 자리하고 있었다.

아무래도 이 장소는 먼 옛날 봉건시대에 지하 감옥이라는 아름답지 못한 목적을 위해서 사용된 것 같았고, 그 이후에는 화약이나 어떤 가연성 물질의 저장소로 쓰인 것 같았다. 그렇게 생각한 까닭은, 우리들이 그곳으로 갈 때에 통과한 복도가 모두 구리판으로 정밀하게 씌워져 있었기 때문이다. 육중한 문짝에도 동판이 씌워져 있었다. 굉장한 무게 때문인지 이 문짝을 여닫을 때마다 경첩에서 무척 거슬리는 소리가 나면서 삐거덕거렸다.

이 무시무시한 장소에서 관 받침 위에 슬픈 시체를 얹어 놓고, 우리들은 못을 박지 않은 관 뚜껑을 살짝 열어서 안에 놓인 죽은 이의 얼굴을 들여다보았다. 오빠와 누이의 꼭 닮은 얼굴이 무엇보다도 나의 주의를 끌었다. 어셔는 나의 생각을 짐작했던지, 무언가 몇 마디 중얼거렸다. 그 말 속에서 나는 죽은 누이와 그가 쌍둥이였고, 둘의 사이에는 언제나 설명하기 어려운 공감이 존재하고 있었던 것을 알았다.

그러나 우리들의 시선은 언제까지나 죽은 이 위에 머무를 수는 없다. 가만히 늘여다보고 있자니 공포감이 몰려왔기 때문이었다. 한창 젊은 여인의 목숨을 앗아간 이 병은, 강직증 환자의 경우에 언제나 볼 수 있는 증세를 나타냈다. 붉은 기운이 가슴과 얼굴 근처에 남아 있었으며, 입술에는 꺼질락 말락 하는 미소를 띠고 있었다. 이러한 미소를 죽은 사람의 얼굴에서 보는 것은 소름이 끼칠 만큼 기분 나쁜 법이다.

우리들은 관 뚜껑을 도로 덮어 못을 박은 다음 철로 된 문짝을 꽉 닫고, 한시름 놓은 기분으로 위층의 방으로 돌아왔다. 거기도 지하 납골실 못지않게 음침했다.

이렇게 며칠을 비통하게 보낸 다음, 어셔의 신경병 증세에 현저한 변화가 나타났다. 평소의 그의 태도는 사라졌고, 늘 하던 일들을 내버려 두거나 잊기 일쑤였다. 흐트러진 걸음걸이로 어떤 목적도 없이 이 방 저 방을 돌아다니곤 했다. 극도로 창백한 얼굴은 기괴한 빛을 더했고, 윤기 잃은 눈은 완전히 초점을 잃어버리고 말았다. 그가 이야기할 때 가끔 내던 쉰 목소리는 정체를 알 수 없는 공포에 사로잡힌 듯 몹시 떨리는 목소리로 변해 버렸다. 끊임없이 고통 받는 그의 마음은 어떤 무거운 비밀과 끊임없이 투쟁하면서, 이 비밀을 누설하기 위한 용기를 얻으려고 초조해 하는 것만 같았다. 또한 어느 때는 아무 소리도 들리지 않음에도 불구하고, 무언가 가상의 소리에 귀를 기울이고 있는 것같이 몇 시간 동안이나 가만히 허공을 바라보고 있기도 했다.

이런 어셔의 행동은 나에게 공포감을 주었고, 모두가 미치광이의 불가해한 변덕에 지나지 않다고 단정하고 싶기도 했다. 이러한 그의 상태는 나를 위협하고, 소리 없이 감염시키고 있었다. 그가 믿고 있는 기괴하면서도 인상적인 미신의 강한 감화력이 서서히 그리고 확실하게 내 몸에 스며드는 것을 나는 느꼈다.

특히 마들렌을 지하 납골실에 안치한 지 이레 혹은 여드레쯤 되던 날 밤, 잠자리에 들려 할 때였다. 침대에 누워 있었지만 쉽게 잠이 들지 않아 몇 시간을 뒤척이며, 나를 사로잡고 있는 신경 증세를 이성으로 극복하려 무진 애를 썼다. 꼭 그런 것은 아니지만, 대부분은 이 방의 음침한 가구들 — 밖에서 불기 시작한 폭풍이 스며들어와 벽 위에서 제멋대로 흔들거리며, 침대 곁에서 불안하게 바스락거리는 검고 낡아빠진 벽걸이 따위 — 의 영향 때문이라고 믿으려 애를 썼다. 그러나 나의 노력은 허사로 돌아가고 말았다.

참을 수 없는 전율이 차차 나의 전신에 퍼지고, 종래는 까닭 모를 공포의 악마가 내 가슴에 털썩 주저앉아 마구 짓눌렀다. 나는 헐떡거리면서 이 기분을 떨쳐 버리려 했다. 나는 베개 위로 몸을 일으키고는 방 안의 캄캄한 어둠 속을 뚫어져라 바라보았다. 본능적인 기분에 이끌려서 그랬다는 것 외에는 그 이유를 알 수 없었다. 폭풍이 멈추고 나서 한참 뒤에 어디선지 모르는 곳에서 낮고 흐릿한 소리가 들려와 귀를 기울였다. 영문을 알 수 없는 소름끼치는 공포감에 압도되어, 나는 급히 옷을 걸치고 (오늘 밤은 이젠 잘 수가 없다는 생각이 들어서) 방 안을 이리저리 서성거리면서 이 비참한 상태에서 벗어나려고 애를 썼다.

이렇게 서성거리고 있을 때, 계단을 올라오는 가벼운 발소리가 가까이서 들려왔다. 나는 이내 그것이 어셔의 발걸음인 것을 알았다. 그는 문을 가볍게 노크한 다음 램프를 손에 든 채 방으로 들어왔다. 얼굴은 여느 때와 마찬가지로 몹시 창백했다. 뿐만 아니라 눈에는 광기를 띤 기쁨 같은 것이 떠올라 있었고, 거동 전체에서 병적 흥분을 억누르고 있는 징조가 엿보였다. 그의 태도에 나는 몹시 놀랐지만, 내가 그때까지 견

더온 불안과 적막감에 비하면 훨씬 나았기에 나는 그를 마치 구세주라도 되는 것처럼 반갑게 맞이했다.

"그럼 자네는 그걸 보지 못한 모양이군?"

한참 동안 주위를 살펴본 그가 불쑥 말했다.

"정말 자네는 그걸 보지 못한 거야? 가만 있자, 그럼 지금 보여 주겠네."

그는 손에 든 램프를 조심스럽게 가려놓은 다음, 한쪽 창으로 급히 다가가서는 폭풍이 몰아치는 밖으로 창문을 확 열어젖혔다. 폭풍은 잘못하면 우리 두 사람을 날려 보낼 정도로 광폭하게 몰아쳤다. 하지만 그 공포 속에 아름다움이 뒤섞인 기이함이 있었다.

회오리바람의 중심 세력이 이 저택에 자리 잡고 있는 것만 같았다. 바람의 방향은 시시각각 변했고, 몹시 짙은 구름이 지붕 위의 탑을 누를 듯이 낮게 내려앉아 있었다. 그럼에도 불구하고, 우리는 서로 흩어지지 않고 몰려들어 소용돌이치는 맹렬한 구름의 속도를 감지할 수 있었다.

그러나 달이나 별은 조금도 보이지 않았고, 번개도 번쩍이지 않았다. 그러나 우리들 주변의 모든 물체뿐 아니라 응축된 거대한 수증기 덩어리가 저택 둘레에 낮게 드리워져, 뚜렷하게

인지할 수 있는 이상한 가스체 속에서 기이한 빛을 발했다.

"봐서는 안 되네. 이런 것을 봐서는 안 돼! 이런 광경에 자네는 몹시 놀라는 것 같은데, 단지 전기 현상에 지나지 않는 걸세. 혹은 저 악취를 뿜는 늪의 독기가 원인일 수도 있네. 자아, 이 창을 닫겠네. 찬 공기는 자네 몸에 해로워. 자네가 가장 좋아하는 소설이 한 권 여기 있네. 내가 읽을 테니 들어보게나. 이 무서운 밤을 책을 읽으면서 같이 새도록 하세."

나는 창가에 서 있는 어셔를 약간 거칠게 의자 쪽으로 데리고 가면서 떨리는 목소리로 말했다.

내가 꺼낸 오래된 책이란 랜슬롯 캐닝 경(卿)의 <광란의 회합>(작가와 작품은 저자가 가공으로 만든 것임)으로, 내가 그것을 어셔가 좋아하는 것이라고 말한 것은 진심이 아니었다. 왜냐하면 이 책은 조잡할 뿐 아니라 내용이 단조로워, 어셔의 높은 기품과 고상한 정신에 감동을 줄 만한 것이 거의 없었기 때문에 어쩔 수 없이 한 농담에 불과했다.

하지만 내 곁에 있는 책이라고는 이것뿐이었다. 그래서 나는 지금 이 우울병 환자의 마음을 뒤흔들고 있는 흥분이, 내가 지금부터 읽으려고 하는 싱겁기 짝이 없는 소설 속에서 무언가 위안을 찾아낼 수 있을는지 모른다(정신이상에 관한 문헌에는 이와 같은 이례적인 사실이 많이 기록되어 있다)는 부질없는 희망을 품고 있었던 것이다. 실제로 그는 내가 읽고 있는 소설의 한마디 한마디에 긴장된 자세로 귀를 기울였다. 그러면서도 이상할 정도로 활기찬 모습을 보여 줘, 내 의도가 적중했다고 여겨도 무방할 것 같았다.

이 소설 가운데의 저 유명한 부분 — 이 소설의 주인공인 에들레드가 은둔자의 집으로 들어가려고 공손하게 청했으나 거절당하자, 마침내는 완력으로 들이밀려고 하는 그 대목에 이르렀다. 이미 잘 알려진 바와 같이 내용은 다음과 같다.

본래 기질이 용맹한데다가 방금 마신 술의 효험으로 한층 힘을 더한 에들레드는 참으로 완고하고도 사악한 은자와의 담판을 기다렸지만, 이내 소용없다는 것을 깨달았다. 때마침 그의 어깨에 빗방울이 후두둑 떨어졌다. 폭풍우가 밀려올 것을 예감한 그는 당장에 문을 향해 작두를 휘두르며 몇 번인가 타격을 가했다. 순식간에 주먹이 들어갈 만한 구멍이 뚫렸다. 그리하여 그 구멍에 손을 걸고 힘껏 잡아당기니 바싹 마른 널빤지 깨지는 소리가 사방에 진동하고, 그 소리가 온 숲속에 진동했다.

이 문장의 끝 대목까지 읽은 나는 이내 섬뜩하여 읽는 것을 멈췄다. 그 까닭은 (자신의 흥분된 망상에 스스로 현혹된 것이라고 이내 단정했지만) 저택 안 저 멀리 어디에선가 랜슬롯 경이 소상히 묘사한 ― 부수고 깨지는 듯한 ― 소리의 울림이 내 귓전에 어렴풋이 들려오는 듯했기 때문이었다.

그러나 이렇게 생각한 것은 한순간의 착각일 뿐이었다. 창틀의 덜그럭거리는 소리나 아직도 불어 닥치는 폭풍우의 굉음에는, 그 소리 자체만으로 주의를 끌거나 마음을 산란하게 할 요소가 없었기 때문이었다.

나는 소설을 다시 읽어내려 갔다.

그리하여 뛰어난 용사 에들레드가 문 안으로 쳐들어갔으나 간악한 은자의 그림자도 보이지 않자, 그는 매우 놀라면서 버럭 화가 치밀었다. 그 대신, 비늘이 번쩍이고 불타는 듯한 혓바닥을 내민 거대한 용 한 마리가 쭈그리고 앉아 바닥을 은으로 깐 황금 궁전 앞을 지키고 있었다. 벽에는 번쩍이는 놋쇠의 방패가 걸려 있고, 다음과 같은 글귀가 쓰여 있었다.

'여기 들어온 자는 승리한 자로다.

용을 쓰러뜨리는 자는 이 방패를 얻으리라.'

그래서 에들레드가 작두로 머리를 내리치니, 용은 그의 앞에 쓰러져 단말마의 독기를 뿜으며 소름끼치는 소리를 토해냈다. 귀청을 찢을 듯한 소리에 에들레드는 두 손으로 귀를 막지 않을 수 없었다. 이렇게 무서운 소리를 들은 사람은 이제까지 한 번도 없었으리라.

여기에서 나는 다시 읽어 내려가던 것을 멈췄다. 그리고 이번에는 극도로 놀라지 않을 수 없었다. 이 순간 (어디에서 들려오는지 알 수 없었지만) 확실히 먼 곳에서 들려오는 것 같은, 낮으면서도 귀에 거슬리고 날카롭게 잡아끌면서 애원하는 것 같은 이상한 외침 ― 이 소설의 작자가 말하고 있는, 용이 토해내는 기분 나쁜 고함소리가 이런 것이 아닐까 싶을 정도의 똑같은 소리를 나는 실제로 들었기 때문이다.

놀라울 만한 우연의 일치가 이렇게 두 번씩이나 일어나자, 나는 놀라움과 공포에 압도되면서 혼란스러운 감정을 느끼지 않을 수 없었다. 그러나 나는 어셔의 신경과민을 자극하지 않기 위해 겉으로는 전혀 드러내지 않았다. 그가 이 소리를 알아차렸는지 어떤지는 확실히 알 수 없었다. 그러나 잠깐 새에 그의 *거동*에 기묘한 변화가 일어나고 있었다.

  그는 처음에는 나와 마주 보고 있었는데, 어느새 자기 의자를 서서히 돌려 방 입구 쪽을 향해 앉아 있었다. 나는 그의 얼굴의 한쪽밖에 볼 수 없었지만, 입술이 부들부들 떨리는 것으로 보아 그가 무슨 말인가를 중얼대는 것만 같았다. 하지만 그의 말을 알아듣지는 못했다. 그는 가슴에 파묻듯이 머리를 숙이고 있었는데, 내가 힐끗 그의 옆얼굴을 보았을 때 눈을 크게 뜨고 있는 것으로 보아 자고 있는 것이 아님을 알 수 있었다. 또한 그는 조용하게 끊임없이 일정하게 몸을 좌우로 흔들고 있었다.

  그의 모습을 흘낏 본 다음, 나는 랜슬롯 경의 책을 다시 읽기 시작했다.

  끔찍한 용의 노여움에서 벗어난 용사 에들레드는 놋쇠 방패에 생각이 미쳤다. 그 위에 걸린 마력을 없애 버릴 생각으로, 용의 시체를 치우고는 은이 깔린 성(城)의 마루 위를 위풍당당하게 걸어갔다. 그가 미처 가까이 다가가기도 전에, 놋쇠 방패가 '쿵' 하며 그의 발밑에 떨어졌다. 무섭고 굉장한 소리가 주위를 뒤흔들었다.

이 구절이 내 입에서 나오자마자, 마치 놋쇠방패가 정말로 은이 깔린 마룻바닥 위에 큰 소리를 내며 떨어지기나 한 것같이 — 뚜렷하면서도 공허한, 금속성의 물건들이 서로 부딪치면서 울리는 것 같은, 그러면서도 무겁게 누르는 듯한 소리가 들려왔다. 나는 완전히 얼이 빠져서 떨 듯이 놀라며 일어섰는데, 어셔는 여전히 규칙적으로 몸을 흔들고 있을 뿐이었다.

나는 그가 앉아 있는 의자 곁으로 달려갔다. 그의 눈은 가만히 앞만을 바라보고 있었고, 얼굴 전체엔 돌과 같이 굳은 표정이 퍼져 있었다. 그러나 내가 그의 어깨에 손을 얹자, 심한 전율이 그의 전신을 엄습하며 병적인 미소가 그의 입술 언저리에서 떨듯이 흘러나왔다. 그는 내가 곁에 있는 것을 깨닫지 못하는 것처럼, 낮고 빠른 말씨로 영문 모를 소리를 중얼거렸다. 그에게 몸을 바싹 붙이고 허리를 구부린 채, 그가 웅얼거리는 말의 무시무시한 의미를 놓치지 않으려고 애를 썼다.

"저게 들리지 않나? 나에겐 들린단 말일세. 그럼 똑똑히 들리고말고, 훨씬…… 훨씬…… 훨씬 더 전부터……. 몇 분 동안이나, 몇 시간 동안이나, 며칠 동안이나, 나는 듣고 있었단 말이야……. 하지만 나에겐 용기가 없었지……. 아아, 나를 불쌍하게 여겨 주게. 내가 얼마나 비참한 인간인 줄 아는가! 나는 용기가…… 입 밖에 낼 용기가 없었단 말일세! 우리는 누이동생을 산 채로 무덤에 묻어 버렸단 말일세! 나의 감각이 예민하다는 건 이미 말했지 않나? 지금에 와서야 말하지만, 나의 누이가 저 텅 빈 관 속에서 약간 몸짓을 하는 소리가 들렸단 말일세. 난 며칠 전부터…… 며칠 전부터…… 그러나 용기가…… 말할 용기가 없었단 말일세! 그런데 지금…… 오늘 밤…… 에들레드가…… 하하…… 은둔자 집의 문이 부서지는 소리, 용의 단말마의 외침, 그리고 방패가 떨어져 울리는 소리! 알겠나, 그것은 이렇게 말하는 게 좋을 걸세. 누이가 들어 있는 관이 쪼개지는 소리, 누이가 갇혀 있는 지하 감옥의 돌쩌귀가 삐걱거리는 소리, 지하 납골실의 구리를 깐 복도에서 누이가 몸부림치고 있는 소리라고 말일세! 아아, 나는 어디로 도망쳐야 된단 말인가! 누이가 곧 이곳으로 오지 않겠나! 나의 성급한 처사를 꾸짖기 위해 누이가 달려오지 않겠나? 계단을 올라오는 발소리가 들리지 않나? 무겁고도 괴롭게 고동치는 누이의 심장 소리가 똑똑히 들리는 것 같군! 이 미친 녀석 같으니!"

이렇게 외치며, 그는 광포한 기세로 일어섰다. 그러고는 마지막 남은 힘을 다하듯 째지는 목소리로 고래고래 소리쳤다.

"미친 녀석 같으니! 누이는 벌써 문 밖에 서 있지 않느냔 말이야!"

 어셔가 초인간적인 기세로 내뱉는 절규 속에 마력이라도 숨겨져 있었던 것처럼, 그가 가리킨 거대하고 낡은 흑단 문짝이 서서히 뒤쪽으로 넘어갔다. 사실은 불어 닥친 폭풍 때문이었는데, 문 밖에는 정말로 수의를 입은 마들렌이 창백한 모습으로 서 있었다. 그녀가 입은 흰 옷에는 피가 배어 있었고, 그 여윈 몸 전체에 처절하게 몸부림쳤던 흔적이 남아 있었다.

 그녀는 문지방 근처에서 잠시 부들부들 떨면서 앞뒤로 비틀거리고 있었는데, 잠시 후 낮은 신음소리를 지르면서 방 안에 있던 오빠의 몸 위로 풀썩 쓰러졌다. 그녀는 격렬하게, 이제야말로 최후의 단말마의 고통 속에서 오빠를 마룻바닥 위에 밀어 쓰러뜨린 것이다. 어셔는 바닥으로 쓰러질 때 이미 시체가 되어 있었다. 그가 예기한 대로 격렬한 공포의 희생이 되어 쓰러진 것이다.

 그 방에서, 그 저택에서 나는 공포에 질려 도망쳐 나왔다. 그 오래된 둑길을 달려갈 때도 폭풍은 더욱 광란을 부리고 있었다. 돌연히 내가 달리고 있는 길을 따라서 기이한 빛이 비쳤다. 나는 이 심상치 않은 빛이 어디서 나오는 것인가를 보기 위해 몸을 돌렸다. 내 뒤에 있는 것은 거대한 저택과 그 그림자

뿐이었기 때문이더다.

 그 빛은 이제 막 넘어가는 피와 같이 붉은 만월의 빛이었다. 그 빛은 건물의 지붕에서 번개 꼴을 그리면서, 내가 전에 말한 그 보일락 말락 하던 갈라진 벽 사이로 교교하게 빛나고 있었다. 가만히 쳐다보고 있는 동안에 이 균열은 급속히 커지면서 날카로운 회오리바람이 심하게 몰아쳤다. 그리고 갑작스레 꽉 찬 보름달의 모습이 내 눈 앞에 커다랗게 나타났다.

 이렇게 생각하는 순간, 저택의 거대한 벽이 갈라지면서 무수한 조각이 되어 허물어졌다. 이 광경을 보았을 때 나는 심한 어지러움을 느꼈다. 파도 소리와도 같은 길고 거친 고함 소리가 들리는가 싶더니, 내 발 밑에 있는 깊고 음침한 늪이 '어셔가'의 잔해를 아무 소리도 없이 천천히 삼켜 버렸다.

모르그 가의 살인
The Murders in the Rue Morgue
1841

　분석적이라는 이름으로 일컬어지는 정신 기능은, 그 자체는 거의 분석이 불가능하다. 그것이 거둔 효과에서 그 정체를 추측할 수밖에 없다. 그것에 대해서 특히 확실한 것의 하나는, 그러한 자질을 충분히 타고난 자에게 있어서는 그것은 항상 더없이 발랄한 기쁨의 원천이 된다는 점이다. 선천적으로 체력이 좋은 사람이 육체적 능력을 자랑하며 근육을 움직여서 하는 일에서 기쁨을 맛보듯, 분석가는 '해명한다'는 정신활동에 종사하는 것을 자랑으로 여긴다. 분석가는 그런 능력을 발휘할 수 있는 일이라면 아무리 하찮은 일이라도 거기에서 기쁨을 찾아낸다. 그는 수수께끼, 까다로운 문제, 암호를 좋아하고, 그것을 해명하는 데 있어서 타고난 재질을 발휘함으로써 보통 사람에게는 그가 불가사의하게 느껴진다. 그가 내리는 결론은 방법적으로 가장 올바른 정도(正道)를 밟아서 얻어진 것인데도 불구하고 얼핏 보기에는 단지 직관에 의한 것으로 보이기 때문이다.

문제를 풀어내는 능력은 수학 연구, 특히 그 최고 분야인 해석학에 의해 크게 도움을 받을 수는 있을 것이다. 그러나 그것이 역행 조작(逆行操作)을 활용한다는 것만으로 마치 '지극히 당연한' 듯이 해석이란 명칭을 멋대로 붙인다는 것은 부당하다. 계산하는 것이 바로 곧 분석하는 것은 아니다. 체스를 두는 사람은 계산을 한다. 그러나 분석하려고 하지는 않는다. 따라서 체스를 두는 것이 지능 육성에 유용하다는 이야기는 매우 의심스럽다.

여기서 한 편의 논문을 쓰려는 건 아니다. 단지 다소 기괴한 이야기를 하기에 앞서, 생각나는 대로 보잘것없는 의견 한 토막을 피력하려는 것뿐이다. 그러므로 그 이야기에 들어가기에 앞서 이 자리를 빌려 내가 주장하고 싶은 것은, 최고의 분석력과 지력(智力)을 유효하고 유익하게 이용하는 것이 요청되고 있다는 점에서는 쓸데없이 공이 드는 체스보다는 일견 단순하지만 체커가 훨씬 윗길이라는 것이다. 체스에서는 말들이 각각 달라서 나름대로 움직이는 방법이 있고 말의 격도 각각 다르며 변화하기도 한다. 그것은 단지 복잡한 것일 뿐인데도 불구하고(보기 드문 오류는 아니지만) 심원(深遠)한 것이라고 착각하는 경우가 많다. 하긴 체스에서는 주의력이 중요하다. 한순간이라도 주의력이 산만해지면 놓쳐 버려 막대한 손해를 보거나 낭패를 당한다. 말이 움직이는 방법이 복잡다단하다 보니 못 보고 놓칠 가능성도 더욱 커진다. 그러기에 이기는 것은 대개 주의력이 깊은 쪽이지 명석한 쪽은 아니다. 그런데 체커에서는 말의 움직임이 단순하고 변칙적인 움직임이 거의 없기 때문에 놓칠 가능성이 희박하고 따라서 단순한 주의력은 비교적 문제가 안 된다. 그러므로 어느 쪽이 유리하냐 하면 그것은 명석한 쪽이다. 좀 더 구체적으로 이야기해 보자. 체커 게임에서 말이 킹 네 개만 남았다고 하자. 물론 이렇게 되면 우선 못 보고 놓치는 경우는 없게 되며, 승패는(두 사람의 실력이 거의 비슷하다면) 무언가 뜻밖의 허점을 찌를 수 있는가의 여부, 다시 말해 지력을 강력히 구사할 수 있는가의 여부에 달려 있음이 분명하다. 흔해빠진 수법은 효과가 없으므로 분석가는 상대방의 마음속으로 뛰어들어 그것과 하나가 되고, 때때로 순간적이면서 유일무이한 묘수(그것이 또한 때로 어처구니없이 단순한 수인데도)를 발견하여 상대를 실수나 오산에 빠뜨려 버린다.

휘스트(둘씩 짝을 지어 네 명이 하는 카드놀이 ; 역주)는 원래부터 계산 능력에 좋은 영향을 미치는 것으로 알려져 왔다. 최고 지성의 소유자까지도 체스는 시시하다고 경멸하면서도 휘스트에는 납득이 안 갈 정도로 정신없이 몰두하는 사람들이 더러 있다. 사실 이런 유의 것으로 휘스트만큼 과도하게 분석 능력이 요청되는 것도 없다. 휘스트에 능숙하다는 것은 지력과 지력이 서로 맹렬히 우열을 겨루는, 보다 중요한 다른 인간 활동의 여러 분야에 있어서도 성공할 수 있는 능력을 구비하고 있다는 것을 의미한다. 여기서 능숙하다는 건 게임에 있어서의 완벽성을 의미하는 것으로, 이것은 적당한 이점(利點)을 얻는 급소를 모조리 알고 있다는 자질도 포함된다. 이러한 급소는 숫자도 많지만 그 형태도 가지가지이고, 더욱이 평범한 사고력으로는 좀처럼 도달할 수 없는 사고의 깊은 내면에 숨겨져 있다. 빈틈없이 살핀다는 것은 명확하게 기억한다는 것이다. 이 점에서만은 주의력이 있는 체스의 명인이라면 휘스트도 제법 잘 해낼 것이며, 호일의 법칙도 (그것 자체가 게임의 단순한 방법에 기초를 둔 법칙인 만큼) 누구에게나 능히 이해될 것이다. 그러므로 기억력이 좋다는 것과 또 법칙대로 하는 것은 일반적으로 게임에 능숙한 사람의 요체(要諦)가 된다.

그런데 분석가의 수완은 단순한 법칙의 한계를 초월한 차원에서 발휘된다. 그는 묵묵히 일련의 관찰과 추리를 해 낸다. 그런데 그런 것을 상대방도 못하라는 법은 없다. 그렇다면 획득한 정보의 폭에 상이점이 생기는 것은 추리의 옳고 그름에 의한다기보다는 관찰의 질에 의한다는 사실을 알 수 있다. 필요한 것은 무엇을 관찰해야 하는지를 알고 있는가 하는 것이다. 분석적인 승부사는 자기를 한정하는 짓은 절대로 하지 않는다. 게임이 목적이라고 해서 게임 이외의 어떤 것에서 연역(演繹)하는 것을 거부한다든지 하지 않는다. 그는 자기편 얼굴을 음미하며 그것을 상대편의 얼굴 표정과 면밀히 비교 검토한다. 그는 각자가 카드를 받아 들고 가려서 나눠 쥐는 것을 유의해서 보고, 또 각자가 자기 손에 든 카드에 던지는 시선에서 저 패는 던질 패, 이 패는 잡고 있을 패라는 것을 알아낸다. 게임이 진행되는 동안은 표정의 소상한 변화에도 주의하여 자신 있는 표정, 놀라는 표정, 득의에 찬 표정, 낭패한 표정 따위의 차이에서 사색의 재료를 수집한다. 카드를 집어 드는 태도에서 그것을 잡은 자가 짝을 맞추어 다시 한번 걸어올지의 여부를 판단한다. 또한 카드를 테이블 위에 던지는 모습을 통해서 거기에 무슨 속셈이 있는지 간파한다. 문득 무심히 지껄인 한마디, 우연히 카드 하나가 떨어지거나 뒤집혔을 때 당황하여 그것을 숨기려 하는지 아니면 아무렇지도 않은지, 카드를 세고 배열하는 순서, 당황, 망설임, 서두름, 허둥댐, 그러한 모든 것이 직관적인 그의 지각력(知覺力)에 사태의 진상을 알아채는 실마리를 제공하는 것이다. 게임이 두세 차례 돌고 나면 그는 각자가 쥐고 있는 패를 훤히 꿰뚫어보기 때문에, 그다음부터는 모두가 마치 카드를 앞면이 보이도록 들고 있기라도 한 것처럼 절대로 지지 않는 수로 게임을 진행해 나간다.

분석적 능력을 단순한 기지(奇智)와 혼동해서는 안 된다. 분석가는 반드시 기지를 지니고 있지만, 기지가 있는 자가 분석적 능력을 갖추지 못한 경우도 있기 때문이다. 기지는 보통 구성하거나 결합하는 능력에 의해서 발휘되며, 이것을 골상학자(骨相學者)들은 (나의 생각으로는 틀린 것으로 보이지만) 원시적 능력이라고 간주하고 두뇌 이외의 다른 기관에서 그 유래를 찾고 있다. 그렇지만 그러한 능력이 그 밖의 다른 점에서는 백치에 가까운 지능의 소유자에게도 자주 나타나곤 하여 종신 연구가

들의 상당한 관심을 끌었던 것도 사실이다. 기지와 분석 능력의 차이는 공상력과 상상력의 차이보다도 훨씬 크지만, 그 차이를 드러내는 성질은 아주 비슷하다. 알다시피 기지 있는 인간은 보통 공상적이며, 참으로 상상적인 인간은 틀림없이 분석적이라는 것은 사실이다.

지금부터의 이야기는 독자들에게 있어서 지금껏 서술한 명제(命題)에 대한 일종의 주석(註釋)처럼 여겨질지도 모른다.

나는 18××년 봄부터 초여름에 걸쳐 파리에 체류하면서 그곳에서 오귀스트 뒤팽이라는 인물을 알게 되었다. 이 젊은 신사는 명문 집안 출신이었지만, 연속적인 불운에 의해 전락한 나머지 존재의 의지를 잃고 사회에서 활약해 보려거나 가운(家運)을 다시 일으켜 보려는 기세를 상실해 버렸다. 채권자들의 호의로 유산의 일부가 아직 그의 명의로 남아 있어서 거기서 나오는 수입으로 가능한 한 검소한 생활을 하고 분수에 넘는 사치를 단념함으로써 가까스로 의식주를 해결하고 있었다. 그에게는 책들만이 유일한 사치라고 할 수 있었는데, 알다시피 파리에서 책은 쉽게 손에 넣을 수 있는 대상이었다.

우리가 처음 만난 것은 몽마르트르의 이름 없는 도서관에서였다. 때마침 둘이 다 같은 희귀본을 찾고 있어서 그것이 인연이 되어 가까워졌고, 그 후 우리들은 자주 만났다. 프랑스 사람이란 자신의 일을 화제로 삼았을 때는 참으로 솔직한 편이어서, 그런 솔직성으로 그가 이야기해 준 그의 일가(一家)의 소사(小事)라고 할 만한 집안 내력에 나는 깊은 흥미를 느꼈다. 또한 그의 광범한 독서 범위에도 감탄했지만, 그 뒤에 숨은 그의 분방한 상상력의 열기와 발랄한 신선미는 나의 내부도 들끓게 만들 정도로 놀라운 것이었다.

그 무렵 나는 어떤 물건을 찾기 위해 파리에 있었는데, 이와 같은 인물을 안다는 것은 더할 나위 없는 행운이라고 생각되어 그 사실을 솔직하게 그에게 털어놓았다. 얼마 후엔, 내가 파리에 머무는 동안 둘이 같이 지내기로 합의했다. 주머니 사정은 내 쪽이 좀 나은 편이어서 집세와 가구 마련에 들어가는 비용은 내가 부담하기로 하고, 생제르맹 교외(郊外)의 쓸쓸하고 황량한 한구석에 붕괴 직전의 몰골로 서 있는 고색창연하고 음산하기 짝이 없는 저택을 빌렸다. 무슨 연고(緣故)가 있어서 오랫동안 아무도 거처하지 않았던 집으로, 두 사람의 공통적인 분위기에 맞게 다분히 몽상적이고 음울한 느낌으로 집 안을 꾸몄다.

만약 이 집에서의 우리의 일상생활이 세상에 알려졌다면 우리는 틀림없이 미친 사람 취급을 받았을 것이다. 그래도 남에게 해를 주지는 않는 미치광이라는 평을 들었을 테지만, 어쨌든 우리는 세상과는 완전히 인연을 끊은 채 생활하고 있었다. 외부 사람도 일체 들이지 않았다. 이 은거지(隱居地)의 소재에 대해서 나는 지인(知人)들이 알지 못하도록 충분히 유의했고, 뒤팽 쪽은 파리에서 소식이 끊어진 지 벌써 오래였다. 우리는 둘만의 세계에서 살고 있었다.

밤이기 때문에 밤에 매혹된다는 것이 나의 친구의 변덕스러운 공상벽(달리 어떻게 표현하면 좋을까?)이었으나, 이 변덕은 물론이려니와 그 밖의 것에도 나는 차츰 물들어가서 마침내 나 자신이 그의 이 분방한 변덕의 완전한 노예가 되어 버렸다. 밤의 여신에게 계속 머물러 달라고 부탁할 수는 없었지만, 그 존재를 위조할 수는 있었다. 새벽이 다가와 밖이 희뿌옇게 밝아지면 우리는 이 낡은 건물의 무거운 덧문을 모조리 내리고 촛불을 두 자루 켰다. 촛불은 강한 향기와 아름답고 은은한 빛을 발하는 것을 주로 썼다. 이런 준비를 한 다음, 우리는 영혼을 몽환의 경계에서 놀게 했다. 읽고, 쓰고, 이야기를 했는데, 그러는 중에 시계의 종이 진짜 밤이 찾아왔음을 알려주곤 했다. 그러면 우리는 서둘러서 거리로 달려 나가 서로 팔을 끼고 낮 동안의 내기를 계속하거나, 밤이 깊도록 멀리 넓은 지역을 돌아다니며 이 대도회지의 휘황한 빛과 그림자에 에워싸여, 오직 느긋이 관찰하는 자만이 누릴 수 있는 무한한 마음의 고양(高楊)을 추구하곤 했다.

그럴 때면 나는 으레 (당연히 그의 풍부한 상상력으로 미루어 예상하고 있었으나) 뒤팽 특유의 분석 능력을 재인식하고 감탄해 마지않았다. 그는 자신의 능력을 자랑하지는 않았지만 발휘하는 데 기쁨을 느끼는 것 같았으며, 그런 기쁨을 주저 없이 토로했다. 그는 키득키득 웃으며, 자신이 보기에 대부분의 사람들은 가슴에 창을 열어 두고 있는 꼴이라고 장담했다. 그러면서 당장 나의 의중을 완전히 꿰뚫어보고 있다는 식으로 구체적이고 놀라운 증거를 들어 그 주장을 뒷받침해 보이는 것이었다. 그럴 때의 그의 태도는 냉담하기 짝이 없었고 동시에 신이라도 들린 듯했다. 눈에는 표정이라는 것이 사라지고 그 목소리는 평소에 중후한 테너이던 것이 묘하게 들뜬 높은 목소리로 변했기 때문에 만약 그가 천천히 그리고 또박또박 말하지 않았다면 히스테리라도 일으킨 사람의 목소리로 들렸을 것이다. 그의 이런 상태를 보고 있으면 나는 곧잘 고대 철학에서 주장했던 '이중 영혼설'을 떠올리며 창조적 뒤팽과 분석적 뒤팽이라는 두 사람의 뒤팽을 설정해 놓고 혼자 묘한 공상에 빠지곤 했다.

미리 말해 두지만, 이렇게 썼다고 해서 괴담(怪談)을 늘어놓으려는 것도, 공상소설을 쓰려는 것도 아니다. 내가 이 프랑스인에 대해서 쓰는 것은 무엇에 의해 고양된 지성, 아니 차라리 병든 지성이 어떤 증상을 나타내는가에 대해서 말하려는 것뿐이다. 그리고 그럴 때의 그가 어떤 유의 말을 지껄였는가에 대해서라면 실례를 들어 설명하는 것이 가장 손쉬운 일일 것이다.

어느 날 밤, 우리는 팔레 루아얄 부근의, 길게 일직선으로 뻗은 지저분한 길을 어슬렁거리고 있었다. 둘 다 깊은 생각에 잠겨 있었던 모양으로 적어도 15분쯤은 서로 한마디도 입을 떼지 않았다. 그런데 뒤팽이 갑자기 불쑥 이런 말을 했다.

"틀림없이 그 작자는 몸집이 작은 사나이야. 그러니 차라리 희극 무대에 더 잘 어울릴 거야."

"그건 틀림없어."

나는 자신도 모르게 대답하고 있었으나 (너무 생각에 골똘하고 있었던 나머지) 상대방이 내 생각에 주파수를 완벽하게 맞췄다는 사실이 얼마나 놀라운 것인지를 당장에는 눈치채지 못했다. 그러나 문득 제정신으로 돌아온 나는 깜짝 놀라지 않을 수 없었다.

나는 진시한 표정으로 말했다.

"뒤팽, 이거 뜻밖인데. 아니, 오히려 놀랐다고 해 두지. 좌우간 내 귀가 의심스럽군. 어떻게 그런 걸 알 수 있지? 내가 생각하고 있는 것을……."

여기서 나는 말을 끊었다. 내가 누구를 생각하고 있었던가를 그가 정말로 알고 있나 확인할 셈이었다.

"샹틸리에 대해서야."

그가 말했다.

"그렇게 키가 작아서야 비극에는 어울리지 않는다고 생각하고 있었지 않았나?"

바로 그것이 내 사색의 주제였다. 샹틸리는 생드니 가에서 구두수선공으로 있다가 완전히 연극에 빠져 트레비옹의 비극 '트세르크세스'의 주역을 하겠다고 나섰으나 노력에도 불구하고 욕만 잔뜩 얻어먹고 있었던 것이다.

"부탁이야, 이야기해 주게."

나는 조급히 말했다.

"그때 내가 무슨 생각을 하고 있었는지 자네는 분명하게 알아챘는데, 거기에 방법이 있다면 그 방법을……."

사실 나는 너무 놀란 나머지 그것을 정직하게 털어놓을 마음이 조금도 들지 않았다.

"그 과일장수야."

뒤팽이 말했다.

"덕분에 자네는 결론에 도달했어. 그 구두수선공은 트세르크세스나 그와 비슷한 종류의 배역에는 키가 너무 작다고 말이야."

"과일장수라고? 그건 뜻밖인데. 내가 아는 과일장수는 단 한 사람도 없어."

"이 거리로 접어들었을 때 자네하고 부딪친 사나이 말일세. 그래, 한 15분쯤 전이지."

듣고 보니, 커다란 사과 광주리를 머리에 인 과일장수와 부딪쳐서 내가 넘어질 뻔했던 것이 있었는데, 그것은 C×× 거리에서 이 거리로 들어서려던 때였다. 그러나 이것이 샹틸리와 무슨 상관이 있는 건지 나로서는 도무지 알 길이 없었다.

뒤팽에겐 사람을 속이려는 듯한 기색은 털끝만큼도 보이지 않았다.

"그럼 설명하지"

그는 말했다.

"확실히 이해가 가도록. 맨 먼저 내가 자네에게 말을 걸었던 시점에서 문제의 과일장수와 부닺진 순간까지, 자네의 사고(思考)를 거꾸로 더듬어 보세. 대충 말해서 자네의 생각의 줄거리는 이렇게 되네. 샹틸리, 오리온성좌, 니콜라 박사, 에피쿠로스, 스테레오토미, 도로의 포석(布石), 과일장수."

인생에 있어 어떤 시기에 자기의 생각이 어떻게 해서 거기에 도달했는가를 거꾸로 더듬어보는 데 흥미를 가져보지 않은 사람은 거의 없을 것이다. 그러기에 그 프랑스인의 해명을 듣고, 더구나 그 정확성을 인정하지 않을 수 없었을 때의 나의 놀라움이 어떠했는지는 상상하기 어렵지 않으리라.

"내 기억이 정확하다면 C×× 거리를 빠져나오기 직전에 우리들은 말에 대한 이야기를 하고 있었네. 그것이 우리들의 마지막 이야기였네. 이 거리에 들어섰을 때, 머리에 커다란 광주리를 인 과일장수가 우리 옆을 슬쩍 스치고 갔지. 그 바람에 자네는 포장용 돌더미에 쓰러졌다. 보도(步道)가 수리중이라 거기에 돌을 쌓아 놓았던 걸세. 자네는 그 돌을 헛딛고 미끄러져 발을 삐고는 아파서 화난 표정을 짓더군. 그리고 투덜거리며 돌더미를 돌아보더니 다시 묵묵히 걸었어. 나는 특별히 자네의 알거수일투족에 주의를 한 건 아니지만, 최근에 와서 관찰하는 버릇이, 뭐라 할까, 고질병처럼 되어 버렸거든.

자네는 눈을 내리깐 채 걸었어. 움푹 파인 도로, 수레바퀴 자국 등을 못마땅한 듯이 힐끗힐끗 보곤 했는데, 그래서 자네가 아직 돌에 대해 생각하고 있다는 사실을 알 수 있었지. 우리들은 마침내 라마르틴이라는 골목에 이르렀지. 그 골목은 시험적으로 돌을 겹쳐 깔아 고정시키는 포장 방식이 쓰이고 있었지. 거기서부터 자네의 얼굴은 갑자기 밝아졌어. 입술도 움직였어. 그것을 보고 자네는 틀림없이 '스테레오토미'란 말을 중얼거렸다고 확신했네. 그런 포장법을 사람들은 유식하게 그렇게 부르거든. 자네가 스테레오토미라고 중얼거리면 '아토미[原子]'라는 말을 연상할 테고, 끝내는 에피쿠로스 학설을 연상하지 않을 리가 없다는 건 이미 알고 있었지. 그런데 이 문제에 대해 자네와 이야기한 것은 바로 얼마 전이네. 그때 나는 이 위대한 그리스인의 억측이 우연하게 최근의 성운 우주 창조설(星雲宇宙創造設)과 일치한다는 것은 기이한 일인데도 예상 외로 주의를 끌지 못했다는 그런 이야기를 했지. 그러니까 자네가 오리온성좌의 그 대성운(大星雲)을 보지 않을 턱이 없다고 생각하고 틀림없이 그럴 것을 기대했지. 아니나

다를까, 자네는 하늘을 쳐다보더군. 거기서 나는 자네의 사고의 발자취를 정확하게 따라왔다고 확신했지. 그런데 어제 <뮈제>에 나온 기사에서 샹틸리를 형편없이 두드려 팬 필자는, 비극의 공연을 위해 이름까지 바꾼 구두수선공의 행동은 천박한 짓이라고 비꼬면서, 우리들이 흔히 화제에 올렸던 라틴어 시구를 인용했더군. 바로 이런 거지.

'최초의 글자는 옛 음향을 잃었다.'

자네한테도 이야기했지만, 이것은 옛날의 우리온(urion)이 오리온(orion)이 된 것을 비유한 문구지. 그 설명을 할 때 내가 몹시 기발한 말을 했기 때문에 설마 자네가 잊어버리지는 않았을 거라고 생각했지. 그러니 오리온과 샹틸리를 연결시키지 않을 리 없지. 실제로 자네가 그 두 가지를 결부시킨 것은 자네의 입술에 슬며시 떠오른 미소를 보고 알았다네. 자네는 그 딱하게 된 구두수선공을 생각했지. 그때까지는 자네는 몸을 웅크리고 걷고 있었네. 그런데 갑자기 몸을 쭉 펴더군. 거기서 자네가 샹틸리의 키가 작다는 것을 생각하고 있었음을 확실히 알 수 있었지. 바로 그 순간이야. 내가 자네의 명상에 끼어들어, 과연 그자는 키가 작아, 그러니 희극 무대에나 어울려, 하고 말했던 걸세."

이런 일이 있은 지 얼마 안 되어 <가제트 데 트리뷰노> 석간(夕刊)을 읽다가 우리는 다음과 같은 기사에 주의를 기울이게 되었다.

'기괴한 살인 사건 — 오늘 새벽 3시쯤 생 로스 구의 주민들은 일련의 무서운 비명 소리에 잠에서 깨어 났다. 비명은 모르그 가에 있는 레스파네 부인과 그의 딸 카미유 레스파네 양이 사는 건물의 4층에서 흘러나온 듯했다. 10여 명의 이웃 사람들이 경관 2명과 함께 달려가 건물 안으로 들어가려 했지만 방법이 없어서 잠시 지체한 뒤, 쇠 지렛대로 입구의 문을 뜯고 집 안으로 들어갔다. 그때는 이미 비명이 그쳐 있었다. 그러나 일행이 1층에서 2층 계단을 뛰어 올라갈 때 다투는 듯한 거친 목소리가 두세 번 뚜렷이 들려왔는데, 그것은 건물의 3, 4층 부근에서 들린 듯했다. 2층의 계단에 와서는 그 소리도 없어지고 주위는 완전히 조용해졌다. 일행은 각자 나누어서 방마다 조사했다. 4층 뒤쪽의 커다란 방에 이르자 (그 문은 안쪽으로 잠겨 있어서 억지로 문을 뜯어내고 들어가 보니) 눈을 뜨고 볼 수 없을 정도로 처참한 광경

앞에서 모두가 몸서리를 쳤다.

실내는 아수라장이 되어 있었다. 가구는 부서져 그 파편들이 방 가득히 흩어져 있었다. 침대는 하나밖에 없었는데, 그 침대에 있던 이불은 방 가운데 내동댕이쳐져 있었다. 의자 위에는 피범벅이 된 면도칼이 하나, 난로 위에는 긴 회색 머리털이 두세 뭉치가 있었는데 여기에도 역시 피가 묻어 있는 것으로 보아 머리에서 뿌리째 뽑힌 것 같았다. 나폴레옹 금화 4개, 토파즈 귀걸이 1개, 큰 은수저 3개, 작은 양은수저 3개, 금화 약 4천 프랑이 든 자루 2개 등이 방에 흩어져 있었다.

방 한구석의 옷장 서랍이 열려 있었는데 잡다한 물건이 들쑤셔진 채 남아 있었다. 소형 철제 금고가 침구(침대가 아니라) 밑에서 발견되었다. 뚜껑이 열려 있었으나 자물쇠는 뚜껑에 달린 채로 있었다. 안에 들어 있는 것은 몇 통의 오래된 편지와 그 밖에 대수롭지 않은 서류들뿐이었다.

레스파네 부인의 모습은 보이지 않았다. 그런데 난로에서 굉장한 양의 재가 발견되어 굴뚝을 조사해 보니, (기사로 쓰기에도 끔찍하지만) 머리를 밑으로 한 딸의 시체가 끌려 나왔다. 이런 꼴로 좁은 공간을 꽤 높은 곳까지 억지로 끌어올려진 듯했다. 몸은 그때까지도 따뜻했다.

몸에는 수많은 찰과상이 있었는데, 그것은 억지로 끌어올리거나 끌어내릴 때 생긴 것인 듯싶었다. 얼굴은 심하게 긁힌 상처투성이였고 목에는 시커먼 타박상과 깊은 손톱자국이 나 있는 것으로 미루어 피해자는 교살(絞殺)된 것으로 짐작된다.

집 안을 샅샅이 수색했으나 그 이상 발견된 것은 없었고, 일행이 건물 뒤쪽의 돌이 깔린 정원에 나가 보니 거기에 노부인의 시체가 쓰러져 있었다. 목이 거의 끊어지다시피 되어 있는 상태였기 때문에 몸을 들어올리려는 순간 머리가 떨어져 버렸다. 머리는 물론 몸도 보기에 끔찍할 정도로 난도질을 해서 거의 원형(原形)을 찾아볼 수 없을 지경이었다.

아직까지 이 괴사건을 해결하는 데 도움이 될 만한 단서는 무엇 하나 발견되지 않은 상태이다.

이튿날 아침, 조간(朝刊)은 다음과 같은 상세한 기사를 다시 실었다.

'모르그 가의 참극' — 참으로 괴상한 이 살인 사건에 관련해서 다수의 참고인이 조사를 받았으나 사건 해결의 단서는 전혀 나오지 않았다. 다음은 주요 증언들의 전부이다.

세탁부인 폴린 뒤부르라는 여자의 증언. 증인은 두 피해자와 3년 동안 알고 지냈다. 그동안 세탁물을 전담하고 있었기 때문이다. 노부인과 딸의 사이는 좋았던 것 같다. 서로를 의지하고 있었다. 세탁비 지불도 깨끗했다. 생활이 어땠는지 그리고 수입원(收入源)에 대해선 모른다. 생계를 위해서 레스파네 부인은 점을 치고 있었던 것으로 생각된다. 돈을 모아 두었다는 소문을 들었다. 세탁물을 가지러 가든가 돌려주러 갔을 때 집에서 다른 사람을 본 적은 없다. 하인을 두고 있는 것 같지도 않았다. 4층 이외에는 어디에도 가구 같은 것은 없는 것 같았다.

담뱃가게 피에르 모로의 증언. 증인은 거의 4년 동안이나 소량의 담배 또는 코담배를 레스파네 부인에게 팔아 왔다. 이 근처 태생으로 줄곧 여기에 살았다. 노부인과 딸은 시체가 발견된 집에서 6년 이상 살았다. 그 이전에는 보석상이 살고 있었는데, 위층의 방들을 여러 사람에게 다시 빌려 주고 있었다. 이 건물의 주인인 레스파네 부인은 세든 사람들이 부당하게 다시 방을 빌려 주는 것이 못마땅해서 그녀 자신이 살기로 하고 누구에게도 방을 빌려 주지 않았다. 노부인은 어린애같이 천진한 면이 있었다. 증인이 이 집 딸과 만난 것도 6년 동안에 대여섯 번. 두 사람은 세상과는 거의 담을 쌓고 지냈다. 부자라는 소문이 있었다. 이웃 사람들로부터 레스파네 부인이 점을 친다는 이야기는 들은 적이 있지만 그렇게 생각하지 않는다. 노부인과 딸 이외에는 운송업자가 한두 번, 의사가 여덟 번인가 열 번 정도 문으로 들어가는 것을 보았을 뿐이다.

그 밖에 많은 이웃 사람들이 비슷한 증언을 했다. 이 집에 자주 드나들었던 사람은 아무도 없었다. 레스파네 부인과 딸의 가까운 친척이 있는지의 여부는 확인되지 않았다. 길 쪽으로 나 있는 창의 덧문이 열려 있는 적은 거의 없었다. 건물 뒤쪽의 창은 사건이 난 4층의 뒤쪽 방의 창을 제외하고는 항상 닫혀 있었다. 튼튼한 건물이었고, 아직 그렇게 낡지 않았다.

경관 이쉬도르 뮈세의 증언. 증인이 새벽 3시쯤 통보를 받고 그 집에 달려갔을 때, 이삼십 명의 사람들이 건물 입구에 모여 안으로 들어가려 하고 있었다. 마침내 총검 — 쇠 지렛대가 아니다 — 으로 문을 비틀어 열었다. 문은 이중문 혹은 여닫이문이라 불리는 것으로 위아래 모두 빗장이 걸려 있지 않아서 별로 힘들이지 않고 열 수 있었다. 비명은 문이 열릴 때까지 계속되었으니 갑자기 그쳤다. 비명은 지독한 고통으로 부르짖는 한 사람(혹은 그 이상)의 것으로, 짧고 연속적이라기보다는 높고 긴 외침이었다. 증인은 앞장서서 계단으로 올라갔다. 2층에 이르렀을 때, 큰소리로 다투는 두 사람의 소리가 났다. 하나는 굵직한 목소리, 또 하나는 몹시 날카롭고 높은 소리로 아무튼 괴상한 소리였다. 굵직한 쪽의 말은 알아들을 수 있는 프랑스 말이었다. 여자의 목소리가 아닌 것은 확실했다. '이 녀석!', '제길!'이라고 하는 것을 알 수 있었다. 날카로운 소리는 외국인의 소리. 남자의 소린지 여자의 소린지 분간이 가지 않았다. 내용도 알 수 없었으나 스페인어 같다고 생각된다. 방 및 시체의 상황에 대한 본 증인의 진술은 어제 보도된 바와 같다.

은(銀) 세공사(細工士) 앙리 뒤발의 증언. 증인은 최초로 건물에 들어간 일행 중 한 사람. 뮈세의 증언을 거의 뒷받침하고 있다. 들어서자마자 즉시 문을 닫았다. 밤중인데도 금방 사람들이 몰려들었기 때문에 군중을 막기 위해서였다. 이 증인의 의견으로는 날카로운 소리는 이탈리아어였고, 프랑스어는 아니라고 확신. 남자의 소리라고는 단언할 수 없다. 여자의 소리였는지도 모른다. 이탈리아어는 잘 모른다. 말은 못 알아들었으나 그 억양으로 판단해서, 말한 자는 이탈리아인이라고 믿는다. 레스파네 부인과 딸하고는 알고 지내던 사이로 두 사람과 종종 이야기를 나누었다. 날카로운 소리가 두 피해자의 것이 아니었던 것만은 확실하다.

요리점 주인 오덴 하이머의 증언. 이 증인은 자진해서 응했다. 프랑스어를 몰라 심문은 통역을 통해서 이루어졌다. 출생지는 암스테르담. 비명이 났을 때 집 옆을 지나고 있었다. 비명은 몇 분 — 약 10분 정도 계속되었다. 높고 길게 꼬리를 끌었다. 소름끼치는 괴로운 소리. 건물에 들어간 일행 중 한 사람. 한 가지만 빼고 지금까지의 증언과 일치. 날카로운 소리는 남자의 것이고 프랑스어라고 확신하고 있다는 점이 그것이다. 말은 알아들을 수 없었다. 빠르고 큰 소리였고, 고저가 확실치 않은 소리 — 화가 난 것 같으면서도 몹시 겁이 난 것 같기도 소리. 목소리는 매우 시끄러웠다. 높고 날카롭다기보다는, 귀에 거슬리는 거친 목소리였다고 하는 편이 더 정확하다. 굵은 목소리는 '이 녀석!'과 '제길!'을 몇 번이나 되풀이하고, 한 번은 '맙소사!'라고 했다.

들로렌가의 '미뇨 부자(父子) 은행' 총재 쥘레 미뇨의 증언. 아버지인 미뇨. 레스파네 부인에겐 얼마간의 재산이 있었다. 8년 전 봄부터 거래를 시작했다. 이따금 적은 액수의 예금을 했다. 예금을 인출한 적은 없었는데, 죽기 사흘 전에 그녀가 직접 와서 4천 프랑을 찾아갔다. 전액 금화로 지불했으며 은행원 하나를 시켜 그 돈을 집까지 가져다주었다.

미뇨 부자 은행의 은행원 아돌프 르 봉의 증언. 당일 정오쯤 증인은 4천 프랑이 든 두 개의 자루를 들고 레스파네 부인을 따라 그녀의 집까지 갔다. 문이 열리고 레스파네 양이 나타나 그에게서 자루 하나를 받아 들고 또 하나는 노부인이 받아 들었다. 거기서 증인은 인사를 하고 돌아왔다. 그때 길에는 사람이 없었다. 후미진 뒷거리로 매우 한적한 길이었다.

양복점 주인 윌리엄 버드의 증언. 집 안에 들어간 일행 중 한 사람. 영국인. 파리에 거주한 지 2년. 계단에 올라갈 때 앞장섰던 사람 중 한 명. 문제의 소리를 들었다. 굵은 목소리의 주인공은 프랑스인. 몇 마디는 알아들을 수 있었는데 전부는 생각나지 않는다. '이 녀석!'과 '제기랄!'은 분명히 들었다. 여러 사람이 뒤엉켜 싸우는 것 같은 소리 — 서로 치고받는 것 같은 소리가 났다. 날카로운 소리는 굉장히 컸다. 굵은 목소리보다 훨씬 컸다. 영어가 아닌 것은 틀림없다. 독일어 같았다. 여자 목소리였는지 모르겠다. 독일어는 모른다.

위의 증인 가운데 4명의 증인이 다시 호출되어 증언한 바에 의하면, 레스파네 양의 시체가 발견된 방의 문은 일행이 도착했을 때 안으로 잠겨 있었다. 아무런 소리도 나지 않았다. 신음 소리도 다른 어떤 소리도 없었다. 몰려 들어갔을 때는 아무도 없었다.

창은 뒷방 앞방 어느 것이나 닫혀 있고 안으로 꼭 잠겨 있었다. 두 방을 통하게 되어 있는 문 하나는 닫혀 있었으나 잠겨 있지는 않았다. 앞쪽 방에서 복도로 통하는 문에는 자물쇠가 채워져 있었으나 열쇠는 안쪽에 꽂혀 있었다. 건물 앞쪽에 있는 4층의 막다른 곳에 있는 작은 방의 문은 활짝 열려 있었다. 그 방에는 낡은 침구, 상자 같은 것이 쌓여 있었다. 이런 물건들도 하나하나 들어내어 수사를 했다. 신중한 조사가 행해지지 않은 곳이라고는 한 구석도 없었다.

굴뚝은 스위프로 쑤셔 보았다. 이 집은 4층 건물로 다락방이 붙어 있었는데, 다락방의 창문은 단단히 못질이 되어 있었고 지난 몇 년 동안 열었던 흔적이 없었다.

다투는 소리를 듣고 난 후부터 방문을 비틀어 열었을 때까지 경과된 시간에 대한 증인들의 진술은 저마다 달랐다. 어떤 사람은 3분이라고 했고 어떤 사람은 5분이라고 했다. 문은 좀처럼 열리지 않았다.

장의사 알폰소 가르시오의 증언. 모르그 가에 거주. 스페인 태생. 집안에 들어간 사람 중의 하나. 그러나 위층에는 올라가지 않았다. 신경이 무척 예민한 편이라 흥분하면 좋지 않을 것 같아서였다. 다투는 소리는 들었다. 굵은 목소리는 프랑스인이었다. 무슨 말인지는 알아들을 수 없었다. 날카로운 목소리는 영국인의 것이었다. 여기에는 확신을 갖고 있다. 영어는 모르지만 억양으로 그렇게 판단한다는 것이다.

과자 가게 주인 알베르토 몬타니의 증언. 앞장서서 계단을 오른 사람 중의 하나. 문제의 목소리는 들었다. 굵은 목소리는 프랑스인의 소리. 무슨 말인지도 몇 마디는 알아들을 수 있었다. 누군가를 달래는 듯한 느낌이 들었다. 날카로운 쪽의 목소리는 무슨 의미인지 분명치 않고 빠르고 고저가 심했다. 러시아어라고 생각된다. 대강의 줄거리는 다른 증인과 같다. 이탈리아인이나 러시아인과 얘기해 본 적은 없다.

몇 사람의 증인이 다시 호출되어 증언한 바에 의하면, 4층에 있는 방의 굴뚝은 어느 것이나 좁아서 사람은 도저히 통과할 수 없다는 것. 앞서 말한 '스위프'는 원통 모양의 굴뚝 청소용 솔로서 굴뚝 청소부들이 흔히 사용하는 도구인데, 이것으로 온 집안의 굴뚝을 쑤셔 보았다. 일행이 계단을 올라가는 사이에 아래로 내려올 만한 다른 길은 없었다. 레스파네 양의 시체는 굴뚝 속에 꽉 끼어 있어 일행 중 네댓 명이 붙어서 힘껏 끌어내리지 않으면 안 되었다.

의사 폴 뒤마의 증언. 새벽녘에 시체 조사를 위해 불려

갔다. 시체는 두 구가 다 레스파네 양의 시체가 발견된 방의 침대 매트 위에 안치되어 있었다. 딸의 시체는 심한 타박상과 찰과상이 나 있었다. 굴뚝에 틀어박혔다는 사실은 이러한 외견(外見)을 충분히 설명해 준다. 목은 심하게 굽혀 있었다. 턱 바로 밑에는 아주 깊이 긁힌 상처가 여러 군데 있고 또한 검은 반점도 나 있는데, 이것은 분명히 손가락에 짓눌린 것으로 생각된다. 얼굴빛이 현저하게 변해 있었고 안구는 튀어나와 있었다. 혓바닥의 일부가 물려 끊어져 있었다. 명치에 커다란 타박상이 발견되었는데 무릎의 압박에 의해서 생긴 것으로 추측된다. 뒤마 씨의 견해에 의하면, 레스파네 양은 한 사람 또는 여러 사람에 의해 교살된 것이다. 어머니의 시체는 무참하게 난도질당한 상태였다. 오른쪽 다리와 오른쪽 팔뼈는 여러 군데 심한 손상을 입고 있었다. 왼쪽의 갈비뼈 전부와 왼쪽 정강이뼈는 부러져 있었다. 전신에 타박상이 있었고 변색되어 있었다. 가해 방법에 대해서는 단정할 수 없다. 무거운 몽둥이, 굵은 쇠뭉치, 의자 — 이런 종류의 무겁고 커다란 둔기가 굉장히 힘센 사나이에 의해서 휘둘러졌을 경우 그런 결과가 생길 가능성이 있다. 여성의 경우, 어떤 흉기에 의해서도 이와 같은 타격을 주기란 불가능하다. 피해자의 머리는 증인이 검시했을 때는 완전히 몸에서 떨어져 나가 있었고, 더구나 몹시 심한 상처가 나 있었다. 목은 분명히 예리한 도구에 의해서 잘려나간 것이었다. 도구는 아마도 면도칼로 추정된다.

외과 의사 알렉상드르 에티엔이 소환되어 뒤마 씨와 함께 검시를 했는데, 그의 증언은 뒤마 씨의 견해를 뒷받침하고 있었다.

그 밖에 여러 사람에 대한 신문이 있었으나 새로운 사실은 나오지 않았다. 모든 점에서 이만큼 베일에 휩싸인 불가해한 살인 사건은 파리에서 일어난 예가 없다. 물론 살인으로 간주하고 하는 이야기지만, 이런 종류의 사건에서는 매우 보기 드물게 경찰까지도 완전히 두 손을 든 상태. 단서가 될 만한 것은 아무것도 발견되지 않았다.

같은 신문의 석간이 보도한 바에 의하면 생 로스 구는 아직도 소란스러우며, 문제의 집에 대한 신중한 재수사를 실시하고 새로운 증인들의 이야기도 들어 보았지만 모든 것이 헛수고였다고 한다. 그리고 덧붙여 아돌프 르 봉이 체포 수감되었다고 전하고 있었다. 이미 보도한 사실 이외에는 그를 범인으로 단정할 만한 어떤 단서도 없는 것 같음에도 불구하고.

뒤팽은 이 사건의 경위에 특별한 관심을 기울이고 있는 것 같았다. 그가 사건에 대해서 입을 다물고 있어서 그의 태도를 통해 그렇게 판단할 수밖에 없었지만, 이 살인 사건에 대해서 그가 내 의견을 물어온 것은 아돌프 르 봉의 수감이 발표된 후였다.

이 사건을 불가해한 수수께끼로 여기는 점에서는 나도 모든 파리 시민의 의견과 마찬가지인 셈이었다. 나 역시 범인을 가려낼 수단이 없었던 것이다.

뒤팽이 말했다.

"이런 겉핥기식 조사만 가지고, 수사 운운할 수 있을까? 파리 경찰은 영리하다는 평판을 듣지만 그저 잔꾀뿐이군. 그들의 수사라는 것은 임기응변에 지나지 않아. 그들은 수사 방법이라는 것을 늘어놓긴 하지만 전혀 소용이 되지 않는 것뿐이지. 물론 그들이 굉장한 성과를 올릴 때도 종종 있어. 그러나 대개의 경우 바지런하게 설쳐서 얻어 낸 성과에 지나지 않아. 그렇게 바지런히 쫓아다녀도 안 될 경우에는 그들의 노력 자체가 허탕이 되는 셈이야. 이를테면 비도크의 경우인데, 그는

모르그 가의 살인 93

눈치도 빠르고 끈기도 있다네. 그러나 사고하는 훈련이 되어 있지 않기 때문에 조사가 면밀할수록 오히려 실패만 하는 거야. 대상을 너무 눈 가까이 대고 보기 때문에 오히려 대상을 못 보고 마는 거지. 그야 한두 가지 점은 보통 이상으로 면밀히 볼 수 있겠지. 그러나 그러고 있는 사이에, 당연한 일이지만 전체의 모습을 잃게 되는 거거든. 지나치게 깊이 들여다본다는 말이 있지. 사실 진리가 항상 우물 밑바닥에 있다고만은 할 수 없어. 실제로 중요한 지식에 대해 말하자면, 진리는 의외로 피상적(皮相的)인 데 있을 경우가 많아. 깊은 산골짜기가 아니라 산꼭대기에 우리가 구하는 진리가 있는 것이지. 이와 같은 오류의 성질 및 원인은 천체 관측을 예로 들면 잘 알 수 있네. 별을 슬쩍 보는 방법이, 즉 곁눈질로 보는 방법이 별빛을 보는 가장 좋은 방법이라는 것이네. 빛이라는 것은 거기에 눈을 가까이 가져가는 정도에 비례해서 오히려 보이지 않게 되는 거네. 눈에 들어가는 실제 빛의 양은 눈을 거기에 바로 댔을 때가 가장 많겠지만, 곁눈질 쪽이 지각의 섬세함과 민감함에 있어서는 훨씬 낫지. 관찰의 깊이도 도가 지나치면 도리어 사고를 흩뜨리고 사고력을 약화시키네. 따라서 너무 오랫동안 너무 집중적으로, 또 너무 정면으로 응시하고 있으면 마침내는 금성(金星)조차도 하늘에서 자취를 감추어 버리는 경우가 생기지.

이번 살인 사건 말인데, 우리 한번 독자적인 조사를 해 보세. 견해를 밝히는 것은 그러고 나서도 늦지 않으니까. 조사한다는 것은 즐거운 일이니까. 거기다 르 봉에게 신세진 일도 있고, 은혜를 안 입은 것도 아니잖아. 한번 나가서 그 집을 우리 눈으로 확인하고 오세. 경찰국장인 G××와는 아는 사이니까 필요한 허가라면 쉽사리 얻을 수 있을 거야."

우리는 허가를 얻고 즉시 모르그 가로 갔다. 그것은 리슐리외 가와 생 로스 가의 중간에 있는 보잘것없는 거리의 하나였다. 이 지역은 우리가 살고 있는 지역과는 상당히 떨어져 있었으므로 그곳에 도착했을 때는 늦은 오후였다. 집은 곧 찾을 수 있었다. 아직도 많은 사람들이 길 건너편에서 닫힌 덧문을 멍하니 바라보고 있었다. 이렇다 할 목적도 없이 호기심에서 그냥 쳐다보고 있는 것이다. 그것은 파리라면 어디서나 볼 수 있는 집으로, 입구가 있고 그 한쪽에는 유리창이 달린 방이 있었는데, 창의 미닫이를 보고 그것이 문지기 방임을 알 수 있었다. 집에 들어가기 전에 우리는 길을 쭉 따라가서 골목을 돌아 건물의 뒤쪽에 섰다. 그동안 뒤팽은 그 집뿐만 아니라 그 부근

일대도 열심히 살피고 있었으나, 나로서는 그가 무엇을 보고 있는지 짐작이 가지 않았다.

우리는 되돌아 나와 다시 건물 앞에 와서 초인종을 누르고, 지키고 있던 경찰관에게 허가증을 내보이고 들어갔다. 계단을 올라가 레그파네 양의 시체가 발견된 방에 들어가니 거기에 두 사람의 시체가 놓여 있었다. 당연한 얘기지만, 방은 흩어진 그대로 보존되어 있었다.

<가제트 데 트리뷔노>지가 보도한 것 이외에는 내 눈에는 아무것도 들어오지 않았다. 뒤팽은 하나하나 면밀히 조사해 갔다. 피해자의 시체라도 예외는 없었다. 그리고 우리는 다른 방에도 갔고 정원에도 나와 보았다. 그동안 계속 경찰관 한 사람이 우리를 따라다녔다.

우리는 어두워질 때까지 조사에 열중하다가 돌아왔다. 돌아오는 길에 뒤팽은 어떤 일간 신문사에 잠시 들렀다.

앞에서도 말했지만 내 친구의 변덕이란 너무도 별난 것이어서 그야말로 예측 불허였다. 무슨 바람이 불었는지, 그는 이번에는 살인 사건에 대해서는 일체 말하기 싫다는 태도로 묵비권을 행사했던 것이다. 이튿날 정오가 되어서야 그는 갑자기 입을 열더니 범행 현장에서 특별히 무엇인가 주의를 끄는 것은 없었느냐고 물었다.

'특별히'라는 말을 강조했을 때의 그의 어조에는 무언가 나를 섬뜩하게 하는 기운이 서려 있었다.

"특별히 주의를 끌었던 것? 그런 건 없었던 것 같아. 적어도 신문에 났던 것 이상으로는 말이야."

내 말에 대해 그는 "가제트는……" 하고 설명을 시작했다.

"사건에 대한 기괴한 공포의 진상을 놓치고 있어. 그러나 신문의 태평스러운 기사 같은 것은 아무래도 좋아. 내가 보기에는 이 사건이 쉽게 해결될 것처럼 생각되는 이유가 있는데, 그 때문에 오히려 사건이 해결 불가능하게 보이는 것이네. 다시 말해 사건의 양상이 아주 이상한 성격을 띠고 있거든. 경찰이 쩔쩔매고 있는 것도 동기가 없다는 것 때문이지. 살인 그 자체의 동기에 앞서 그토록 끔찍하게 죽이지 않으면 안 될 동기 말이지. 그들이 당황하고 있는 또 하나는 말다툼하는 것을 들었다는 사실, 게다가 층계를 올라가던 일행의 눈에 띄지 않고 탈출할 방법이 없었다는 것, 이런 것들이 도무지 설명되지 않는 거야. 방이 어지럽게 흐트러져 있었다는 사실, 시체가 머리를 밑으로 하고 굴뚝에 처박혀 있었다는 사실, 노부인의 시체가 난도질되어 있었다는 사실 등에, 방금 한 이야기와 새삼스럽게 언급하지 않아도 될 그 밖의 사실을 합하면, 명석함을 자랑하는 경찰의 힘도 마비되고 완전히 손을 드는 수밖에 없겠지. 그자들은 이상함과 난해함을 혼동하는 커다란 잘못, 그러면서도 흔히 있는 잘못을 범하고 있는 거네. 그러나 모름지기 이성(理性)이 진리를 찾아 더듬어 나간다면 이런 범상한 차원을 벗어남으로써 답을 얻을 수 있네. 현재 우리가 몰두하고 있는 것 같은 조사에서는 '무엇이 일어났다'보다는 '지금까지 일어난 적이 없는 그런 일이 일어났다' 하는 것이야말로 문제지. 나는 곧 이 사건을 해결해 보이겠어. 아니 사실은 이미 해결한 것이나 마찬가지야. 그것은 간단한 것으로, 그 간단한 정도는 경찰이 이 사건을 해결할 수 없다고 간주하는 그 불가능성의 정도와 비슷한 거네."

나는 어안이 벙벙하여 그저 그를 쳐다보기만 했다.

"지금 나는 누구를 기다리고 있어."

그는 말을 계속하며 방문 쪽을 바라보았다.

"지금 내가 기다리고 있는 사람은 아마 이 끔찍한 범행의 당사자가 아닐지 모르나, 이 사건에 얼마간 관계있는 사나이임에는 틀림없어. 이 범행의 최악의 부분에 대해서는 그는 아마 죄가 없을 거야. 이 가정(假定)이 맞는다면 정말 행운이지. 이

가정을 토대로 해서 수수께끼를 푸는 것이 내 계획이니까 말일세. 그 사나이는 지금 곧 이리 올 걸세. 어쩌면 안 올 수도 있지. 그러나 틀림없이 올 거야. 만약 그가 오면 그를 붙들어 둘 필요가 있어. 자, 여기 권총이 있네. 써야 될 일이 닥치면 써야지. 사용하는 방법은 우리 둘 다 알고 있으니까."

나는 권총을 받아 들긴 했으나 내가 하고 있는 행동을 의식하고 있는 것도 아니고, 또한 그가 이야기한 내용을 믿고 있는 것도 아니었다. 그러는 사이에도 뒤팽은 마치 독백이라도 하듯이 계속 지껄였다. 이럴 때 그가 신들린 사람처럼 된다는 것은 이미 앞에서도 말했다. 그의 사설(辭說)은 나를 대상으로 하고 있기는 했으나, 그 소리는 결코 크지도 않으면서 마치 멀리 있는 사람에게 말하는 듯한 억양을 띠고 있었다. 눈은 표정을 잃은 채 벽만을 응시하고 있었다.

그가 말했다.

"계단에서 일행이 들었다는 말다툼 소리가 그 여자들의 목소리가 아니라는 것은 그들의 증언으로 완전히 입증되었네. 그렇다면 그 노부인이 먼저 딸을 죽이고 그리고 자살하지 않았을까 하는 의혹은 일체 고려할 필요가 없지. 새삼 이런 말을 하는 것은 다른 게 아니라 사고(思考)의 줄거리를 확실히 해

두기 위해서네. 어쨌든 레스파네 부인의 힘으로는 아무래도 딸의 시체를 발견된 그런 모습으로 굴뚝 속에 집어넣을 수는 없는 노릇이고, 또한 그녀 자신의 상처로 보아서도 자살의 가능성은 전혀 없거든. 그렇다면 범행은 제삼자에 의해서 저질러졌고, 말다툼을 했다는 그 소리도 제삼자의 것이 되네. 여기서 마침내 본론으로 들어가 보면, 주의할 것은 그 소리에 대한 증언 그 자체가 아니네. 그 증언의 특이한 점에 대해서일세. 자넨 그 특이한 점을 느끼지 못했나?"

굵은 목소리를 프랑스인의 목소리라고 했던 점은 모든 증인의 의견이 일치하는데, 날카로운 소리 또는 한 증인이 거친 소리라고 했던 그 소리에 대해서는 저마다 의견이 달랐다는 점을 나는 지적했다.

뒤팽이 말했다.

"그것은 다만 증언 자체일 뿐이지, 증언의 특이성은 아닐세. 자네는 아무것도 특이한 점을 알아채지 못한 모양인데, 정말 따져 볼 수밖에 없는 부분이 있었단 말이야. 굵은 목소리에 대해서 증인의 의견이 일치된 것은 자네가 지적한 대로네. 그 점에서는 일치했지. 그러나 문제는 날카로운 소리에 대해서인데, 특별한 점은 견해가 다 다르다는 것이 아니고 이탈리아인, 영국인, 스페인인, 네덜란드인, 프랑스인 등이 저마다 그 소리에 대해 설명하려고 하면서 모두가 그것을 외국인의 소리라고 말했던 점이야. 모두가 좌우간 자기 나라 사람의 소리가 아니라고 단언하고 있다는 말일세.

누구도 그것을 자기가 가장 잘 알고 있는 모국어(母國語)를 지껄이는 인간의 소리로는 듣지 않았다는 것이지. 그 반대로 듣고 있다는 것이네. 프랑스인은 그것을 스페인 사람의 말이라고 하면서 '스페인어를 알았더라면 몇 마디 말을 알아들었을 것이다'라고 했지. 네덜란드인은 그것이 프랑스인의 말이라고 주장했는데, '프랑스어를 몰라서 신문(訊問)도 통역을 통해서 했다'고 되어 있지. 영국인은 그것이 독일인의 소리라고 생각하는데 '독일어는 모른다'는 거야. 스페인인은 그것이 영국인의 소리였다고 '확신한다'면서, 단지 '억양으로 그렇게 판단한다'는 것뿐이고, 그것도 '영어는 전혀 모르기 때문'이라는 식이야. 이탈리아인도 그것이 러시아인의 소리라고 믿고 있으나, '러시아인과 얘기를 나눈 적은 없다'는 거야. 또 다른 프랑스인은 맨 처음의 프랑스인과는 달리 그것을 이탈리아인의 소리라고 단언하고 있지만, 이탈리아어는 모르므로 앞의 스페인인과 마찬가지로 '억양에서 확신했다'고 했네. 자, 그러면 이토록 가지각색의 증언을 얻을 수 있는 소리라고 한다면 실제로는 얼마나 기묘한 소리였을까! 유럽 다섯 나라의 사람이 이마를 맞대고 들었으면서도 알아들을 수 없는 전혀 낯선 말소리였으니 말이야. 자네라면 아시아인이거나 아프리카인의 소리였는지도 모른다고 했겠지. 아시아인도 아프리카인도 파리에는 별로 없지. 그러나 그런 추측도 부정은 않겠네만, 어쨌든 다음 세 가지 점에 주의해 달라고 하겠네. 어떤 증인은 그 소리를 '날카롭기보다는 거칠다'고 했네. 다른 두 사람도 '빠르고 고저가 일정치 않다'고 표현했네. 아무튼 어떤 증인도 말, 아니 말 비슷한 소리조차 분간할 수 없었네."

뒤팽은 계속했다.

"지금까지의 이야기가 자네의 이해력에 어떻게 작용했는지는 모르지만, 주저 없이 말할 수 있는 것은 증언의 이 부분, 즉 굵은 목소리와 날카로운 목소리에 관한 부분만으로도, 정확한 연역법(演繹法)을 적용한다면 어떤 단서를 잡을 수 있고, 이 사건의 조사 과정에 대해 어떤 방향을 제시할 수 있다는 것일세. 지금 내가 '정확한 연역법'이라고 했는데, 아무래도 이것만으로는 나의 뜻을 충분히 전달할 수가 없군.

내가 말하려는 것은 유일하고 정당한 연역법으로, 그 필연적인 결과로써 단서가 그로부터 불가피하게 나오는 것을 의미하네. 그러나 그 단서가 무엇인지 지금은 말하지 않겠네. 단지 확실히 해 두고 싶은 것은, 그 단서는 그 방에 대한 나의 조사 방법에 어떤 형식, 어떤 일정한 경향을 부여하지 않을 수 없을 만큼 강력한 것이었다는 점일세.

자, 이제부터 공상의 날개를 타고 그 방에 가 보세. 그런데 여기서 우리는 최초로 무엇을 찾아야 하겠나? 범인이 어떻게 탈출했느냐 하는 것이네. 우리 둘 다 초자연적인 현상 같은 것은 믿지 않는다고 해도 좋겠지. 레스파네 모녀는 유령에게 살해된 것은 아니야. 범인의 행위는 물질적인 것으로, 도망친 것도 물질적으로 도망친 거지. 그렇다면 어떤 방법이었을까? 다행히 그 점에 대해서는 유일한 추리법밖에 없고, 그 추리법은 필연적으로 어떤 결론에 도달하게 되네. 좌우간 가능한 탈출 방법을 하나하나 검토해 보세. 일행이 계단을 오를 때 범인은 레스파네 양의 시체가 발견된 방이 아니면 적어도 옆방에 있었던 것은 확실하네. 그렇다면 우리들이 탈출구를 찾아내야 할 곳은 이 두 개의 방밖에는 없다는 얘기지. 경찰은 방바닥, 천장, 벽의 돌 등을 모두 조사해 보았어. 비밀 출구가 있었다 해도 그것이 경찰의 눈을 피할 수는 없었을 거야. 하지만 나는 경찰의 눈 같은 건 믿지 않으니까 직접 내 눈으로 다시 확인해 봤지. 역시 비밀 출구는 없더군. 두 개의 방으로부터 복도로 통하는 문은 둘 다 자물쇠가 굳게 채워져 있고, 더구나 열쇠는 안쪽에 꽂혀 있었지. 그러면 다음은 굴뚝이야. 이것은 난로에서 위쪽으로 3m 정도까지는 보통 넓이지만 그 위부터는 고양이도 몸집이 큰놈은 지나갈 수 없게 되어 있어. 이상 열거한 바와 같은 출구로 탈출이 절대로 불가능하다면 남는 것은 창문뿐이야. 앞쪽 방의 창문으로 탈출했다고 하면 길거리에 있던 군중이 몰랐을 턱이 없어. 그렇다면 범인은 뒤쪽 창문으로 해서 나간 것이 틀림없네. 이렇듯 분명한 논리에 의해 그러한 결론에 도달한 이상, 그것이 얼핏 보기에 있을 수 없는 일이라고 해서 그 결론마저 물리친다는 것은 추리가로서의 우리가 할 태도가 아니네. 우리가 할 일은 이러한 일견 불가능한 일이 사실은 그렇지 않음을 증명하는 것이지.

그 방에는 창문이 두 개 있지. 하나는 가구로 가려져 있지 않기 때문에 전체가 보이네. 또 하나의 창문은 멋대가리 없이 큰 침대가 바짝 붙어 있어서 침대머리에 가려져 아래 절반은 보이지 않게 되어 있네. 첫째 창문은 안쪽에서 꽉 잠겨져 있었어. 몇 사람이 힘을 다해서 열려고 했으나 꿈쩍도 하지 않았지.

창틀 왼쪽에 송곳으로 뚫은 커다란 구멍이 있고, 거기에는 굉장히 단단한 대못이 거의 못대가리까지 들어가게 깊이 박혀 있었네. 다른 한쪽 창문도 조사해 보니까 같은 모양의 대못이 그와 똑같이 박혀 있더군. 이것도 열어 보려고 안간힘을 써 봤지만, 역시 끄떡도 안 했지. 따라서 경찰은 창문으로는 탈출했을리가 없다고 단정해 버린 거네.

나 자신의 조사는 좀 더 면밀했는데, 그것은 여태까지 이야기했던 이유에서지. 다시 말해 얼핏 보기에 불가능하게 보이는 것이 사실은 그렇지 않다는 것을 증명해야 할 부분이 바로 이것이라고 깨달았기 때문이네.

이런 식으로 생각해 나갔지. 귀납적(歸納的)으로 말이야. 범인은 실제로 두 창문 중 어느 한쪽으로 도망쳤다, 그렇다고 해도 범인은 실제로 이런 상태에서 안쪽에서 창틀을 고정시킬 수는 없었을 것이다, 경찰도 당연히 그렇다고 생각했으니까 이 부분의 조사는 그만두기로 했던 거지. 그런데 창틀은 틀림없이 고정되어 있었어. 이렇게 되면 창문은 자동으로 고정되는 힘이 없어서는 안 된다는 결론이 나오지. 여기에 의문의 여지는 없어. 나는 장애물이 없는 쪽 창으로 가서 애써 못을 뽑고 창틀을 밀어 올리려고 해 봤지. 예측대로지만 내 힘으로는 도저히 안 되더군. 나는 어딘가 틀림없이 용수철이 감춰져 있을 것이라고 생각했네. 이런 식으로 내 생각이 뒷받침된다면, 못에 관해서는 아직도 이해할 수 없는 부분이 남는다 치더라도 내 전제(前提)가 옳았다는 확신은 가질 수 있게 되지. 잘 찾아보니 곧 숨겨진 용수철을 발견할 수 있었어. 나는 그것을 눌러 보기는 했지만, 그것을 발견한 것으로 충분했기 때문에 창틀을 열어 보려고 하지는 않았네.

나는 못을 원래대로 꽂아 놓은 다음 주의 깊게 들여다보았지. 이 창문으로 나간 사람은 창을 닫을 수 있고 용수철도 걸릴지 모르지만, 그러나 못을 다시 꽂아 놓을 수는 없었을 거야. 결론이 아주 명백했기 때문에 나의 조사 범위는 또 좁혀졌지. 범인은 다른 창문으로 도망쳤음이 틀림없어. 그런데 양쪽 창틀의 용수철이 같다고 한다면, 아마 틀림없이 같겠지만, 그렇다면 차이는 못에 있을 테지. 적어도 못이 걸리는 상태에 있을 것임에 틀림없었네. 나는 침대의 매트리스에 올라가 침대머리 쪽 널빤지 너머에 있는 창문을 자세히 살펴보았네. 널빤지 뒤로 손을 넣어 보니 과연 용수철이 있어서 눌러 보았는데, 예상한 대로 그것은 옆의 창문과 같았네. 그래서 못을 조사해 보았어. 튼튼한 점도 똑같았고, 박혀 있는 상태도 못대가리가 깊숙이 들어가 있는 게 똑같더군.

 자네는 이제 여기서 내가 어쩔 수 없이 벽에 부딪쳤다고 말하고 싶겠지. 하시만 그렇게 생각한다면 귀납법의 본질을 오해하고 있는 거야. 사냥꾼들이 말하는 '냄새를 잃어버리는' 것과 같은 일은 내게는 한 번도 없었으니까. 단 한순간이라도 냄새를 잃은 적이 없어. 사슬의 고리가 끊어진 곳은 아무 데도 없네. 비밀을 밝혀내어 최종적인 결과에 도달하는 거지. 그 결과라는 게 바로 못이야. 다시 말해두겠는데 겉보기에 그 못은 다른 한쪽 창문의 것과 모든 점에서 똑같았어. 그러나 이런 사실도 (결정적이라고 생각될지 모르나) 마침내 여기에 문제 해결의 실마리가 있을 것이라고 생각하게 된 근거에 비교하면 아무것도 아닐세.

 '이 못에 어딘가 이상한 데가 있는 것이 틀림없다'고 나는 생각했네. 그래서 못을 잡아당겨 보았지. 그러자 못대가리에 4분의 1인치 정도의 몸통 부분이 달린 못이 쑥 빠져나오더군. 나머지 부분은 구멍 속에 그대로 남아 있었어. 요컨대 못은 중간에서 부러져 있었던 거야. 부러진 자리가 몹시 녹슬어 있었던 것으로 보아 상당히 오래전에 부러진 것으로 여겨졌는데, 아마 쇠망치로 박을 때 부러진 것 같았어. 못의 대가리 한쪽이 창틀의 위부분에 박혀 있었거든. 나는 뽑은 못대가리 쪽을 본래의 구멍에 집어넣어 봤지. 그랬더니 멀쩡한 못과 똑같아 보였어. 부러진 것은 보이지 않으니까. 용수철을 누른 다음 창틀을 슬쩍 몇 인치 밀어 올려 보았네. 못대가리는 구멍에 박힌 채 창틀과 함께 올라갔네. 창문을 닫았지. 그러자 다시 완전한 한 개의 못으로 보이더군.

여기까지의 수수께끼는 풀린 셈이야. 가해자는 침대가 놓인 창문 쪽으로 도망친 거야. 나갈 때 창문이 저절로 닫힌 건지 아니면 닫은 건지 모르겠지만, 그것은 어쨌든 용수철로 고정되어 있었는데 이것을 경찰은 못으로 고정되어 있는 걸로 간주하고 그 이상 조사할 필요가 없다고 생각한 거지.

다음 문제는 내려간 방법이야. 이 점에 대해서는 자네와 함께 집 둘레를 돌아보았을 때 이미 알아챘네. 문제의 창문에서 1.5m 조금 넘게 떨어진 자리에 피뢰침 한 개가 뻗쳐 있더군. 이 피뢰침에서는 그 누구도 창으로 들어가는 것은 고사하고 창문에 손을 대는 것도 불가능하지. 그러나 잘 보면 4층의 덧문은 파리의 목수들이 '페라드'라고 부르는 특수한 것으로 요즈음은 거의 볼 수 없는 문인데, 리옹이나 보르도의 유서 깊은 저택에서는 아직도 흔히 볼 수 있어. 양쪽으로는 열 수 없는 외짝으로 된 평범한 문인데, 상반부가 격자(格子)식으로 되어 있는 점이 달라. 그 때문에 손으로 잡기가 아주 좋지. 그런데 그 집의 경우는 그 덧문의 폭이 1m는 충분히 되더군. 우리가 이 덧문을 집 뒤쪽에서 보았을 때는 둘 다 반쯤 열려 있었네. 다시 말해 벽과 직각으로 열려 있었던 것이지. 경찰들도 나와 마찬가지로 건물의 뒤쪽을 조사했겠지. 그렇지만 그 덧문의 폭을 정면에서 폭으로 보지 않고 길이로 보았기 때문에 (실제로 그랬을 것이 틀림없지) 폭 그 자체의 넓이를 못 알아봤거나, 적어도 충분히 고려하지도 않고 지나쳐 버렸을 걸세. 사실 여기로 해서 탈출하는 것은 불가능하다고 단정해 버렸기 때문에 자연히 이 부분의 조사는 소홀하게 되었던 거지. 그런데 침대머리 부분에 있던 창의 덧문을 벽면까지 완전히 활짝 열면 피뢰침까지의 거리가 60㎝ 이내가 된다는 것을 나는 확인했어. 게다가 비상한 운동능력과 용기를 발휘하면 피뢰침에서 창문으로 들어가는 것도 이런 방식으로 가능하다고 보았네. 80㎝ 정도만 손을 뻗치면 (덧문이 완전히 열려 있었다 치고), 도둑은 문의 격자 부분을 꽉 잡을 수가 있었을 것이네. 그러고는 벽에다 발을 딛고 힘차게 탁 차면서 피뢰침 쪽의 손을 놓으면 덧문이 닫히는 꼴이 되면서, 만약 그때 창문이 열려 있으면 몸을 방 안으로 날려 뛰어들 수가 있는 거지.

특히 명심해야 할 것은, 조금 전에 말했지만 이처럼 위험하고 어려운 재주를 성공시키기 위해서는 반드시 비상한 운동능력이 필요하다는 점이네. 내가 말하는 의도는 첫째, 이런 일이 전혀 불가능하지만은 않다는 것을 설명하는 것이고, 둘째로 이 점이 더 중요한 것이지만 — 다시 말해 그런 일을 해낸 민첩성이 거의 초능력적이라는 점을 머릿속에 깊이 새겨 둬야 한다는 걸세.

자네는 틀림없이 법률 용어를 빌려서 이렇게 말하겠지. '자신의 주장을 입증'하려면 그런 행위에 필요한 운동능력을 충분히 평가해야 한다고 말하기보다 오히려 과소평가해야 한다고 말이야. 법률에서는 그렇게 해야 될지 모르지만 추리에 있어서는 그렇지 않아. 진실만이 나의 궁극의 목표니까. 지금 나의 목적은 방금 말한 비상한 운동능력과, 그 목소리의 주인공의 국적에 대해서 의견이 가지각색이며 그 발성법에서 음절의 구분이 전혀 없는 날카롭고 혹은 거칠고 고저가 일정하지 않은 진짜 기괴한 목소리, 이 두 가지를 결부시켜 생각해 보는 것이야."

이렇게 듣고 보니 뒤팽이 생각하고 있는 것의 의미가 미처 형태를 이루지도 못한 채 막연하게 내 머릿속에 들어오는 듯했다. 조금만 하면 생각날 듯하면서도 종내 생각나지 않는 경우가 흔히 있는데, 나는 거의 이해할 것 같으면서도 이해력이 거기까지 아슬아슬하게 미치지 못하는 그런 상태였다. 친구는 이야기를 계속했다.

"알겠나, 내가 탈출 방법에서 침입 방법으로 이야기를 옮긴 의도를? 그것은 두 가지가 다 같은 방법, 즉 같은 장소를 이용해서 했다는 것을 확실히 인식시키기 위해서였어. 이제 집 안으로 눈을 돌려 보세. 집 안의 상태는 어땠나. 옷장의 서랍은 엉망으로 들쑤셔 놓았으나 옷가지들이 많이 남아 있었다고 했네. 하지만 이런 단정은 어리석지. 그것은 단순한 억측, 그것도 멍청하기 짝이 없는 억측에 지나지 않아. 서랍에 남아 있는 물건이 원래 거기에 있던 물건의 전부가 아니라는 보장이 도대체 어디에 있는가? 레스파네 모녀는 몹시 은둔적인 생활을 하고 있어서 손님도 오지 않았고, 거의 외출도 하지 않았네. 그렇다면 옷도 그다지 필요 없었을 걸세. 남아 있던 것들은 그런 부류 여자들의 물건치고는 상당히 고급에 속하는 것이었네. 만약 도둑이 일부를 가져갔다면 어째서 가장 좋은 것들을 가져가지 않았을까? 무엇보다도 거추장스러운 옷가지를 한 아름 안고 가

모르그 가의 살인

면서 어떻게 해서 4천 프랑의 금화를 내버려 두고 갔을까? 사실 금화는 그대로 내버려져 있었네. 은행가 미뇨 씨가 말했던 금액이 거의 그대로 들어 있는 자루가 바닥에서 발견되었지. 돈을 집 문 앞에서 건네주었다는 증언 때문에 경찰들이 떠올린 잘못된 범행 동기는 자네 머릿속에서 완전히 지워 버리기 바라네. 이러한, 즉 돈을 건네주고 그것을 전해 받은 인간이 사흘도 못 가서 살해되었다는 우연보다 열 배도 더 이상한 우연이 우리 인생에는 누구한테나 한 시간마다 한 번 정도는 일어나고 있지만, 단지 그것을 아주 잠시도 알아채지 못하는 것뿐이니까. 일반적으로 우연이라는 것은, 교육을 받았어도 확률론을 전혀 공부하지 않은 그러한 사색가에게 있어서는 커다란 장애물이지. 이 확률론의 덕택에 인간의 가장 빛나는 대상이 더욱 빛나는 성과를 올리고 있는데도 말이야. 이번의 경우 만약 금화가 분실되었다면, 그 사흘 전에 돈을 건넸다는 사실은 우연 이상의 중요한 요건이 되었을 걸세. 즉 살해의 동기라는 생각을 뒷받침해 주었을 것일세. 그러나 이번 사건의 실제 사정이 이렇고, 더구나 범행의 동기가 돈이라고 한다면 이 범인은 돈도 동기도 다같이 내던져 버릴 정도로 우유부단한 멍청이였다고 가정해야만 하겠지.

자네의 주의를 촉구했던 여러 가지 점, 즉 그 기괴한 소리, 그 놀라운 운동능력, 이처럼 흉악한 살인 사건으로서는 이상할 정도로 동기가 결여된 점, 그러한 점을 깊이 머릿속에 넣은 후 범행 그 자체에 초점을 맞춰 보도록 하세. 실제로 한 여자가 손으로 교살당한 뒤 거꾸로 굴뚝에 처박혔어. 보통 살인범은 이런 살해 방법은 쓰지 않네. 적어도 시체를 이런 식으로 처리하지는 않지. 자네도 인정하겠지만, 시체를 그런 식으로 굴뚝에 처박은 범행 수법에는 상식을 크게 벗어난 무엇인가가 있어. 범인이 우리가 상상할 수 있는 한 가장 흉악무도한 인간이라고 해도 그래. 그리고 생각해 보게. 몇 사람이 달라붙어 겨우 끌어내렸을 만큼 억지로 시체를 굴뚝에 쑤셔 박은 그 힘이란 대체 얼마나 센 힘이었겠느냐 말일세.

 이번에는 그 엄청난 힘이 어떻게 휘둘러졌는가 하는 다른 증거를 찾아보세. 난로 위에는 사람의 회색빛 머리카락 뭉치, 그것도 아주 굵은 뭉치가 놓여 있었네. 그것은 뿌리째 뽑힌 거야. 이삼십 개의 머리털이라 해도 머리에서 이런 식으로 쥐어뜯으려면 얼마만한 힘이 필요한지 자네도 상상할 수 있겠지. 그 문제의 머리털 뭉치를 나와 함께 자네도 보았네. 머리털의 뿌리 쪽에는 (소름이 끼치네만!) 머리의 살점들이 들러붙어 있었네. 엄청난 힘, 단번에 몇 십만 개의 머리털을 잡아 뽑을 만한 힘이야말로 틀림없는 증거야. 노부인의 목은 그냥 베어져 있었던 게 아니야. 머리가 몸에서 완전히 끊어져 버렸어. 더구나 흉기는 단지 면도칼 한 갠데 말이야. 거기다 또 한 가지 이 행위의 야수적인 잔인성에 대해서도 유의해 주게. 레스파네 부인의 시체의 타박상에 대해서는 덧붙이지 않겠네. 의사 뒤마 씨와 그의 유능한 조력자 에티엔 씨는 둔기에 의한 타박상이라고 단정하고 있는데 거기까지는 두 사람 다 아주 정확하네. 둔기라는 것이 뒤뜰에 깔려 있던 돌이라는 것은 분명하고, 희생자는 침대에서 내려다보는 창문에서 그리로 내던져졌을 거야. 이렇게 추정하는 것도 이제 와서는 아무것도 아니지만, 경찰들로서는 불가능했지. 그것은 덧문의 넓이에 주의를 돌리지 못했던 것과 같은 이유지. 즉 못이 박혀 있었기 때문에 창문이 열렸던 적이 있었을지도 모른다는 사실에 대해서 그들의 머리는 완전히 깜깜했던 거지.

이상과 같은 사실에 덧붙여 방 안이 이상하게 수라장이 된 것을 염두에 둔다면, 이미 우리는 놀라운 운동능력, 초인적인 힘, 야수적인 잔인성, 동기가 없는 살인 행위, 머리털이 쭈뼛설 정도로 인간성을 벗어난 괴기함이며, 여러 나라 사람들이 들었으면서 그 억양이 저마다의 귀에 외국어로밖에 들리지 않고 확실한 의미를 파악할 수 없는 음절의 목소리 등의 모든 사실을 연결지을 수 있는 단서까지 도달한 거야. 그래 어떤 결론을 내렸지? 내 이야기가 자네의 상상력에 어떠한 여향을 미쳤나?"

이런 질문을 받은 나는 오한을 느끼며 대답했다.

"미치광이군. 그런 짓을 한 것은 근처 정신병원에서 도망친 흉악한 녀석일 거야."

그러자 그가 대답했다.

"어떤 점에서는 자네의 생각도 전혀 틀린 건 아니지. 그러나 미치광이의 목소리라는 것은 심한 발작을 일으켰을 때도 그 계단에서 들었던 소리처럼 들리지는 않았을 거야. 미치광이라도 어느 나라의 사람일 테고, 지껄이는 내용이 횡설수설했다 해도 음절만은 의외로 명확한 법이니까. 게다가 아무리 미치광이라도 머리털까지 지금 내가 손에 쥐고 있는 것처럼 되지는 않아. 아, 이것은 레스파네 부인이 손에 움켜쥐고 있는 것을 내가 조금 실례해 온 거야. 자네, 이 머리털에 대해 어떻게 생각하나?"

내가 몹시 놀라며 말했다.

"뒤팽! 이건 묘한 털이군. 사람의 털이 아니야."

그가 대답했다.

"사람의 털이라고는 하지 않았어. 그러나 이 점에 대해서 결론을 내리기 전에 이 종이에 베껴 둔 스케치를 좀 봐 주겠나.

증언에, 레스파네 부인의 목에 '검은 타박상과 깊은 손톱자국'이란 대목이 있었지. 그리고 또 뒤마 씨와 에티엔 씨의 '틀림없이 손가락으로 짓눌린 흔적으로 보이는 일련의 검은 반점'이란 대목도 있었지. 이것은 그 부분을 실물 그대로 뜬 그림이야."

친구는 우리 앞에 있는 테이블 위에 종이를 펼쳐 놓으면서 계속했다

"이 그림에서 보는 바와 같이, 얼마나 세게 꽉 쥐었나를 알 수 있지. 미끄러진 흔적이라곤 없네. 모든 손가락이 확실히 피해자가 죽을 때까지 처음 움켜쥔 무서운 힘 그대로 마지막까지 쥐고 있었던 거야. 그런데 시험 삼아 자네의 손가락을 전부 한꺼번에 이 자국에 갖다 대 보게."

나는 그대로 해 보았으나 아무래도 들어맞지 않았다.

"그렇지만 이것은 아직 옳은 검토라고는 할 수 없지."

그가 말했다.

"종이는 평면 위에 펼쳐져 있거든. 그렇지만 인간의 목은 원통형이지. 여기 통나무가 하나 있네. 굵기도 마침 목과 비슷하군. 종이를 거기에 밀어서 다시 한번 해 보세."

나는 그가 시키는 대로 해 보았으나 앞의 경우보다 더욱 무리라는 것을 알았을 뿐이었다.

내가 말했다.

"이건 말이야, 사람의 손자국이 아니야."

"그렇다면 읽어 보게. 유명한 동물학자인 퀴비에가 쓴 책의 이 부분을."

뒤팽이 말했다.

거기에는 동인도제도의 거대한 황갈색 오랑우탄의 해부학적 설명과 생태학적 설명이 기술되어 있었다. 이 포유류의 거대한 체격, 놀라운 힘과 운동능력, 잔인성, 모방(模倣) 습관 등은 누구나 잘 알고 있는 사실이다. 나는 대뜸 이 살인 사건의 무시무시한 전모를 깨달았다.

나는 설명을 다 읽고 나서 말했다.

"손가락에 대한 설명은 이 스케치와 정확하게 일치하는군. 알았어. 여기에 적혀 있는 종류에 속하는 오랑우탄 이외의 어떤 동물도 자네가 베껴 온 것과 같은 움푹 팬 자국을 만들 수는 없겠네. 게다가 이 황갈색의 털도 퀴비에의 책에 있는 동물의 그것과 완전히 같은 종류의 것이군. 그러나 이 무서운 사건의 상세한 부분에 대해선 나로선 아직 잘 모르겠네. 더구나 말다툼을 한 두 개의 목소리가 있었고, 그 한쪽은 틀림없이 프랑스인의 소리였다고 했지 않나?"

"사실이야. 게다가 자네도 기억하겠지만, 그 목소리가 했다는, 대다수의 증인이 일치했던 말은 바로 '이 녀석!'이라는 것이었어. 이것을 야단치는 것 같으면서 달래는 것 같은 말투였다고 증인의 한 사람(과자가게 주인 몬타니)이 말했는데, 이것은 그때의 상황을 정확하게 포착한 말일세. 그러기에 '이 녀석'이란 이 한마디에 수수께끼 해결의 모든 희망을 걸어 왔어. 프랑스인 한 명이 이 살인을 알고 있어. 아마도 — 아니 이건 거의 확실한 것인데 — 이 사나이는 이 참극의 직접 가담한 사람은 아니야. 오랑우탄이 이 사나이로부터 도망쳤을 거고, 사나이는 오랑우탄을 그 방까지 쫓아갔지. 그런데 그와 같은 난동이 일어나는 바람에 잡지 못했어. 오랑우탄은 아직 멋대로 돌아다니고 있을 거야. 그러나 추측은 이제 이 정도로 해두지. 사실 이것이 추측 이상의 것이라고 말할 권리는 나에겐 없는 거니까. 왜냐하면 추측의 기초가 되는 고찰 자체에 미묘한 점이 있고, 그것이 아무래도 내 머리로는 간파할 수가 없는 것이고 보면, 더구나 남들이 이해할 수 있게 설명할 수도 없거든. 그러니까 추측은 분명히 추측이라고 해 두고 그 전제 위에서 이야기하기로 하세. 만약 문제의 프랑스인이 범행 그 자체에는 관계가 없다고 한다면, 어젯밤 집에 돌아오는 길에 <르 몽드>지 신문사에 가서 의뢰했던 이 광고를 보고 이리로 올 거야. 해운업계의 신문인 <르 몽드>지는 선원들이 주로 읽거든."

그는 나에게 신문을 내밀었다. 거기에는 이런 것이 게재되어 있었다.

포획물 — 황갈색 보르네오종 오랑우탄. 이번 달 ××일 이른 아침 불로뉴 숲속에서 포획. 주인(몰타 섬 소속 선박의 선원으로 추정)에게 돌려주겠음. 단, 그것이 자신의 소유라는 것을 충분히 증명하고, 포획 및 보관에 소요된 약간의 비용을 지불할 것. 생제르맹 교외 ××가 ××번지 3층으로 오기 바람.

내가 물었다.

"어떻게 그 사나이가 선원이고, 더구나 몰타 섬 소속 선박의 선원이라는 것을 알았지?"

뒤팽이 대답했다.

"알고 있지는 않아. 틀림없이 그렇다는 것도 아니야. 그러나 여기에 리본 조각이 있어. 그 모양으로나 기름이 묻어 있는 것으로 보나 아무리 보아도 선원들이 좋아하는 모양의 머리를 묶는 데 사용했던 리본 같거든. 게다가 이런 매듭은 선원들 외에는 거의 쓰지 않고, 더구나 몰타 섬 사람 특유의 것이지. 리본은 피뢰침 밑에서 주웠어. 피해자의 것이 아닌 것은 확실해. 그런데 이 리본을 통해 그 프랑스인이 몰타 섬 소속 선박의 선원이라고 추정한 것이 틀렸다고 해도, 광고에 그렇게 쓴 것에는 별문제가 없어. 틀렸다고 하더라도 상대는 이쪽이 어떤 사정으로 잘못 생각했을 것이라고 여길 뿐 일부러 그런 사정을 캐내려고 하지는 않을 걸세. 하지만 내 추정이 맞았다면 수확이 크지. 살인을 직접 하지는 않았다 할지라도 목격은 했을 터이니 당연히 그 프랑스인은 광고를 보고 오는 것을, 즉 오랑우탄을 찾으러 오는 것을 주저할 것이네. 아마 이렇게 생각할 거야.

'나는 죄가 없다. 돈도 없다. 오랑우탄은 상당한 값이 나가고, 나한테는 큰 재산이다. 위험만 생각하고 미적거리다가 큰 돈을 날려 버릴 수는 없지. 당장 손에 들어오는 판인데. 놈은 불로뉴 숲에서 붙들렸다. 살인 현장에서는 상당한 거리다. 그런 짐승이 저질렀을 거라고 누가 상상이나 할까. 경찰도 손을 들었지. 단서를 전혀 못 잡고 있다. 만일 경찰이 그놈의 짓이라고 냄새를 맡았다 하더라도, 내가 그 살인에 대해 알고 있을 거라고는 증명하지 못한다. 설사 알고 있다고 한들, 그게 죄가 되지는 않을 거야. 어쨌든 간에 이미 나는 세상에 알려졌어. 광고를 낸 사람이 나를 그 짐승의 주인이라고 지목했으니까. 그 사람이 어디까지 알고 있는지 나로서는 알 수 없지만, 내가 주인이라는 사실이 알려져 버린 고가(高價)의 재산을 찾으러 가지 않는다면, 그건 그 동물에게 혐의를 두라고 하는 것과 마찬가지 아닌가. 나로서도 그 짐승으로서도 의심을 받는 것은 이롭지 않아. 광고에 응해 오랑우탄을 찾은 다음, 사건의 여파가 가라앉을 때까지 조용히 숨어 있자.' 이렇게 계산하고 있을 걸세."

이때 계단에서 발소리가 났다.

뒤팽이 말했다.

"권총을 준비하게. 단, 내가 신호할 때까지는 쏘거나 들켜서는 안 돼."

현관문이 열려 있어서인지 방문객은 초인종을 누르지 않고 들어와 계단을 올라오는 것 같았다. 그런데 문득 망설이는 것 같더니, 잠시 후 도로 내려가는 발소리가 났다.

뒤팽은 얼른 문 쪽으로 갔으나 다시 올라오는 발소리가 났다. 이번에는 망설이지 않고 단호한 발걸음으로 올라와서 우리 방의 문을 두드렸다.

"들어오세요."

뒤팽은 친근감이 담긴 쾌활한 어조로 말했다.

한 사나이가 들어왔다. 분명히 선원같이 보였다. 키가 크고 단단해 보이는 근육질의 사나이인데, 어딘가 막무가내인 것 같은 인상이었지만 그렇다고 아주 애교가 없어 보이는 얼굴도 아니었다. 햇볕에 새까맣게 그을린 얼굴은 구레나룻과 콧수염으로 텁수룩하게 덮여 있었다. 커다란 참나무 막대기를 들고 있었으나 그 이외의 무기를 휴대하고 있는 것 같지는 않았다. 그는 어색하게 꾸벅 머리를 숙이면서 프랑스 말로 인사를 했다.

"안녕하슈!"

그 말투엔 다소 뇌샤텔 지방 사투리가 섞여 있었으나, 그래도 원래는 파리 사람이라는 것을 알 수 있었다.

뒤팽이 입을 열었다

"앉으시오. 오랑우단 때문에 오셨죠? 정말이지 그렇게 멋진 것을 가지고 계시다니 부럽습니다. 참으로 훌륭한 녀석이던데, 그 가치가 굉장하겠죠? 몇 살 정도 되었나요?"

이제 겨우 무거운 짐을 덜었다는 듯이, 선원은 길게 한숨을 내쉬며 또렷한 어조로 대답했다.

"잘은 모르지만 많아도 너덧 살은 넘지 않았어요. 그놈 여기 있습니까?"

"아, 아니오. 여기엔 둘 만한 시설이 없어서, 뒤부르 가에 있는 임대 우리에 넣어 두었소. 여기서 얼마 안 멀어요. 내일 아침에 넘겨 드리겠소. 물론 당신이 주인이라는 사실은 증명할 수 있겠지요?"

"그럼요, 증명할 수 있습니다."

"내놓기 좀 아까운 생각이 드는데."

뒤팽의 말에 남자가 얼른 답했다.

"수고하신 데 대해 그냥은 있지 않겠습니다. 그럴 수야 없지요. 그놈을 잡아주신 데 대해선 기꺼이 보답하겠습니다. 그 요구가 적당하기만 하다면 말입니다."

"좋지요."

친구가 대답했다.

"그거 아주 훌륭한 생각이오. 그렇군요! 무엇을 받기로 할까요? 응, 그렇지. 이것으로 합시다. 모르그 가의 살인 사건에 대해 당신이 아는 정보를 전부 받기로 할까요?"

뒤팽은 마지막 말을 아주 낮은 어조로 천천히 말하며 동시에 천천히 문 쪽으로 걸어가 자물쇠를 잠그고 열쇠를 주머니 속에 넣었다. 그리고 가슴속에서 권총을 꺼내어 침착하게 그것을 테이블 위에 놓았다.

선원은 마치 숨이 막히기라도 하는 듯 얼굴에 붉은 빛이 맴돌기 시작했다. 그는 일어서며 막대기를 잡았다. 그러나 다음 순간 의자에 쓰러지듯 주저앉더니 와들와들 떨기 시작했다. 얼굴은 마치 죽은 사람 같았고, 한마디도 입을 열지 못했다. 나는 진정 이 사나이에게 동정을 금치 못했다.

뒤팽이 부드럽게 말했다.

"이봐요. 그렇게 겁을 집어먹을 건 없어요. 해를 끼칠 생각은 조금도 없으니까. 신사로서, 프랑스인으로서 맹세하지만 그럴 생각은 털끝만큼도 없소. 당신이 모르그 가의 흉악범이 아니라는 것도 잘 알고 있어요. 그러나 그 일과 전혀 관계가 없다고는 변명하지 말아요. 이 정도로 말하면 이제 당신도 눈치챘을 줄 아는데, 이 일에 대해서 나는 정보망을 가지고 있소. 당신은 거의 상상도 못할 만큼 말이오. 요컨대 사건은 이렇게 된 거예요. 당신이 좋아서 한 일은 하나도 없소. 다시 말해 죄가 될 만한 짓은 하나도 하지 않았소. 도둑질도 하지 않았고……. 아무런 제지도 받지 않고 훔칠 수도 있었는데 말이오. 숨길 필요는 아무것도 없소. 숨길 이유가 없으니까요. 그러나 당신은 알고 있는 모든 사실을 고백할 의무가 있소. 그것은 명예에 관한 문제예요. 당신은 범죄자를 지적할 수 있는 입장인데도 불구하고 그걸 하지 않았기 때문에 지금 무고한 사람 하나가 감금되어 있소."

뒤팽이 이렇게 이야기하는 동안, 선원은 웬만큼 마음의 평정을 되찾은 모양이었다. 하지만 당초의 대담한 태도는 완전히 사라져 버렸다.

"제기랄, 이게 무슨 꼴이야!"

사나이는 투덜거린 다음 말을 이었다.

"말씀드리죠, 이 사건에 대해서 제가 알고 있는 것을 전부. 그러나 말씀드리는 것의 절반도 믿어 주시지 않을 겁니다. 믿어 주시길 바란다면 제가 어리석은 놈이죠. 그렇지만 저는 아무 죄도 없습니다. 그러나 그 때문에 죽게 되더라도 깨끗이 털어놓겠습니다."

사나이가 말한 것을 요약하면 이렇다. 그는 최근 인도 제도를 항해하고 돌아왔는데, 어떤 일행과 보르네오에 상륙하여 섬 깊숙이까지 놀이 삼아 탐험하러 들어갔었다. 거기서 동료 한 사람과 함께 그 오랑우탄을 잡았다. 그런데 친구가 죽었기 때문에 자연히 그 동물은 자기 혼자의 소유가 되었다. 항해에서 돌아오는 동안 이 포획물은 종종 감당할 수 없을 지경으로 횡포를 부려 몹시 애를 먹었으나, 가까스로 무사히 파리의 집까지 끌고 올 수가 있었다. 이웃에서 이상한 눈으로 보는 것이 싫어서 그는 고심해 가며 오랑우탄을 숨겨 두고, 그 녀석이 배 위에서 발에 가시가 찔려 생긴 상처가 낫기까지 기다리기로 했다. 그리고 때가 되면 팔아치울 심산이었다.

살인이 있었던 날 밤, 정확히 말하자면 새벽 무렵에 선원은 그의 동료들과 진탕 놀다가 집에 돌아와 보니 그 짐승이 그의 침실에 들어와 있지 않은가. 옆에 있는 작은 방에 단단히 가두어 두었는데, 어느 틈에 침실에 들어와 있는 것이었다. 면도칼을 손에 들고 얼굴 전체에 온통 비누 거품을 묻힌 채 거울 앞에 앉아 수염을 깎으려는 수작인 모양이었다. 주인이 그렇게 하는 것을 이전에 옆방의 열쇠 구멍으로 엿보았던 게 틀림없었다. 이런 위험한 도구가 대단히 난폭하고 또한 그것을 능숙하게 쓸 줄 아는 동물의 손에 들려 있는 것을 보고 그는 아연해서 잠시 동안 그저 어쩔 줄을 모르고 있었다. 그러나 이 동물이 아무리 사납게 날뛸 때도 평소에 채찍을 사용하면 온순해졌기 때문에 이번에도 그런 식으로 다루려고 했다. 그런데 채찍을 보자마자 오랑우탄은 방에서 뛰쳐나가 계단을 내려가더니, 공교롭게도 열려진 창문을 통해서 밖으로 도망쳐 버렸다.

이 프랑스인은 다급해서 뒤를 쫓았다. 오랑우탄은 여전히 면도칼을 손에 쥔 채 때때로 멈추어 서서 따라오는 사람에게 손짓을 하다가, 붙잡힐 만하면 다시 도망치곤 했다. 몇 번이고 이런 상황이 되풀이되었다. 시간은 이미 새벽 3시, 거리는 죽은 듯이 정적에 잠겨 있었다.

모르그 가의 뒤쪽에 있는 골목에 들어섰을 때 쫓기던 오랑우탄은 레스파네 부인 집 4층 방의 열린 창문에서 흘러나오는 불빛에 주의가 쏠렸다. 건물로 다가가 피뢰침을 발견하자 믿을 수 없을 만큼 민첩한 동작으로 기어오르더니 벽에 붙을 정도로 활짝 열린 덧문을 잡고 거기에 덜렁 매달렸다. 그런 다음 반동(反動)을 이용하여 침대의 머리 부분이 있는 곳으로 뛰어들었다. 이런 재주를 부리는 데 걸린 시간은 채 1분도 되지 않았다. 오랑우탄이 방 안에 들어가자 그 반동으로 덧문이 다시 열렸다.

선원은 한편으로 이제 됐다 싶었지만 동시에 난처하게 됐다고도 생각했다. 그래도 마음이 놓인 것은 이번엔 틀림없이 잡을 수 있겠지 하는 생각에서였다. 왜냐하면 녀석이 지금 막 뛰어든 함정에서 빠져나올 길은 피뢰침밖에 없으니, 그리로 내려오는 것을 잡으면 되겠다는 계산에서였다. 그런데 이 짐승이 집안에서 무슨 짓을 저지를지 그게 큰 걱정이었다. 그걸 생각하니 더 이상 가만히 있을 수가 없어서 선원은 다시 오랑우탄을 쫓았다. 선원에게 피뢰침을 타고 오르는 것은 그리 어렵지 않은 일이었다. 그러나 왼쪽 멀리로 창문 안쪽이 넘겨다보이는 높이까지 올라갔을 때, 그의 동작은 굳어져 버렸다. 몸을 앞으로 해서 방 안을 얼핏 훑어볼 수 있었을 뿐이었다. 그것만으로도 공포에 질려 손에 힘이 빠져 자칫 떨어질 뻔했다. 모르그 가 주민들의 잠을 깨게 한 그 무서운 비명이 밤의 정적을 찢은 것은 그때였다. 레스파네 부인과 딸은 나이트가운을 입은 채, 앞에서 말한 철제 금고를 방 한가운데 내려놓고 서류를 정리하고 있었던 듯하다. 금고는 열려 있었고, 속의 내용물은 바로 옆 방바닥에 놓여져 있었다. 희생자들은 창문을 등지고 앉아 있었던 모양이다. 짐승이 침입하고 비명이 울렸을 때까지의 시간 경과로 판단해 볼 때 당장은 침입을 눈치채지 못했던 것 같다. 덧문이 흔들린 것도 바람 때문이라고 생각하여 별로 신경을 쓰지 않은 듯했다.

선원이 들여다보았을 때, 그 거대한 동물은 레스파네 부인의 머리채(방금 빗어 내린 뒤라 풀어져 있었다)를 잡고 이발사가 하듯이 면도칼을 그녀의 얼굴 앞에서 휘둘러 댔다. 딸은 쓰러져서 꼼짝도 하지 않았다. 노부인이 비명을 지르면서 몸부림치는 바람에 (그 때문에 머리털이 잡아 뽑혔다) 오랑우탄은 처음에는 별로 악의가 없었을 텐데, 마침내 진짜로 화가 났다. 그 힘센 팔을 냅다 한 번 휘두르자 그녀의 목은 몸통에서 거의 떨어져나갈 지경이 되었다.

피를 보자 짐승의 분노는 광기에 사로잡혀 타오르기 시작했다. 이를 갈고 눈에서는 불을 튀기며 딸에게로 달려들어 그 끔찍한 손톱을 목에 찔러 넣고 숨이 끊어질 때까지 짓눌렀다. 그 순간 주위를 두리번거리던 놈의 광포한 눈이 침대 머리맡 쪽으로 향했다. 그 너머로 공포로 얼어붙은 주인의 얼굴이 언뜻 눈에 들어왔다. 무시무시한 채찍을 아직도 기억하고 있었던 듯, 짐승의 분노는 순간 공포로 변해 버렸다. 매를 맞을 짓을 했다는 사실을 알아채고 피비린내 나는 행패를 숨기려고 생각했던 듯, 짐승은 미친 듯이 방 안을 뛰어다니면서 가구를 내동댕이치고 때려 부수고 침대의 침구를 잡아 끌어내렸다. 결국에는 딸의 시체를 움켜잡더니 발견되었을 당시의 모양처럼 굴뚝 속에 처박고, 다음으로는 노부인의 시체를 집어 들어 창 밖으로 내던졌다.

오랑우탄이 난도질해서 죽인 시체를 들고 창문 가까이로 다가왔을 때, 선원은 혼비백산하여 피뢰침에 몸을 붙이고 내려온다기보다는 미끄러져서 떨어졌다. 그리고 한달음에 집으로 도망쳐 왔다. 이 참극의 결과에 완전히 겁을 먹었기 때문에 오랑우탄의 운명 같은 것은 전혀 안중에도 없었다. 일행이 계단에서 들었다는 말이란, 그 짐승의 악귀와도 같은 으르렁거림에 섞인 프랑스인의 공포와 경악에 찬 외침이었다.

이 이상 덧붙일 것은 거의 없다. 오랑우탄은 그 방문이 부서지기 직전 피뢰침을 타고 달아난 것이 틀림없다. 창문을 뛰쳐나갔을 때 창문은 자동적으로 닫혔을 것이다. 이 오랑우탄은 그 뒤에 그의 주인의 손에 붙들려서 파리의 자르뎅 데 플랑테

동물원에 상당히 비싼 값으로 넘겨졌다. 경찰국장실에서 우리가 일체의 사정을(뒤팽의 설명과 함께) 이야기하자 르 봉은 즉시 석방되었다. 경찰국장이라는 작자는 내 친구에게 호의를 품고 있기는 했지만, 사건이 이런 식으로 해결된 데는 역시 불쾌감을 느꼈던 듯 '괜한 참견은 안 하는 게 좋다'는 식으로 비꼬는 소리를 몇 마디 덧붙였다.

"내버려 둬."

뒤팽이 말했다. 그런 비아냥거림에 대답할 필요를 느끼지 않았던 것이다.

"멋대로 지껄이라고 해. 그렇게 해서 직성이 풀린다면 말이야. 그 자신의 성(城)에서 그를 쳐부쉈으니 나는 그것으로 만족이야. 그런데 그 작자가 사건 해결에 실패한 것은, 그 작자의 생각만큼 이 사건이 뜻밖의 일이 아니었기 때문이지. 사실을 말하자면, 그 작자는 영리함이 좀 지나쳐서 실마리를 놓치고 만 거야. 그의 지혜에는 꽃으로 말하자면, 수술이 없는 거와 마찬가지랄까. 여신 라베르나의 그림처럼 머리만 있을 뿐 몸통은 없는 거지. 아니면 대구라는 생선처럼 머리와 어깨만 있는 것일지도 몰라. 어쨌든 그는 좋은 사나이야. 특히 그 작자가 아무것도 아닌 일을 가지고 거드름을 피우며 태연히 지껄이는 모습이 좋아. 그런 수완으로, 다시 말해 '있는 것을 부정하고 없는 것을 해석하는' '루소의 신엘로이즈' 수완으로 더 없이 민완하다는 명성을 한껏 누리고 있으니 말이야."

황금 곤충
The Gold Bug
1843

 여러 해 전에 나는 윌리엄 렉랜드라는 사람과 친하게 지냈다. 그는 오래된 위그노 교도 집안사람이었는데, 한때는 부유했으나 연이은 불행으로 빈궁한 처지가 되었다. 당한 재난에 잇따라 올 굴욕을 피하기 위해 그는 선조 대대로 살아온 도시인 뉴올리언스를 떠나 사우스캐롤라이나의 찰스턴 근처에 있는 설리번 섬으로 옮겨왔다.

 이 섬은 매우 특이했다. 섬 전체는 거의 모래로 이루어져 있으며 길이는 5km 정도이다. 섬의 폭은 어느 지점에서도 약 400m를 넘지 않는다. 이 섬은 거의 알아볼 수 없는 조그만 강으로 분리되어 있는데, 강은 습지 새들이 즐겨 모여드는 갈대밭과 진흙탕의 황야를 가로질러 졸졸 흐르고 있다. 식물류는 거의 자라지 않으며 기껏해야 난쟁이 같은 작은 것들뿐이다.

커다란 나무는 전혀 보이지 않는다.

그러나 물트리 요새가 위치해 있는 섬의 서쪽 끝 언저리에서는 뻣뻣이 서 있는 종려나무를 볼 수 있다. 그곳에는 여름 동안 찰스턴의 먼지와 더위를 피해 온 사람들이 머무는 초라한 집들도 있다. 이 서쪽 지점과 해안선을 제외한 섬 전체는 영국 원예가들이 귀중하게 여기는 향기로운 도금양 덤불들이 빽빽이 덮여 있다. 섬의 서쪽 지점에 있는 관목들은 4. 5m에서 6m 정도로 자라, 거의 지나갈 수 없을 만큼 빽빽한 숲을 이루고 있기 때문에 주위 공기에는 향기가 가득 고여 있었다.

렉랜드는 이 숲에서 가장 멀리 떨어진 섬 동쪽 끝 부근에 직접 조그마한 오두막을 짓고 살고 있었다. 내가 우연한 기회에 그를 처음 알게 된 것도 바로 그 무렵의 일이었다. 첫 만남은 곧 우정으로 무르익어 갔다. 그 은둔자에게는 흥미와 존경을 일으키는 면이 아주 많았기 때문이다.

그는 비상한 지력의 소유자였고, 훌륭한 교육을 받은 사람이었다. 하지만 염세주의에 빠져 번갈아 열정과 우울을 되풀이하는 까다로운 성미를 지니고 있었다. 그는 많은 책을 가지고 있었지만, 그것을 읽는 일은 거의 없었다. 그의 중요한 소일거리는 사냥과 낚시, 혹은 바닷가와 도금양 덤불 사이를 돌아다니거나 조개껍데기나 곤충류를 채집하는 것이었다.

그의 곤충 채집은 유명한 네덜란드의 곤충학자 슈밤메르담 도 부러워했을 것이다. 채집하러 나갈 때면 그는 주로 주피터라는 늙은 흑인을 데리고 다녔다. 주피터는 윌리엄 렉랜드 집안이 몰락하기 전에 해방되었지만, 어떤 위협이나 약속에도 젊은 주인님 윌(윌리엄의 애칭)을 섬기는 것을 자기만의 특권이라고 생각하고 있는 듯 그것을 포기하려 들지 않았다. 렉랜드의 정신이 다소 불안정하다고 믿은 친지들이 이 방랑자를 감독하고 보호할 의도로 이런 완고함을 주피터의 머릿속에 깊이 새겨놓았는지도 모른다.

설리번 섬은 위도 상 겨울이 되어도 극심한 추위가 찾아오는 일이 거의 없었으며, 가을에도 불이 필요할 때가 드물었다. 그런데 18××년 10월 중순 무렵 아주 추웠던 날이 있었다. 해가 지기 직전 나는 상록수를 헤치고 몇 주 동안 보지 못했던 내 친구의 오두막으로 갔다.

그때 나는 섬에서 15km 정도 떨어진 찰스턴에 살고 있었는데, 오늘날보다 길 사정이 훨씬 나쁠 때였다. 그 집에 도착하자마자 늘 하던 대로 문을 두드렸지만 대답이 없었다. 열쇠를 몰래 두는 장소를 아는 나는 열쇠를 찾아 문을 열고 안으로 들어갔다. 난로에는 불이 활활 타오르고 있었다. 이는 매우 보기 드문 풍경이었지만 고맙지 않은 건 아니었다. 나는 코트를 벗고 타는 장작 곁에 팔걸이의자를 갖다 놓고 주인이 도착하기를 인내심 있게 기다렸다.

날이 어두워져서야 그들은 돌아왔고 나를 진심으로 반겨 주었다. 커다랗게 입을 벌리고 소리 없이 웃으며 주피터는 저녁 식사로 흰눈썹뜸부기 요리를 준비하겠다며 법석을 피웠다. 렉랜드는 열정의 발작 — 어떻게 달리 표현할 수 있단 말인가? — 을 일으켰다. 그는 새로운 종을 형성할, 아직 알려지지 않은 쌍각류의 조개를 발견했으며, 그리고 주피터의 도움을 얻어 이제까지는 보지 못한 새로운 풍뎅이를 한 마리 잡았는데, 그의 말에 의하면 그것은 완전한 신종의 황금 곤충으로 그에 대한 내 의견은 내일 듣고 싶다고 했다.

나는 불 위로 손을 비비며, 내심 '신종인지 뭔지는 모르겠지만, 황금 곤충 따위는 악마에게나 내주라지'라고 생각하며 그에게 물었다.

"왜 오늘 밤은 안 되는가?"

"자네가 여기 있는 줄 알기만 했더라면! 헌데 자네를 본 지 꽤 오래되었잖은가. 바로 오늘 밤 자네가 날 방문할지 어떻게 예측했겠나? 집으로 오는 길에 요새의 G×× 중위를 만나 어리석게도 그 곤충을 빌려 주었네. 그러니 내일 아침까지는 볼 수 없어. 오늘 밤은 여기서 묵게. 동틀 때 주피터를 보내 가져오라고 할 테니. 세상에서 가장 사랑스러운 것이라네!"

"뭐라구? 해돋이가 그렇게 사랑스럽단 말인가?"

"말도 안 돼! 아니, 그 곤충 말이네. 반짝이는 황금 색깔에, 크기는 큰 호두알 만하네. 등 한편 끝에는 두 개의 검정 점이 있고 다른 한편에는 좀 더 긴 점이 하나 있지. 더듬이는……."

여기에서 주피터가 끼어들었다.

"더듬이 같은 건 없습니다. 윌 주인님. 계속 말씀드렸잖습니까, 진짜 황금 곤충이라구요. 날개 외에는 모두 황금빛인데, 그 절반 무게의 황금 곤충도 이제까지 본 적이 없습니다."

"그렇다고 주피터, 새 요리를 타게 내버려 둘 이유는 없잖아? 그 색깔은……."

레그랜드는 필요 이상으로 진지하게 말하는 것 같았다. 그는 나를 돌아보며 말했다.

"주피터가 저렇게 생각하는 것도 당연한 일이지. 내일 볼 수 있겠지만, 그 곤충이 뿜어내는 금속성의 광택보다 더 빛나는 것을 자네는 이제까지 본 적이 없을 거야. 그 곤충의 대략적인 생김새를 내가 알려 주겠네."

그는 이렇게 말하며 작은 테이블로 가 앉았다. 책상 위에는 펜과 잉크는 있었으나 종이가 없었다. 서랍 안을 찾아보았지만 거기에도 종이는 없었다.

"괜찮아, 이걸로도 충분해."

그는 조끼 주머니에서 아주 지저분한 양피지 한 장을 꺼내어 그 위에 펜으로 대강 형태를 그렸다. 그가 그러는 동안 나는 불 옆에 그대로 앉아 있었다. 여전히 추웠기 때문이다. 그림이 완성되자 그가 앉은 채 그것을 나에게 내밀었다.

내가 그것을 받았을 때, 크게 울부짖는 소리가 들렸으며 이어 문 긁는 소리가 들렸다. 주피터가 문을 열자 렉랜드가 기르는 큰 뉴펀들랜드 종인 개가 뛰어들어 내 어깨에 안기며 야단스럽게 핥아 댔다. 올 때마다 함께 놀아 주었기 때문이었다. 개가 한바탕 장난을 치고 난 후에 나는 그 종이를 보았는데, 솔직히 말해 내 친구가 그린 것에 적잖이 당황하지 않을 수 없었다. 나는 잠시 생각한 후에 말했다.

"음, 이건 정말 이상한 풍뎅이로군. 처음 보는 것이네. 이런 건 전에 본 적이 없네. 두개골이나 해골이라면 모르겠지만……. 어쨌든 지금까지 내가 본 것 중에서는 해골과 가장 많이 닮은 것 같네."

렉랜드는 내 말을 되받았다.

"해골이라고! 음, 그렇겠군. 종이에 그려 놓으면 분명히 그렇게 보일 수도 있겠어. 위의 검은 두 점은 눈처럼 보일 테고, 그렇지? 그리고 아래에 있는 긴 점은 입 같고, 전체 모양은 타원형이군."

"아무튼 렉랜드, 유감스럽지만 자넨 그림이 서툴군. 그 곤충의 생김새에 대해 생각하려면 직접 그 곤충을 볼 때까지 기다리는 게 좋겠어."

그가 조금 퉁명스럽게 말했다.

"글쎄, 그림은 꽤 그리는데. 적어도 좋은 선생님에게 지도를 받은 적도 있고, 스스로도 그렇게 못 그리지는 않는다고 자부하는데."

"그렇다면 친구. 자네는 농담을 하고 있군. 이건 누가 봐도 해골이네. 골격 견본 같은 것에 대해서는 잘 모르는 사람의 입장에서 본다면, 이건 매우 잘 그려진 해골이라 해도 되겠네. 그리고 자네가 발견한 풍뎅이가 이것과 닮았다면, 정말 이상한 풍뎅이임에 틀림없네. 이 힌트에서 아주 스릴 있는 미신을 만들어 낼 수도 있겠군. 그 풍뎅이를 해골 풍뎅이 혹은 그와 비슷하게 부를 수도

황금 곤충 139

있겠는 걸. 자연사에는 그런 비슷한 이름들이 많으니까. 그런데 자네가 말한 더듬이는 어디 있는 건가?"

이 말에 이유도 없이 흥분한 것 같은 렉랜드가 말했다.

"더듬이! 자네는 더듬이를 분명히 보았네. 원래 곤충에 있는 대로 분명히 그렸으니 충분하다고 생각하네."

"글쎄, 아마 자네는 그랬겠지만 내 눈에는 보이지 않는 걸."

그의 기분을 망치게 하고 싶지 않았으므로 나는 더 이상 아무 말 없이 그 종이를 그에게 내밀었다. 일이 이렇게 묘하게 된 것은 전혀 뜻밖의 일이었고, 그가 왜 화가 났는지 도저히 그 이유를 알 수가 없었다. 그 곤충의 그림에 대해 덧붙이자면, 더듬이라고는 절대로 보이지 않았으며 전체적으로는 해골과 매우 흡사했기 때문이다.

그는 매우 불쾌하다는 듯이 그 종이를 받아 들더니, 불 속에 집어 던지기라도 할 듯 구겨 버리려 들었다. 그러다가 문득 그림을 흘낏 보더니 온 정신을 거기에 빼앗긴 듯한 모습을 보였다. 그의 얼굴은 금방 붉어지더니 뒤이어 극도로 창백해졌다. 그는 의자에 앉은 채 몇 분 동안 그 그림을 뚫어져라 들여다보았다.

결국 그는 일어나서 탁자에서 촛불을 들더니 방 저쪽 구석에 있는 의복 상자 위에 앉았다. 거기에서 다시 그는 이리저리 뒤집어보며 그 종이를 면밀히 조사했다. 아무 말도 하지 않고 그런 행동을 하는 그의 모습에 나는 무척 놀랄 수밖에 없었다. 하지만 쓸데없는 참견을 해서 그를 더 불쾌하게 만드는 것은 현명하지 않다고 판단했다.

그는 조끼 주머니에서 지갑을 꺼내어 조심스럽게 그 종이를 넣은 다음 지갑째 책상 서랍 속에 넣고 잠갔다. 그리고 나자 그의 태도는 눈에 띄게 차분해지기 시작했는데, 처음 보였던 열정적인 상태도 완전히 사라져 버렸다. 그는 이제 화가 나 있다기보다는 몰두해 있는 것 같았다.

밤이 깊어감에 따라 그는 점점 더 공상에 몰두해서, 나의 어떤 재담도 그를 현실로 돌아오게 하지 못했다. 이전에도 자주 그랬듯이, 오늘 밤도 오두막에서 자고 갈 생각이었지만 나의 벗이 이런 감정 상태에 있는 것을 보니 떠나는 것이 낫다고 생각했다. 그는 억지로 나를 붙잡으려 들지는 않았지만, 헤어질 때는 평소보다 훨씬 더 힘차게 내 손을 쥐었다.

그로부터 한 달이 지나(그동안 나는 렉랜드를 본 적이 없다) 나는 찰스턴에서 그의 하인 주피터의 방문을 받았다. 이 선량한 늙은 흑인이 그렇게 힘 빠져 있는 것을 본 적이 없었으므로, 어떤 큰 재난이 내 친구에게 닥쳤는지도 모른다는 두려움이 밀려왔다.

"오, 주피터, 무슨 일인가? 레그랜드는 잘 있나?"

"사실대로 말씀드리자면, 주인님은 그리 상태가 좋지 않습니다."

"상태가 좋지 않다고? 정말 안됐군. 그래, 어디가 좋지 않다는 거지?"

"바로 그게 문제입니다! 아무 일도 없는데, 매우 편찮으십니다."

"매우 아프다니, 주피터! 왜 진작 말하지 않았나. 침대에 드러누워 있나?"

"아니오. 그렇지 않습니다만, 그게 더 걱정입니다. 불쌍한 윌 주인님 때문에 제 가슴이 미어지는 것 같습니다."

"주피터, 도대체 무슨 말을 하는지 모르겠네. 자네 주인이 아프다고 했는데, 어디가 아픈지 자네에게 얘기하지 않는다는 건가?"

"윌 주인님은 아무 말씀 안 하시지만, 그렇다면 왜 창백한 얼굴로 고개를 숙이고 어깨를 치켜들고 이리저리 돌아다니겠습니까? 그리고 시간만 나면 계산만 해 대는데……"

"뭘 한다고, 주피터?"

"계산이요. 석판 위에 숫자와 부호를 적어놓고⋯⋯. 이제까지 본 적이 없는 그런 이상한 부호를 보고 있으면 으스스한 기분이 듭니다. 늘 눈에 힘을 주고 주인님을 감시해야 합니다. 며칠 전에는 해도 뜨기 전에 빠져나가서는 하루 종일 돌아오시지 않지 뭡니까. 혼을 내 주려고 큰 막대기를 준비하고 있었는데 주인님이 오셨을 때⋯⋯ 바보스럽게도 그런 마음이 싹 가시는 거예요. 너무 가엾은 모습을 하고 계셔서 말입니다."

"뭐? 뭐라구? 아, 그렇군! 그런 사람에게 너무 가혹하지 않길 잘했네. 그를 혼내지 말게, 주피터. 그런 건 견디지 못할 테니. 그런데 왜 그런 병이 생겼는지 모르겠나? 혹은 왜 그런 행동의 변화가 생겼는지⋯⋯. 내가 저번에 본 이후로 무슨 안 좋은 일이라도 있었나?"

"그 이후로 안 좋은 일은 없었습니다. 그 전이 문제였습니다. 주인님 친구분이 다녀가신 바로 그날 말입니다."

"뭐라구? 그게 무슨 말인가?"

"저, 그 곤충 말입니다."

"뭐라구?"

"그 곤충 말입니다. 그놈이 뭘 주인님 머리 어딘가를 문 것이 분명합니다."

"주피터, 무슨 이유로 그런 추측을 하는 거지?"

"발톱만 봐도 그렇습니다. 주둥이도 마찬가지구요. 그런 곤충은 본 적도 없습니다. 그놈은 가까이 오는 것은 모조리 물어뜯습니다. 윌 주인님이 맨 먼저 잡았는데 잡자마자 그놈을 놓칠 수밖에 없었지요. 그때 물린 것이 분명합니다. 나는 그 곤충의 주둥이가 보기 싫었고, 손으로는 잡고 싶지 않아서 근처에 있는 종이로 그놈을 감싸서 잡았습니다. 놈의 주둥이에다 종이를 눌러 덮었습니다. 그렇게 된 것입니다."

"그렇다면 자네는 정말로 주인이 그 벌레한테 물렸기 때문에 아픈 거라고 생각하는가?"

"그렇게 생각할 수밖에 없지 않겠습니까? 틀림없습니다. 그 황금 곤충에게 물리지 않았다면 왜 황금 꿈만 계속 꾸겠습니까? 저는 그런 황금 곤충에 대한 얘기를 전에도 들은 적이 있어요."

"렉랜드가 황금 꿈을 꾼다는 건 어떻게 알았지?"

"어떻게 알았냐고요? 잠꼬대까지 하는데 모르겠어요? 그래서 눈치를 챈 것입니다."

"음, 자네 말이 맞는 것 같군. 그런데 오늘은 무슨 일로 이렇게 나를 찾아올 생각을 했는가? 렉랜드가 내게 무얼 가져다주라고 했나?"

"아닙니다. 특별히 맡긴 물건은 없고, 이 편지를 가져왔습니다."

주피터는 나에게 쪽지 한 장을 넘겨주었는데 다음과 같이 씌어 있었다.

친애하는 벗에게

어째서 이렇게 오랫동안 얼굴을 보여 주지 않는 거지? 내가 약간 퉁명스러웠던 것에 화가 난 것은 아니기 바라네. 아니, 그럴 리는 없겠지.

자네와 헤어진 이후 큰 근심거리가 생겼네. 자네에게 말할 것이 있는데, 어떻게 얘기해야 할지 모르겠네. 얘기를 해도 되는 것인지도 통 모르겠네.

지난 며칠 동안 몸이 좋지 않았네. 늙은 주피터가 내게 이것저것 자꾸 참견을 하는데, 호의로 그러는 것이겠지만 견딜 수가 없네. 믿을 수 있겠는가? 주피터가 며칠 전에는 큰 막대기를 준비했었다네. 내가 몰래 빠져나와 하루 종일 본토의 산 속에서 보낸 걸 혼내 주기 위해서였네. 아픈 안색 덕분에 몽둥이찜질을 피할 수 있었다고 나는 믿네.

우리가 마지막으로 만났던 날 이후로 내 표본상자는 하나도 늘어나지 않았네.

사정이 가능하다면, 어떻게든 주피터와 함께 와 주게. 제발 그렇게 해 주게. 중대한 일로 오늘 밤 자네를 만나고 싶네. 정말 중요한 일이라는 사실을 보장할 수 있네.

— 윌리엄 렉랜드

이 편지에는 내 마음을 몹시 불안하게 하는 무언가가 있었다. 전체적인 문체도 평소 그의 것과는 확연히 달랐다. 그는 도대체 무슨 꿈을 꾸고 있는 것일까? 어떤 변덕스런 생각이 그의 흥분하기 쉬운 머릿속에 가득 차 있는 걸까? 그가 해야 하는 정말 중요한 일이란 무엇일까? 주피터의 말을 들어보면 대단한 일은 아닐 것 같기도 했다. 나는 계속되는 불운이 내 벗의 마음을 압박해 결국 이성을 잃어버리지나 않을까 두려웠다. 그래서 한순간의 망설임도 없이 주피터와 동행할 준비를 했다.

나루터에 도착하자마자 나는 우리가 타고 갈 배의 바닥에서 새것으로 보이는 낫 한 자루와 삽 세 자루를 보았다.

"이건 대체 뭐지, 주피터?"

"주인님의 낫과 삽이지요."

"물론 그렇겠지. 그런데 어디에 쓸 것인가?"

"주인님이 시내에 가서 사오라고 해서요. 이걸 사느라고 돈을 얼마나 뜯겼는지 모릅니다."

"그런데 궁금한 것은, 자네의 윌 주인님이 이 낫과 삽으로 무얼 하려 하는 건가?"

"그런 건 모릅니다. 주인님도 아마 모를 겁니다. 모두 그 곤충 탓이니까요."

정신을 온통 그 곤충에 빼앗긴 주피터에게서는 만족할 만한 답을 얻을 수 없다는 것을 알고, 나는 보트를 타고 출발했다. 순풍을 타고 우리는 물트리 요새 북쪽의 조그마한 포구로 들어섰다. 3km 정도 걷자 오두막에 닿았다. 우리가 도착했을 때는 오후 3시쯤이었다.

렉랜드는 우리를 애타게 기다리고 있었다. 그는 심상치 않은 열정으로 내 손을 잡았는데 그것은 나를 놀라게 했고, 이미 품고 있던 의혹을 더 강하게 했다. 그의 안색은 창백해 무서울 지경이었으며, 깊이 들어간 눈은 이상한 광채로 빛을 내고 있었다. 그의 건강에 대해 좀 물어보고는 무슨 말을 더 해야 할지 몰랐으므로, G×× 중위에게서 그 풍뎅이를 가져

왔느냐고 물었다.

그는 흥분한 빛을 띠며 대답했다.

"아, 그럼. 다음 날 아침에 가져왔지. 무슨 일이 있어도 그 풍뎅이와는 떨어지지 않겠네. 주피터의 말이 옳다는 걸 자네는 알겠지?"

"뭐가 옳단 말인가?"

나는 마음속으로 슬픈 예감을 느끼며 물었다.

"진짜 황금 곤충이라는 생각 말이네."

그는 이 말을 정말 심각한 태도로 말했기 때문에 나는 큰 충격을 받았다. 그는 득의양양한 미소를 띠며 계속해서 말을 이었다.

"이 곤충이 나에게 우리 가문의 재산을 되돌려주어 내 운명을 바꿀 것이네. 그러니 내가 이 곤충을 자랑스러워하는 건 당연하지 않겠나. 행운이 내게 찾아온 것이니까. 잘 이용하기만 하면 이 곤충이 내 손을 이끌어 황금의 산으로 인도할 거야. 주피터, 그 풍뎅이를 가지고 와!"

"뭐라구요! 그 곤충을요? 주인님, 저는 정말 싫습니다. 주인님이 직접 가지고 오십시오."

그러자 렉랜드는 엄숙하고 근엄한 태도로 일어나 유리로 된

표본상자에 들어 있던 곤충을 내게 가져다주었다. 그것은 아름다웠고 그 당시 생물학자들에게 알려지지 않았을 법한, 학문적 관점에서 큰 가치를 지닌 것이었다.

등 한 끝에 두 개의 둥근 점이 있었고 다른 한 끝에 긴 점이 하나 있었다. 껍질은 매우 단단했으며 잘 닦아 놓은 황금처럼 빛이 났다. 곤충의 무게가 꽤 나갔으므로 모든 상황을 고려해 볼 때, 그것에 관한 주피터의 의견을 무시할 수만도 없었다. 그런데 그 의견에 렉랜드가 어떻게 동의하게 되었는지 나는 도대체 알 길이 없었다.

내가 그 곤충을 충분히 살펴보았을 때, 렉랜드는 엄숙한 어조로 말했다.

"내가 자네를 부르러 보낸 것은, 나의 운명과 이 곤충과의 관계에 대한 견해를 더 발전시키는 일에 자네의 충고와 도움을 얻기 위해서……."

나는 소리를 질러 그의 말을 가로막았다.

"이보게, 렉랜드. 자네는 확실히 몸이 좋지 않군. 예방책을 좀 쓰는 게 낫겠네. 눕게. 회복될 때까지 며칠 자네 옆에 있어 줄 테니. 열도 좀 있는 것 같군."

"맥박을 재 보게."

나는 맥박을 짚어 보았지만 정상이었고, 사실을 말하자면 열도 전혀 없었다.

"열은 없지만 아픈 것일지도 모르네. 이번만은 내 처방을 듣게. 우선 침대에 눕게나. 그리고……."

그는 내 말을 가로막았다.

"자네 뭔가 오해를 하고 있군. 흥분에 들떠 있지만 건강 상태는 더할 나위 없이 좋네. 내가 건강하길 바란다면 우선은 이 흥분 상태로부터 나를 구해 주게."

"그럼 어떻게 하면 되겠나?"

"아주 쉽네. 주피터와 나는 지금부터 본토에 있는 산으로 탐험을 가려 하는데, 이 탐험에는 우리가 믿을 수 있는 사람의 도움이 필요하네. 자네는 우리가 신임할 수 있는 유일한 사람이네. 성공하든 실패하든 지금 자네가 보고 있는 이 흥분 상태는 틀림없이 가라앉을 것이네."

"어떤 방법으로든 자네를 도와주고 싶네. 그런데 이 지독한 곤충이 산으로 떠나는 자네의 탐험과 어떤 연관이라도 있단 말인가?"

"그렇다네."

"그렇다면 렉랜드, 그런 어처구니없는 일에는 끼어들지 않겠네."

"유감이군. 정말 유감이야. 그럼 우리 둘이서 할 수밖에 없다는 얘기군."

"둘이서 한다고? 이 사람 정말 정신 나갔군! 가만있게! 얼마동안 집을 비울 생각인가?"

"하룻밤 정도면 될 거야. 이제 곧 출발해서, 무슨 일이 있어도 동틀 때까지는 돌아올 거라네."

"그럼 자네 나랑 틀림없이 약속할 수 있겠나? 자네의 이 정신 나간 행동이 끝나고 빌어먹을 곤충 사건이 만족스럽게 정리되면, 집에 돌아와 내 충고를 의사의 처방으로 알고 절대 적으로 따르겠다고?"

"음, 약속하지. 그러면 이제 떠나세. 이럴 시간이 없네."

무거운 마음으로 나는 내 친구를 따라갔다. 우리들은 — 렉랜드, 주피터, 개와 나 — 대략 4시쯤 출발했다. 주피터는 낫과 삽을 들고 갔는데, 모조리 혼자 들고 가겠다고 고집을 부렸다. 부지런함이나 온순함이 지나쳐서라기보다는 그 도구들이 주인의 손에 닿는 것을 두려워해서인 것 같았다. 그의 태도는 매우 경직되어 있었으며, 길을 가는 도중 연신 '그놈의 곤충'이라는 말만 중얼거렸다.

나는 두 개의 낡은 램프를 들고 갔다. 렉랜드는 그 풍뎅이만으로 만족했는지, 그것을 긴 가죽 끈 끝에 매달고서 마술사처럼 이리저리 빙빙 돌리면서 걸어갔다. 이런 행동이 계속되는 것을 보자, 내 친구가 정신이상이라는 명백한 증거를 본 듯해서 눈물을 참을 수가 없었다. 그러나 당분간은, 즉 성공 가능성이 더욱 높은 수단을 쓸 수 있게 되기 전까지는 그의 공상에 비위를 맞추어 주는 것이 최선이라고 생각했다.

그러는 동안 나는 이 탐험의 목적에 관하여 그를 슬쩍 떠보는 일도 게을리 하지 않았지만 헛일이었다. 나를 데려오는 일에 성공했으니 더 이상 사소한 것에 대해서는 이야기를 나눌 필요가 없다고 생각했는지, 무얼 물어도 그저 '곧 알게 될 거야'라는 대답만 할 뿐이었다.

우리는 보트를 이용해 섬 끝에 있는 작은 강을 건넜다. 그리고 본토 기슭의 고지대로 올라 사람의 발자국이라고는 볼 수 없는 매우 거칠고 외진 지역을 지나 북서쪽을 향해 갔다. 렉랜드는 신중하게 길을 안내했으며 전에 자신이 해 둔 표시를 확인하기 위해 이곳저곳에서 잠시 멈추었다.

이렇게 두 시간 가량 가다가 이제까지 본 것보다 훨씬 더 황량한 지역에 들어섰을 때 해가 막 기울기 시작했다. 그곳은 거의 접근할 수 없는 고지대의 정상에서 가까운, 일종의 평지였다. 밑에서부터 꼭대기까지 빽빽이 나무가 우거져 있었으며 여기저기 거대한 바위가 흩어서 있었다. 바위들은 땅 위에 느슨하게 놓여 있는 것 같았는데, 대부분 기댄 나무를 버팀목으로 해서 골짜기 아래로 굴러 떨어지지 않고 있었다. 여러 방향의 깊은 골짜기가 경치에 훨씬 더 장엄한 분위기를 더해주었다.

우리가 올라간 천연의 고지대에는 웃자란 가시덤불이 빽빽이 있었기 때문에 낫 없이 그 길을 계속 가는 것은 불가능했다. 주피터는 그의 주인의 지시에 따라 거대하게 솟은 백합나무가 있는 곳까지 우리가 갈 수 있도록 길을 열었다. 그 나무는 여덟 그루 내지 열 그루 정도 되는 떡갈나무와 함께 평지에 서 있었는데, 그 무성한 잎사귀와 넓게 퍼진 가지, 장엄한 자태에 있어서 주위에 있는 나무들은 물론 이제까지 내가 본 어떤 나무보다 더욱 뛰어난 것이었다.

이 나무에 다다르자 렉랜드는 주피터를 돌아보더니 올라갈 수 있겠느냐고 물었다. 늙은 주피터는 그 질문에 약간 망설이는 것처럼 보였는데 얼마 동안 대답이 없었다. 그러더니 거대한 나무 기둥으로 다가가 주위를 맴돌며 유심히 살펴보았다. 이 조사를 마치더니 그가 말했다.

"네, 주인님, 주피터가 못 올라간 나무는 이제까지 없었습니다."

"그럼 가능한 한 빨리 올라가. 곧 어두워져서 잘 보이지 않을 테니까."

"얼마나 높이 올라가야 됩니까, 주인님?"

주피터가 물었다.

"우선 굵은 줄기를 따라 올라가. 그러면 어디로 가야 하는지 말해 줄게. 잠깐! 이 곤충을 가져가."

"그 곤충을요? 월 주인님! 그 곤충을 갖고 가라구요?"

주피터는 질겁하며 뒤로 주춤했다.

"뭣 때문에 그놈을 나무 위로 가져가야 됩니까? 정말 못하겠습니다!"

"너같이 덩치 큰 흑인이 아무 해도 없는 작은 곤충 한 마리 잡는 것을 두려워하다니! 왜 이놈을 못 가지고 간다는 거지? 하는 수 없지. 갖고 올라가지 않으면 이 삽으로 네 머리를 부셔 버릴 수밖에."

주피터는 자존심에 상처를 받았는지 명령에 따를 마음이 생긴 것 같았다.

"뭐라구요, 주인님? 그 곤충은 이 늙은이와 같이 올라갈 겁니다. 모두 농담이었습니다. 내가 그놈을 무서워하다니요! 그따위 곤충이 뭐가 무섭겠습니까?"

그러면서도 주피터는 줄 끝을 조심스럽게 잡고 가능한 한 그 곤충을 멀리한 채 나무에 오를 준비를 했다.

미국의 삼림수 중에서도 가장 장대한 백합나무는 어렸을 때는 줄기가 매우 곧고 주로 곁가지 없이 아주 높이 자란다. 그러나 나이가 들면 혹이 울퉁불퉁 생기고 짧은 곁가지가 생긴다. 따라서 이 나무에 오르는 것은 보기보다 그렇게 어려운 일은 아니었다. 주피터는 두 팔과 두 무릎으로 그 거대한 원통에 찰싹 달라붙어서 손으로 혹을 잡고 아무것도 신지 않은 발의 발가락을 또 다른 혹에 걸면서, 한두 번은 거의 떨어질 뻔하면서도 결국 거대한 나무의 첫 번째 굵은 가지까지 올라갔다. 일은 거의 성사된 것 같았다. 주피터는 지상에서 약 20m 정도 떨어진 곳에 있었지만 위험한 부분은 이미 다 오른 상태였다.

"이제 어디로 갈까요, 윌 주인님?"

그가 물었다.

"제일 큰 가지로 올라가. 이쪽에 있는 그 가지."

렉랜드가 말했다.

쥬피터는 재빠르게 시키는 대로 했으며 어려움은 거의 없어

보였다. 점점 더 높이 올라가 우거진 잎에 가려 그의 몸집이 보이지 않게 되었다. 이제 큰 소리로 부르는 소리가 들렸다.

"얼마나 더 올라가야 됩니까요?"

"얼마나 올라간 거야?"

렉랜드가 물었다.

"아주 높이 왔습니다요. 나무 위로 하늘이 보입니다."

주피터가 대답했다.

"하늘은 신경 쓰지 말고 내 말을 똑똑히 들어. 줄기를 내려다보고 이쪽 아래의 가지를 세어 봐, 몇 가지나 지났지?"

"하나, 둘, 셋, 넷, 다섯……. 이쪽으로 큰 가지 다섯 개 지났습니다, 주인님."

"그럼 하나 더 높은 곳에 있는 가지로 올라가."

잠시 후 일곱 번째 가지에 올랐다는 목소리가 들려오자, 렉랜드는 몹시 흥분해 소리쳤다.

"이제 주피터, 될 수 있는 대로 그 가지 끝까지 가야 해. 이상한 것이 보이면 알려 줘."

이때쯤 내 불쌍한 친구의 정신이상을 설마하고 의심했던 내 마음은 결국 사라졌다. 그가 미쳤다는 결론에는 의심의 여지가 없었다. 나는 그를 집으로 데리고 돌아갈 방법을 진심으로 찾기 시작했다. 어떻게 하는 것이 최선일까 골몰하는 동안 주피터의 목소리가 다시 들렸다.

"이 가지를 따라서는 더 이상 앞으로 갈 수 없습니다. 이건 죽은 가지입니다."

"죽은 가지라고 했나, 주피터?"

렉랜드는 떨리는 목소리로 말했다.

"네, 주인님, 죽었습니다. 말라 버려 생명이 없습니다."

"이제 도대체 어떻게 해야 하지?"

렉랜드는 크게 실망한 것 같았다. 나는 기다렸다는 듯이 말했다.

"어떻게 하다니! 집에 가서 눕게. 자 어서! 그게 가장 좋은 방법이네. 시간도 늦었고, 나랑 약속도 하지 않았나?"

그는 내 말에는 전혀 주의를 기울이지 않고 주피터에게 외쳤다.

"주피터, 들리나?"

"네, 주인님. 아주 잘 들립니다."

"그럼 칼로 그 나무를 시험해 봐. 완전히 썩었는지."

잠시 뒤 주피터가 대답했다.

"확실히 썩었습니다, 주인님. 그런데 그렇게 많이 썩지는 않있습니다. 혼자서는 좀 더 갈 수 있을 것 같습니다."

"혼자라니? 무슨 말이야?"

"곤충 말입니다. 너무 무겁습니다. 이놈을 떨어뜨려 검둥이 혼자 남게 되면 이 가지도 부러지지는 않을 겁니다."

"뭐야, 이놈!"

렉랜드는 소리쳤지만 무척 마음이 놓이는 것 같았다.

"그런 말도 안 되는 소리가 어디 있어. 곤충을 떨어뜨려 봐! 목을 부러뜨릴 테니. 이봐, 주피터? 내 말 알겠어?"

"네, 주인님. 이 불쌍한 검둥이한테 그런 식으로 소리치지는 마세요."

"알았으니 잘 들어! 그 가지를 따라서 갈 수 있는 데까지 가. 그리고 벌레를 떨어뜨리지 않는다면 나무에서 내려오는 대로 1달러 은화를 선물로 주지."

"가겠습니다, 윌 주인님. 자, 벌써 가고 있습니다."

주피터는 즉각 대답했다.

"거의 끝까지 왔습니다."

그러자 렉랜드가 기쁜 듯 소리쳤다.

"끝까지? 그 가지 끝까지 갔단 말이지?"

"조금만 더 가면 끝입니다, 주인님. 우왓! 이런! 나무 끝에

이게 대체 뭐지?"

"그래! 그게 뭐야?"

랙랜드는 무척 밝은 목소리로 소리쳤다.

"해골입니다. 누군가 나무 위에다 갖다 놓은 것 같은데, 까마귀가 살을 다 파먹어 버렸습니다."

"해골이라고 했지? 좋았어! 어떻게 나뭇가지에 달려 있지? 무엇으로 고정돼 있어?"

"네, 주인님, 살펴보겠습니다. 정말 이상한데요. 해골 가운데 커다란 못이 있는데 나무에 박혀 있습니다."

"음, 주피터. 내가 말하는 대로 정확히 해. 알겠어?"

"네, 주인님."

"주의를 기울여서 해골의 왼쪽 눈을 봐."

"네. 그런데 왼쪽 눈이 어느 쪽에 있는 건지……"

"멍청아! 설마 오른쪽 손과 왼쪽 손도 구분할 줄 모르는 것은 아니지?"

"당연하죠. 장작을 패는 손이 왼손 아닙니까?"

"그렇지! 넌 왼손잡이니까. 그러니까 왼쪽 손과 같은 쪽에 있는 것이 왼쪽 눈이야. 이제 해골 왼쪽 눈이 어딘지 알겠지. 찾은 거야?"

긴 시간이 흘렀다. 드디어 주피터의 목소리가 들려왔다.

"해골 왼쪽 눈도 해골 왼쪽 손과 같은 쪽에 있는 거죠? 그런데 해골에는 왼손이 없는데…… 괜찮습니다! 왼쪽 눈을 찾았습니다. 이걸 어떻게 할까요?"

"풍뎅이를 그 사이로 넣어 줄이 닿는 데까지 늘어뜨려. 줄 놓치지 않도록 조심하고."

"다 했습니다, 윌 주인님. 구멍 속으로 넣는 거야 쉽지요. 자, 내려갔지요?"

이런 말을 주고받는 동안 주피터의 모습은 전혀 보이지 않았다. 그러나 어렵게 내려온 그 곤충이 이제 줄 끝에서 보였는데, 우리가 서 있는 곳을 희미하게 비추어 주며 지는 해의 마지막 빛을 받아 잘 닦은 황금처럼 번쩍였다.

풍뎅이는 나뭇가지 사이로 내려졌으며 계속 내려오면 우리들 발등에 닿을 것 같았다. 렉랜드는 곧 낫을 들고 그 곤충 아래에 직경 3, 4m의 원을 그렸다. 이 일을 마친 다음 주피터에게 끈을 놓고 나무에서 내려오라고 명령했다.

풍뎅이가 떨어진 정확한 지점에 아주 확실하게 말뚝을 박은 후 내 친구는 주머니에서 줄자를 꺼냈다. 그 말뚝에 가장 가까운 나무 기둥에 줄자 끝을 고정한 후 말뚝에 닿을 때까지 풀었고, 나무와 말뚝의 연장선상을 따라 15m 정도를 전진했다 (주피터는 낫으로 가시덤불을 자르며 부지런히 그의 앞길을 열어 주었다).

이렇게 해서 생긴 지점에 두 번째 말뚝을 박고, 이것을 중심으로 직경 1m가 조금 넘는 원을 그렸다. 렉랜드는 직접 삽을 한 자루 들더니 주피터와 나에게도 하나씩 주며 가능한 한 서둘러서 땅을 파라고 말했다.

솔직히 말해서 나는 원래 이런 일에 별다른 흥미를 느끼지 못하는 성격이기 때문에 그 순간에는 거절하고 싶은 심정이었다. 밤이 다가오고 있었고, 그때까지의 강행군으로 지쳐 있었기 때문이다. 그러나 피할 방법도 없었고, 거절을 해서 내 불쌍한 친구의 평정심을 흔들어 놓고 싶지도 않았다. 만약 주피터가 도와준다면 아무런 망설임도 없이 이 미친 친구를 억지로라도 집으로 데려가고 싶었다.

그러나 나는 그 늙은 흑인의 기질을 너무 잘 알고 있었다. 어떤 상황에서도 그의 주인을 버리고 나를 돕기를 바랄 수는 없었다. 렉랜드는 남쪽 지방에서 흔히 들을 수 있는, 땅 속에 묻힌 돈에 관한 수많은 전설에 홀린 것 같았다. 그러던 차에 마침 금빛 풍뎅이를 발견했고, 주피터가 그것을 '진짜 황금 곤충'이라고 했던 말까지 영향을 미쳐 드디어 그는 공상을 진심으로 확신하게 된 것임이 분명했다.

광기가 있는 사람은 그런 암시에 이끌리며, 이전부터 가지고 있던 생각과 일치할 때는 특히 그러기가 쉽다. 그 곤충의 존재를 '그의 운명의 지표'라고 했던 내 친구의 말이 떠올랐다. 그러자 마음이 서글프고 혼란스러웠다. 그러나 결국 선심을 베풀 듯 땅을 파기 시작했다. 그가 품은 생각이 잘못이었음을 좀 더 빨리 눈으로 확인시켜 주어야겠다고 생각한 것이다.

램프에 불을 붙이고, 우리들은 이런 한심하기 짝이 없는 일에 쏟아 붓기에는 조금 아까울 정도의 열의를 가지고 작업에 착수했다. 램프의 불빛이 우리들의 몸과 도구를 비칠 때, 우리는 얼마나 희화적인 군상을 구성하고 있는 것인지, 또한 우연히 이곳을 지나는 사람이 있다면 우리가 하는 일이 얼마나 이상하고 의심스러운 것으로 보일지 등의 생각을 떨쳐 버릴 수가 없었다.

우리는 꾸준히 두 시간 동안 땅을 팠다. 말은 거의 없었다. 가장 시끄러웠던 것은 개였는데, 녀석은 우리들이 하는 일에 지나친 관심을 갖고 있는 것 같았다. 그 개가 너무나도 소란을 피웠기 때문에 근처에 지나가던 사람이 이 소리를 들을까 봐 우리는, 아니 렉랜드는 걱정을 했다. 하지만 나로서는 오히려 방해자가 나타나서 이 방랑자를 집으로 데려갈 수 있는 구실을 만들어 주었으면 좋겠나고 생각했다. 그 시끄러운 소리는 결국 주피터에 의해 간단하게 사라져 버렸다. 그는 허겁지겁 구덩이에서 기어나가 멜빵으로 개의 입을 묶은 뒤 킥킥 웃으며 다시 구덩이로 돌아왔다.

두어 시간이 지나 우리는 1. 5m 정도의 깊이에 이르렀으나 보물이 있을 만한 흔적은 전혀 드러나지 않았다. 잠시 휴식을 취하는 동안, 나는 어서 이 연극이 끝나기를 바랐다. 렉랜드는 무척 실망한 것 같았으나 그래도 깊은 생각에 잠긴 채 이마의 땀을 닦고 다시 일에 매달리기 시작했다. 우리는 1m 조금 넘는 지름의 원을 모두 판 후, 그 범위를 좀 넓혀 60cm가량 더 깊이 파 보았다. 여전히 아무것도 나타나지 않았다.

나는 진심에서 우러나오는 그에 대한 동정심을 금할 길이 없었는데, 렉랜드는 결국 쓰라린 실망의 빛이 완연한 채 구덩이에서 기어 나왔다. 그리고는 천천히 그리고 마지못해 일을 시작할 때 던져 놓았던 웃옷을 걸쳤다. 나는 한동안 아무 말도 하지 않았다. 주피터는 주인의 신호에 따라 도구를 모으기 시작했다. 이 일을 마치고 개의 입을 묶었던 멜빵을 풀어 준 뒤 우리는 깊은 침묵 속에서 집으로 향했다.

열두어 걸음 정도 걸었을까, 렉랜드는 큰 소리로 욕설을 퍼부으며 주피터에게 달려가 멱살을 잡았다. 그러자 주피터가 깜짝 놀라서 있는 대로 눈과 입을 벌린 채 삽을 떨어뜨리며 털썩 주저앉았다.

"이 바보 같은 놈, 검둥이 악당! 말해 봐, 거짓 없이 당장 대답해. 어느 쪽이, 어느 쪽이 네 녀석의 왼쪽 눈이야?"

말 한마디 한마디가 렉랜드의 꽉 다문 입에서 새어나왔다.

"아이고, 윌 주인님! 이게 분명히 제 왼쪽 눈이지요."

겁먹은 주피터가 소리치며 오른쪽 눈에 손을 갖다 댔다. 그는 주인이 눈이라도 도려내지 않을까 하는 두려움에 필사적으로 눈을 가렸다.

"그럴 줄 알았다! 그럴 줄 알았다고! 이젠 됐다!"

렉랜드는 소리를 지르며 주피터를 놓아 주더니 이리저리 펄쩍펄쩍 뛰어다녔다. 완전히 넋을 잃은 주피터는 주섬주섬 일어나 아무런 말도 하지 못하고 렉랜드와 나를 번갈아 쳐다보기만 했다.

"가자! 되돌아가야 해. 게임은 아직 끝나지 않았어."

그리고 그는 다시 백합나무가 있는 곳으로 걷기 시작했다.

나무 밑에 도착하자 그는 주피터에게 말했다.

"주피터, 이리 와! 해골은 얼굴을 바깥쪽으로 향한 채 가지에 박혀 있었나, 아니면 안쪽으로 향한 채 박혀 있었나?"

"바깥쪽을 향하고 있었습니다, 주인님. 그래서 까마귀 녀석이 쉽게 눈을 파먹을 수 있었지요."

"그렇다면 네가 곤충을 늘어뜨린 것은 이쪽 눈을 통해서였어, 아니면 이쪽 눈을 통해서였어?"

이렇게 말하며 렉랜드는 주피터의 양쪽 눈을 번갈아가면서 가리켰다.

"이쪽 눈입니다, 주인님. 말씀드린 대로 왼쪽 눈입니다."

이렇게 말하며 주피터가 가리킨 것은 오른쪽 눈이었다.

"이젠 됐어. 알았으니까 처음부터 다시 시작이다."

여기서 나는 정신이상으로 생각했던 아니, 미루어 짐작했던 내 친구의 머릿속에 어떤 방법적 순서가 있다는 사실을 깨달았다. 어쨌든 그는 곤충이 떨어진 그 지점에 표시되어 있던 말뚝을 뽑아 이전 위치에서 서쪽 방향으로 약 8cm 떨어진 곳에 다시 박았다. 그리고 전과 같이 나무 기둥의 가장 가까운 지점에서 말뚝까지 줄자를 끌고 가, 거기서 다시 일직선으로 15m 정도 떨어진 곳에 표시를 했다. 그곳은 우리가 조금 전에 파헤쳤던 곳으로부터 몇 미터 떨어진 지점이었다.

그는 새로운 지점을 중심으로 아까보다 조금 더 큰 원을 그렸고, 우리는 다시 삽을 들고 땅을 파기 시작했다. 나는 죽도록 지쳐 있었는데, 무엇이 내 생각의 변화를 가져왔는지 이해할 수 없었다. 나는 주어진 일에 더 이상 반감이 생기지 않았다. 나는 묘한 흥미를 느끼고 있었다. 아니, 흥분조차 될 지경이었다. 렉랜드의 뜻밖의 행동 어딘가에 무언가 선견지명이랄까, 깊은 생각이랄까 아무튼 그런 것이 있어서 나도 모르는 사이에 감명을 받은 듯했다. 나는 열심히 땅을 팠을 뿐만 아니라, 가엾은 내 친구를 미치게 한 환상 속의 보물을 찾을지도 모른다는 기대 비슷한 것을 실제로 바라고 있는 나 자신을 문득문득 발견하게 되었다.

그런 터무니없는 생각에 사로잡혀 한 시간 반 정도 일을 했을 때, 우리는 다시 한 번 개가 맹렬하게 짖어 대는 소리 때문에 일에 방해를 받았다. 아까의 소란 속에는 재미나 변덕에 지나지 않는 듯한 면이 있었는데, 이번 소란 속에는 어딘가 진지하고 절박한 듯한 면이 숨어 있었다. 주피터가 다시 주둥이를 막으려 하자, 개는 맹렬하게 저항을 하다가 끝내는 구덩이 속으로 뛰어들더니 미친 듯이 발로 흙을 파헤쳤다.

몇 초도 지나지 않아 개는 한 무더기의 사람 뼈를 파냈다. 완전히 해골이 된 두 사람의 뼈다귀였는데, 거기에는 몇 개의 금속 단추와 썩은 천 조각으로 보이는 것들이 엉겨 붙어 있었다. 삽으로 두어 번 흙을 파내자 커다란 스페인 칼이 나왔으며, 좀 더 파내려가자 서너 개의 금화가 드러났다.

 이것을 본 주피터는 기쁨을 감출 수 없다는 표정을 지었지만, 그의 주인의 얼굴에는 큰 실망의 빛이 어렸다. 그는 우리들에게 더 파라고 재촉했다. 하지만 그 말이 채 끝나기도 전에 나는 무엇인가에 발이 걸려 비틀거리며 앞으로 넘어졌다. 흙에 절반 정도 묻혀 있던 큰 철제 고리에 구두 끝이 걸렸던 것이다.

 우리는 정말 신들린 듯 일했다. 일찍이 이렇게 흥분되는 10분을 보낸 적은 없었다. 단 10분 만에 우리는 정사각형에 가까운 나무 상자를 하나 파냈는데, 상자의 온전한 보존 상태와 믿을 수 없을 정도의 견고함을 보고 어떤 광화(鑛化) 처리 ― 틀림없이 염화제2수은에 의한 광화 처리를 한 것이라는 사실을 알 수 있었다. 상자는 길이가 1m, 폭이 90cm, 높이가 80cm 정도였으며, 연한 철 테두리와 못으로 단단히 고정되어 있었기 때문에 전체적으로 일종의 격자 모양을 이루고 있었다. 뚜껑 가까운 양쪽에 철제 고리가 3개씩, 즉 모두 6개가 달려

황금 곤충 167

있어서 6명이 한꺼번에 들 수 있도록 되어 있었다.

우리 셋은 있는 힘을 다해 들어 올려 봤지만 밑바닥이 약간 움직였을 뿐이었다. 이 상자는 절대로 옮길 수 없다는 사실을 바로 알 수 있었다. 다행히도 뚜껑을 고정시키는 장치는 두 개의 빗장뿐이었다. 우리는 불안과 기대로 두근거리는 가슴을 안고 빗장을 벗겨 냈다.

순간 우리 눈앞에 도저히 값어치를 매길 수 없을 정도의 보물들이 찬란하게 모습을 드러냈다. 램프 빛이 구덩이 내부로 떨어지자 마구 섞여 있는 황금과 보물 더미로부터 우리의 눈을 어지럽게 하는 광채가 위로 뿜어져 올라왔다.

그것을 보며 느꼈던 감정은 구태여 설명하지 않겠다. 물론 놀라움이 가장 컸다. 렉랜드는 흥분을 주체하지 못한 채 거의 아무 말도 하지 못했다. 주피터의 안색은 일순간 죽은 사람처럼 창백해져, 흑인이라고 할 수 없는 모습이었다. 벼락을 맞아 정신을 잃은 것 같기도 했다. 주피터는 무릎을 꿇고 맨팔을 팔꿈치까지 보물 속에 담그고서, 마치 호사스런 목욕을 즐기듯 그대로 있었다. 그러더니 결국 깊은 한숨을 쉬며 혼잣말처럼 외쳤다.

"이 모든 건 황금 곤충이 가져온 거야! 그 황금 곤충이! 가

없은 곤충, 내가 얼마나 욕지거리를 했는데! 이 흑인놈, 부끄럽지도 않아? 대답 좀 해 봐!"

나는 두 사람에게 즉시 보물을 치워야 한다고 말했다. 시간이 늦어지고 있었고, 날이 밝기 전에 모두 집으로 옮기려면 서둘러야 했다. 무엇을 해야 할지 알 수가 없었다. 고심하는 중에 상당히 많은 시간이 흘렀다. 그만큼 우리들 모두의 생각은 혼란스러웠던 것이다.

우리는 결국 내용물의 3분의 2를 덜어 내 상자를 가볍게 한 다음 가까스로 구덩이에서 끌어올릴 수 있었다. 꺼낸 보물은 가시덤불 사이에 두고 그것을 지키기 위해 개를 남겨 두었는데, 주피터는 개에게 어떤 일이 있어도 자리를 떠나지 말고 우리들이 돌아오기 전에는 입을 벌리지도 말아야 한다고 엄포를 놓았다.

그러고 나서 우리들은 그 상자를 가지고 서둘러 집으로 향해 무사히, 그러나 심한 고생 끝에 오두막에 다다랐다. 시간은 새벽 1시였다. 몹시 지쳐 있었으므로 도저히 무언가를 더 할 수가 없었다. 우리는 2시까지 쉬고 저녁을 먹은 다음 세 개의 튼튼한 자루를 메고 다시 언덕으로 향했다. 4시 조금 전에 우리는 구덩이에 도착해 남은 보물을 셋으로 똑같이 나누고 구덩이도 메우지 않은 채 다시 오두막으로 향했는데, 집에 돌아와 황금 자루를 내려놓았을 때는 동쪽의 나무 꼭대기로부터 해가 올라오고 있었다.

우리는 완전히 녹초가 되었지만 지나친 흥분 때문에 쉴 수가 없었다. 서너 시간 정도 꾸벅꾸벅 졸았다 싶더니 모두 약속이라도 한 듯 자리에서 일어나 우리들의 보물을 감정하기 시작했다.

상자 가득 보물이 담겨 있었기 때문에 내용물을 살펴보는 것만도 하루하고도 다음 날 밤까지 걸렸다. 순서나 배열 같은 것은 아무것도 없었다. 모두 뒤섞여 쌓여 있었다. 주의를 기울여 분류해 보니 처음 생각했던 것보다 훨씬 양이 많았다. 그 당시의 시세에 따라 가능한 한 정확히 평가해 보니, 현금으로 45만 달러가 넘는 것 같았다.

은화는 한 닢도 없었다. 모두 다양한 종류의 고대 금화였다. 프랑스, 스페인, 독일 금화와 영국의 기니 금화 조금, 그리고 한 번도 보지 못한 것들도 얼마간 있었다. 너무 닳아 각인조차 확인할 수 없는 크고 무거운 금화들도 있었다. 미국의 금화는 전혀 없었다.

우리가 발견한 보물의 가치는 더욱 평가하기 어려웠다. 다이

아몬드가 있었는데 그중 몇몇은 너무나 아름다웠다. 아무튼 다이아몬드는 모두 110개였는데, 그중 조그마한 것은 하나도 없었다. 눈에 띄게 번쩍이는 루비가 18개, 아주 아름다운 에메랄드가 310개, 사파이어 21개와 오팔 하나가 있었다.

 이 보석들은 보석 받침대에서 떨어져 나와 상자 속에 한데 섞여 있었다. 금화 사이에서 골라낸 보석 받침대도 어느 것인지 알아보지 못하게 할 의도였던 듯 망치로 두드려 찌그러뜨려 놓았다. 이것 이외에도 엄청난 숫자의 순금 장식품이 있었다. 매우 커다란 200여 개의 반지와 귀걸이, 금줄이 30개로 기억되고, 굉장히 크고 무거운 십자가 83개, 일품이라 할 수 있는 황금 향로 5개, 화려한 부조 모양의 포도 잎사귀와 술의 신(神) 바쿠스의 모습을 장식한 터무니없이 큰 금 술잔, 정교하게 부조한 칼집 2개, 그리고 더 작은 다른 것들이 수없이 많았는데 도저히 기억할 수가 없다. 이 보물의 무게는 150kg이 넘었다. 그리고 이 계산에는 멋진 금시계 197개는 포함시키지 않았다. 그중에 3개는 사용할 수만 있다면 각각 5백 달러는 할 것 같은 물건들이었지만, 거의가 매우 오래되었기 때문에 시간을 재는 도구로는 무용지물이었다. 세공도 다소 부식되었지만, 모두 보석이 빽빽하게 박힌 값비싼 케이스에 들어 있었다. 그날 밤,

우리는 상자 속에 있는 전체 내용물을 150만 달러로 어림잡았다. 그러나 나중에 잡다한 장식품과 보석(얼마간은 따로 쓰기 위해서 빼두었는데도)들을 처분해 보고서야, 우리가 보석의 가치를 지나치게 과소평가했었다는 사실을 알 수 있었다.

마침내 감정을 끝내고 극도의 흥분도 어느 정도 가라앉았다. 렉랜드는 내가 이 심상치 않은 수수께끼를 풀기까지의 경위를 알고 싶어 한다는 사실을 눈치챘는지, 그에 관한 모든 사정을 자세하게 이야기하기 시작했다.

"기억하겠지. 내가 자네에게 그 풍뎅이를 그린 스케치를 건네주었던 밤 말이야. 그림이 해골을 닮았다고 주장해서, 내가 자네에게 화를 냈던 것 역시 기억하겠지. 처음에 자네가 그런 주장을 할 때는 농담하는 걸로 생각했네. 그런데 나중에 가만히 생각해 보니 곤충 등에 있는 특이한 점이 묘하게 여겨져 자네의 말이 아주 틀린 것만은 아니라고 내심 생각하게 되었어. 어쨌든 그림 실력을 가지고 놀렸을 때는 화가 났었어. 그동안 그림을 잘 그린다는 말을 여러 번 들었거든. 그래서 자네가 그 양피지 조각을 내게 건네주었을 때 홧김에 그걸 구겨 불 속에 집어넣으려 했었네."

내가 물었다.

"그 종이쪽지 말이지?"

"아니, 꼭 종이처럼 보이지만 그건 종이가 아니야. 처음에는 나도 종이인 줄 알았는데, 그 위에 그림을 그리면서 아주 얇은 양피지라는 것을 알 수 있었네. 기억하겠지만 꽤 지저분했었네. 그걸 구겨 버리려는 순간 자네가 보았던 그 그림에 시선이 갔네. 곤충을 그렸다고 생각했던 곳에 해골이 그려져 있는 것을 발견했을 때 느꼈던 놀라움을 자네는 상상할 수 있겠나? 나는 순간 너무 놀라 한동안 아무런 생각도 할 수가 없었어.

전체적인 윤곽에는 어떤 유사점이 있었지만 세부적으로는 완전히 달랐네. 나는 촛불을 들고 방구석으로 가 그 양피지를 좀 더 자세히 살펴보았지. 뒷면에는 내가 그린 그대로의 스케치가 있었네. 첫 번째 든 생각은 전체 윤곽이 정말 비슷하다는 것에 대한 단순한 놀라움이었네. 내가 그린 풍뎅이 바로 뒷면에 해골이 있었고, 이 해골은 윤곽뿐만 아니라 크기도 내 그림과 너무 유사하다는 기묘한 우연의 일치에 놀란 거지.

한동안 나는 이 기묘한 우연의 일치에 완전히 정신을 잃었네. 그건 우연의 일치에 대한 일반적인 효과이지. 이성은 어떤 연관관계 — 인과관계를 확립하려고 기를 쓰지만, 그렇게 할 수 없을 때는 일시적으로 일종의 마비에 빠지지. 그러나 이 실신 상태에서 깨어났을 때 우연의 일치보다 훨씬 더 나를 놀라게 한 어떤 확신이 서서히 떠올랐네. 그 풍뎅이를 그릴 때 양피지에는 아무 그림도 없었다는 것을, 나는 분명히 그리고 확실히 기억하거든. 나는 이것을 완전히 확신할 수 있네. 더 깨끗한 면을 찾기 위해 뒤집어 보았었으니까. 그때 해골이 있었다면, 물론 나는 그것을 보지 않을 수 없었겠지.

그것은 설명할 수 없는 미스터리였네. 그리고 그 이른 순간에 벌써 어젯밤 모험과 그에 따른 대단한 결과에 대한 예감이 가장 깊숙하고 비밀스러운 머리 한구석에서 어렴풋하게 빛나고 있었다네. 나는 곧 일어나서 양피지를 조심스럽게 치운 후, 혼자가 될 때까지 더 이상은 생각하지 않기로 했네.

자네가 가 버리고 주피터도 잠들었을 때, 나는 이 사건에 대한 좀 더 이론적인 조사에 착수했네. 우선 양피지가 내 손에 들어온 경위부터 생각했네. 우리가 그 풍뎅이를 발견한 지점은 섬으로부터 1km 조금 더 떨어진 해안 본토였는데, 만조 때 바닷물이 차오르는 곳보다 약간 높은 지점이었네. 붙잡자마자 그 풍뎅이가 나를 꽉 물었는데, 그 때문에 그놈을 놓쳐 버렸거든.

주피터는 몸에 밴 조심성으로 자기에게 날아온 그 곤충을 잡기 전에 주위에 나뭇잎 같은 것을 찾아 그것을 잡으려 했네. 그와 내가 양피지 쪼가리를 발견한 것은 바로 그 순간이었는데, 그때까지만 해도 나는 그게 종이쪽지인 줄 알았어. 그것은 모래에 반쯤 묻혀 있었고 언저리가 드러나 있었네. 그것을 발견한 지점 가까이에서 나는 범선에 싣는 대형 보트의 선체로 보이는 파편을 보았네. 이 난파선은 아주 오랜 시간 동안 그곳에 있었던 것 같았네. 그것이 배였다는 것조차도 쉽게 알아볼 수 없을 정도였으니까.

주피터는 그 양피지를 주워 그것으로 곤충을 감싸서 내게 주었네. 곧 우리는 집으로 향했는데, 오는 길에 G×× 중위를 만났네. 그에게 그 곤충을 보여 주자 그는 그 곤충을 요새로 가져가게 해 달라고 부탁하더군. 그렇게 하라고 하자, 그는 곤충을 양피지에 싸지도 않은 채 조끼 주머니에 집어넣었네. 그가 관찰하는 동안 양피지는 계속 내 손에 들려 있었지. 그는 내 마음이 변할까 두려웠는지 곤충을 받아 들자 즉시 가 버렸네. 그는 박물학에 관련된 일이라면 정신을 못 차리는 사람이니까. 그때 나도 무의식중에 양피지를 주머니에 넣었던 것이 틀림없네.

곤충을 스케치하기 위해 책상으로 갔을 때 종이가 한 장도 없었던 것을 자네는 기억하겠지. 서랍 속을 찾아보았지만 거기에도 없었네. 혹시라도 싶어서 주머니를 뒤졌는데, 손에 양피지가 닿았던 거야. 양피지가 내 손에 들어온 방법을 이렇게 세세하게 설명한 것은, 이 모든 상황이 나에게 특별한 인상을 주었기 때문이네.

물론 자네는 나를 공상가로 생각하겠지. 하지만 나는 이미 일종의 인과관계를 꿰뚫어보고 있었네. 이미 사슬의 커다란 고리 두 개를 연결한 것이네. 바닷가에는 보트가 놓여 있고 보트에서 그리 멀지 않은 곳에 종이가 아닌, 해골이 그려진 양피지가 있었네. 물론 자네는 대체 무슨 인과관계가 있느냐고 묻겠지. 나는 이렇게 대답하겠네. 해골이나 뼈다귀는 자네도 알다시피 해적들의 상징이라고. 해적은 일을 할 때면 언제나 해골이 그려진 깃발을 올리지.

방금 말했던 것처럼 그것은 종이가 아닌 양피지라고 했네. 양피지는 오래 보존할 수 있고 거의 찢어지지 않아. 별로 중요하지 않은 것을 양피지에 기록할 필요는 없지. 그림을 그리거나 글씨를 쓰는 평범한 목적으로는 양피지보다는 종이가 훨씬 나으니까.

이런 생각이 들자 해골에는 어떤 의미, 어떤 필연성이 있을 것 같다는 느낌이 들었어. 양피지의 생김새도 놓치지 않고 관찰했네. 어떤 사고로 한구석이 떨어져 나갔지만 원래 모양은 직사각형이었네. 그것은 오래 기억되고 조심스럽게 보관해야 할 것을 기록하기 위한 비망록으로 선택되는 종류였네."

나는 말을 가로막았다.

"하지만 자네가 곤충 그림을 그릴 때에는 양피지에 해골이 없었다고 하지 않았나. 그렇다면 보트와 해골을 관련지을 수 있단 말인가? 그 해골은 자네도 인정하는 것처럼 풍뎅이를 그린 이후에 ― 누가 어떻게 했는지는 모르겠지만 ― 누군가가 어떻게 해서 그려 놓은 게 되질 않나?"

"바로 그 점에 수수께끼의 모든 것이 걸려 있는 셈인데, 그 비밀을 푸는 데는 그다지 어려움이 없었네. 나는 확실한 방법으로 하나의 결과를 얻을 수 있었거든. 예를 들어 다음과 같이 추론했네. 내가 풍뎅이를 그릴 때에는 양피지에는 해골이 확실히 없었네. 그 그림을 다 그린 후 자네에게 주고, 자네가 그것을 되돌려주었을 때까지 나는 자네를 가까이서 쳐다보고 있었네. 자네는 물론 그 해골을 그리지 않았고, 그걸 그릴 사람은 아무도 없었네. 그렇다면 그것은 인간의 손으로 그려지지 않은 것이지. 그런데도 그건 모습을 드러냈네.

생각이 이 단계까지 미치자, 나는 문제의 그 시기에 일어난 모든 사건을 확연히 기억하기 위해 온 힘을 다 기울였다네.
 날씨가 차가웠으므로 — 정말 드물고 기분 좋은 일이었어! — 난로에 불이 타오르고 있었네. 나는 밖을 돌아다녀서 춥지 않았기 때문에 책상 가까이에 앉았네. 하지만 자네는 의자를 난로 가까이에 가져갔네. 내가 그 양피지를 자네 손에 넘겨주고 자네가 그것을 보려는 순간, 뉴펀들랜드 종 개 울프가 들어와 자네 어깨 위로 뛰어올랐지. 자네는 왼손으로 개를 쓰다듬으면서 옆으로 떼어 놓을 동안 오른손은 양피지를 쥔 채 무릎 위에 놓고 있었지. 그때 자네 오른손은 불 가까이에 있었네. 양피지에 불이 붙을지도 모른다는 걱정에 나는 자네에게 주의를 주려 했는데, 마침 내가 말하기 전에 자네는 손을 들어 그림을 살펴보기 시작했어.
 이 모든 상황을 고려해 볼 때, 양피지 위에 그려진 해골을 보이게 한 원인은 불기운이라는 것을 나는 직감적으로 알아차릴 수 있었지. 모든 것이 확실했어. 종이나 양피지 위에 쓴 글자를 불에 쬐었을 때만 눈에 보이게 하는 화학약품이 실제로 존재하며, 그것도 아주 먼 옛날부터 사용되어 왔다는 사실은 자네도 알고 있을 거야.

산화코발트를 왕수에 녹여 4배의 물로 희석시킨 것이 주로 사용되는데, 이건 초록색으로 결과가 나타나지. 산화코발트 속의 불순물을 초산으로 녹인 것은 붉은색을 띠고……. 이런 색깔은 그것을 쓴 원료의 열이 식으면 시간의 차이는 있지만 모두 사라지고, 거기에 열을 가하면 다시 나타나게 되는 거지.

이제 해골을 조심해서 살펴보았네. 해골의 바깥 부분, 양피지 모서리에서 가장 가까운 그림은 다른 어느 부분보다 훨씬 뚜렷했네. 열의 작용이 불완전했거나 균등하지 않았던 것이 분명했네. 나는 곧 불을 켜서 양피지 모든 부분에 열을 가했네. 처음에는 해골의 희미한 선이 분명해지는 것이 유일한 효과였지. 하지만 계속 대고 있자 종이 구석, 즉 해골이 그려진 지점에서 대각선 반대 방향에 산양[kid]처럼 보이는 어떤 모양이 나타나기 시작했어. 그것을 자세히 살펴보고 알 수 있었는데, 그건 아무래도 어린 산양 같았어."

나는 웃으며 말했다.

"하하하! 물론 자네를 비웃을 권리는 없지. 150만 달러는 비웃기에는 너무 큰돈이니까. 그러나 사슬의 세 번째 고리에는 억지스러운 부분이 있어. 해적과 산양 사이에는 어떤 특별한 관계가 있다고 보기는 어렵지 않나? 해적과 산양 사이에는 아무 관계도 없어. 농부들이라면 모르지만."

"나는 그게 산양이라고는 말하지 않았네."

"어린 산양이라고 했지. 그게 그거 아닌가?"

"거의 같은 것이지만 똑같은 것은 아니지. 자네는 아마 17세기말의 유명한 해적이었던 키드[Kidd] 선장에 대해 들어 보았을 걸세. 나는 이 동물 그림을 곧 상형문자와 같은 서명으로 보았네. 양피지 위에 그려져 있는 위치가 서명이 들어갈 만한 자리였기 때문에 그런 생각을 하게 된 거지. 반대편 대각선 위치의 해골도 마찬가지로 소인이나 봉인 같은 느낌이 들었네. 그러나 그 밖의 것, 있으리라고 상상했던 본문이 없는 것은 매우 실망스러웠네."

"자네는 소인과 서명 사이에 글자가 있을 거라고 기대한 것 같군."

"그런 셈이지. 사실, 거대한 재산이 굴러들어올 것 같다는 예감이 들었었기 때문에 답답한 마음을 금할 길이 없었어. 왜 그런 예감이 들었는지는 모르겠네. 그것은 근거 있는 신념이라기보다는 일종의 바람이었겠지.

그런데 그 곤충을 순금이라고 한 주피터의 바보 같은 말이

내 공상에 얼마나 큰 영향을 미쳤는지 자네는 아는가? 그리고 연이어 일어난 사건과 우연의 일치, 그건 정말이지 이상했었네. 이런 일이 1년 중 하필이면 그날, 불을 피워야 할 만큼 추운 날에 집중해서 일어났고, 또 불을 피우지 않았다면 혹은 바로 그 순간에 개가 뛰어들지 않았다면 나는 그 해골을 발견하지 못했을 것이고 보물을 손에 넣지도 못했을 테니, 이 모든 일이 우연히 일어났다는 데 정말 놀랍지 않은가?"

"그래, 어서 얘기를 계속하게. 궁금해서 조바심이 나는군."

"그러지. 자네도 키드와 그 부하들이 대서양 연안 어딘가에 돈을 묻어 두었다는 무수한 소문은 들었겠지. 이런 소문들에는 사실 어떤 근거가 있었을 것임에 틀림없네. 그리고 그런 소문들이 그렇게 오랫동안 계속 떠도는 것은 묻힌 보물이 그대로 있기 때문이 아닐까. 만일 키드가 자신의 약탈품을 한동안 숨겨 두었다가 다시 파냈다면, 소문은 전혀 변하지 않은 채 오늘날까지 퍼지지 못했을 거야.

우리 귀에 들리는 이야기는 모두 보물을 찾고 있는 사람들이지, 찾은 사람들은 아니네. 선장이 자신의 돈을 되찾았다면 사건은 끝났겠지. 내 생각으로는 어떤 사건, 이를테면 그 위치를 가리키는 비망록 분실 같은 사건으로 보물을 되찾는 방법을 알 수 없게 되어 그 사실이 부하들에게 알려진 것 같네. 보물이 감추어져 있다는 것을 전혀 몰랐던 부하들은 그것을 찾으려고 혈안이 되었겠지만 헛수고였지. 되찾을 단서가 없었기 때문이네. 그런 다음에 세상에 소문이 퍼지게 되었지. 자네, 해안에서 엄청난 보물이 발견되었다는 소리를 들은 적이 있나?"

"전혀 없네."

"그러나 키드 재산이 막대한 것은 잘 알려져 있네. 그러므로 땅 속에 여전히 묻혀 있다는 것은 당연하지. 나는 우연하게 발견된 그 양피지가 분실된 보관 장소 기록이라는 확신에 가까운 희망을 가지게 되었어."

"그렇다면 다음부터는 어떻게 한 것인가?"

"불기운을 더 강하게 한 다음 양피지를 불에 다시 쬐어 보았지만 아무것도 나타나지 않았네. 그래서 양피지가 오랜 세월을 겪는 동안 더러워져서 그럴지도 모른다고 생각했네. 양피지를 뜨거운 물로 깨끗이 씻어 낸 뒤, 주석으로 만든 냄비에 해골 그림이 밑으로 오게 해서 넣은 다음 냄비를 불 위에 올려놓았네. 몇 분 뒤, 냄비가 전체적으로 뜨거워진 다음에 양피지를 꺼내 보니, 그렇게 기뻤던 적도 없었어. 숫자 같은 것들의 행렬이 여기저기 눈에 띄지 않겠나? 다시 냄비 속에 넣고 1분 정도 더 열을 가했어. 그러고서 다시 꺼내 보니 전체가 이렇게 나타났어."

여기서 렉랜느는 양피지에 다시 열을 가해 내가 볼 수 있도록 건네주었다. 해골과 산양 사이에 다음과 같은 기호가 붉은 빛으로 희미하게 나타나 있었다.

53‡‡†305))6*;4826)4‡.)4‡);806*;48†8¶60))85;1‡(;:‡*8†83(88)5*†;46(;88*96*?;8)*‡(;485);5*†2:*‡(;4956*2(5*—4)8¶8*;4069285);)6†8)4‡‡;1(‡9;48081;8:8‡1;48†85;4)485†528806*81(‡9;48;(88;4(‡?34;48)4‡;161;:188;‡?;

나는 양피지를 되돌려주면서 말했다.

"정말 뭐가 뭔지 모르겠는걸. 이 수수께끼를 풀면 세상의 모든 보석이 날 기다린다고 해도 도무지 자신이 없네."

"맞아. 이 기호들 처음에 대충 보았을 때는 전혀 풀 수 없을 것처럼 여겨졌지만, 막상 부딪쳐 보니 해법이 그다지 어려운 것만도 아니었어. 누구나 쉽게 짐작하듯이 이것은 암호야. 다시 말해서 의미를 전달하는 것이지. 그런데 키드에 관한 풍문에 의하면, 그가 어려운 암호를 만들었으리라고는 도저히 생각되지 않아. 그래서 이것은 단순한 암호일 것이라고 생각했네. 하지만 해적 부하의 어리석은 머리로는 어떤 단서 없이는 전혀 풀지 못했을 정도의 것이지."

"그럼 자네는 이걸 풀었단 말이군."

"물론이지. 이것보다 만 배도 더 어려운 것도 푼 적이 있지. 환경, 거기에 호기심 많은 천성도 보태어져서 나는 그런 수수께끼에 관심을 가지게 되었지. 인간의 지혜로 만든 수수께끼는 인간의 지혜로 풀지 못할 리가 없다는 게 내 지론이야. 사실, 기호의 연관성과 의미를 알아내기만 하면 전체적인 뜻을 해명하는 데 드는 노력은 뻔하지 않은가?

모든 비밀 서류가 그렇듯이, 이번 경우에도 첫 번째 문제는 암호로 쓰인 언어가 어떤 언어인가 하는 점이야. 암호 해독의 원리는, 특히 비교적 단순한 암호의 경우에는 사용된 언어의 어법에 의존하고 있고 거기에 좌우되는 법이니까. 일반적으로 해독을 시도하는 사람은 그 언어를 찾아낼 때까지, 자신이 알고 있는 언어로 확률에 따라 실험을 해 보는 수밖에 없네. 하지만 지금 우리 앞에 있는 이 암호는 저 어린 산양 서명 덕분에 모든 어려움이 사라졌네. '키드'라는 표시는 영어 이외의 언어에는 적용되지 않으니까. 이것이 없었다면 스페인어나 불어로 먼저 시도했을 것이네. 이런 종류의 비밀문서에 스페인 출신 해적들은 당연히 그 눌 중 하나를 썼을 거라고 보는 게 타당할 테니까 말일세. 하지만 이 '키드'라는 표시 덕에 나는 암호문이 영어라고 단정했네.

자네도 보듯이 기호와 기호 사이에 띄어쓰기를 한 곳이 없어. 띄어쓰기를 했다면 일은 상대적으로 쉬웠을 텐데. 그럴 경우에는 비교적 짧은 단어의 대조와 분석으로 시작하면 되네. 예를 들어 a나 I같은 한 글자로 된 단어가 나타나면 그건 이미 해독한 거나 다름없는 것이지. 그러나 띄어쓰기를 하지 않았기 때문에 우선은 가장 자주 나오는 기호와 가장 적게 나오는 기호부터 찾아보는 단계를 밟았네. 모두 세어 보고 다음과 같은 표를 작성했네.

8 → 33번
; → 26번
4 → 19번
‡와) → 16번
* → 13번

5 → 12번

(→ 10번

6 → 11번

†와 1 → 8번

0 → 6번

9와 2 → 5번

:과 3 → 4번

? → 3번

¶ → 2번

—와 . → 1번

영어에서 가장 빈번하게 나오는 글자는 e야. 그다음은 a, o, i, d, h, n, r, s, t, u, y, c, f, g, l, m, w, b, k, p, q, x, z 순서지. 그런데 e가 나오는 빈도는 아주 많기 때문에 어느 정도의 길이를 가진 문장에서 이 글자가 절대 다수를 차지하지 않는 문장은 거의 없네.

그래서 바로 시작하자마자 단순한 추측 이상의 추리의 토대를 얻은 것이지. 영어 알파벳의 빈도를 나타내는 이 표는 어떤 경우에도 틀림없이 이용할 수 있는데, 하지만 이 암호문의 경우는 부분적인 도움만 받으면 충분하지. 가장 많은 기호가 8이니 이것을 알파벳의 e라고 가정하는 것으로 시작하세. 이 가정이 정확한 것인지를 알아보려면 8이 두 개 겹치는 곳이 많이 있는지를 확인해 보면 돼. 왜냐하면 영어에는 'meet, fleet, speed, seen, been, agree' 등과 같이 e가 겹치는 단어가 아주 흔하니까. 이 암호문은 그렇게 길지 않은데도 겹치는 곳이 다섯 군데나 보이지 않는가.

그러니 8은 e라고 해 두세. 그리고 영어 단어 중에서는 'the'가 가장 많이 쓰이지. 그러니 마지막이 8인, 같은 배열 순서로 된 세 개의 글자가 반복되는 것이 있는지 찾아보세. 만약 그런 배열이 반복해서 나온다면 그것은 분명히 'the'일 거야. 살펴보니 그런 배열이 7개나 있고, 그 문자는 ;48이네. 따라서 ;은 t를, 4는 h를, 8은 e를 나타낸다고 생각해도 좋을 거야. 그리고 e는 이제 확정되었네. 이렇게 해서 해독을 향해 크게 한 걸음 내딛은 셈이야.

한 단어가 확정되면 매우 중요한 점, 다시 말해서 다른 단어의 어두와 어미를 확정할 수 있네. 예를 들어, 암호 끝 근처에 있는 ;48의 결합에서 끝에서 두 번째를 말해 보세. 그 직후에 있는 ;는 어두임을 알 수 있네. 그리고 이 'the'에 이어지는 여섯 글자 중에서 다섯 개는 이미 밝혀낸 기호야. 나타내는 것이 무엇인지 아는 문자는 쓰도록 하고, 알 수 없는 것은 빈 칸으로 두도록 하세.

t eeth

여기에서 우리는 곧 'th'를 분리할 수 있네. 이 th는 처음의 t로 시작되는 단어의 일부분일 수 없기 때문이지. 이 빈 칸에 넣을 글자로 알파벳을 모두 넣어 보아도 이 th가 부분인 단어는 없다는 것을 알 수 있지. 그러므로 우리는 이렇게 범위를 줄일 수 있네.

t ee

여기에 아까처럼 알파벳을 하나하나 넣어 보세. 그럴듯하게 보이는 유일한 단어는 'tree'라는 사실을 알 수 있어. 이렇게 해서 (로 표시되고 있는 또 다른 글자 r을 알게 되었고, 'the tree'도 알게 되었어.

이 단어 바로 뒤에 보면 다시 ;48이라는 결합을 보게 되네. 이것은 그 바로 앞에 있는 기호의 끝나는 부분을 표시하는 것이라고 볼 수도 있어. 그렇다면 이런 배열이 되는 거지.

the tree ;4(‡?34 the

아는 글자를 덧붙이면 이렇게 되네.

the tree thr‡?3h the

이제, 알 수 없는 글자를 점으로 표시하면 다음과 같네.

the tree thr...h the

머릿속에 'through'라는 단어가 저절로 떠오르네. 그리고 이 발견으로 우리는 세 개의 새로운 글자 o, u, g를 알 수 있는데, 각각 ‡, ?, 3으로 나타나 있었네.

이제 알고 있는 글자의 결합을 자세히 보면, 첫머리에서 그리 멀지 않은 데서 이런 결합을 볼 수 있네.

83(88, 즉 egree

결론은 분명히 'degree'이며 †로 표시되었던 다른 글자 d를 알 수 있네. degree라는 단어 뒤의 네 글자는 이렇게 결합되어 있네.

;46(;88*

알고 있는 기호는 문자로 바꾸고, 아직 모르는 기호는 점으로 나타내면 이렇네.

th.rtee.

이 배열은 곧 'thirteen'이라는 단어를 암시하네. 그리고 다시 새로운 두 글자를 알게 되는데 6과 *는 각각 i와 n을 나타내고 있네.

이제 암호 첫머리에 나오는 부분이네.

53‡‡†

앞서와 같은 방법으로 바꿔보면 이렇게 되는 거지.

.good

이것을 통해 첫 번째 글자는 a이며, 처음의 두 단어가 'A good'임을 확실하게 알게 되었네.

혼란을 피하기 위해 이제까지 발견한 단서를 배열해 보면 다음과 같네.

5 → a
† → d
8 → e
3 → g
4 → h
6 → i
* → n
‡ → o
(→ r
; → t

? → u

 자, 이것으로 숭요한 문자를 열 개나 찾아냈는데, 해법을 더 자세히 말하는 것은 필요하지 않을 것이네. 이런 성질의 암호는 쉽게 풀 수 있는 것임을 자네에게 납득시키고, 그 전개 과정의 논리를 이해시킬 만큼 충분히 이야기했네.

 그러나 이 견본은 가장 간단한 암호문 가운데 하나라는 걸 분명히 알아 두게. 이제 수수께끼가 풀린 양피지의 글자를 해독한 것을 자네에게 보여 줄 일만 남았군."

 A good glass in the bishop's hostel in the devil's seat forty-one degrees and thirteen minutes northeast and by north main branch seventh limb east side shoot from the left eye of the death's-head a bee-line from the tree through the shot fifty feet out.

 (주교 저택의 악마의 의자에서 좋은 안경 북동 미북 41도 13부 큰 줄기 동쪽 일곱 번째 가지 해골 왼쪽 눈에서 쏜 나무에서 직선으로 총알이 닿는 지점을 지나

50피트 밖.)

"수수께끼는 여전히 풀리지 않는 상황인걸. '악마의 의자'와 '주교 저택'같은 횡설수설에서 어떻게 의미를 끌어낼 수 있단 말인가?"

"얼핏 보면 문제는 여전히 심각하다고 해야겠지. 우선 나는 암호를 만든 사람의 의도를 파악해 전문을 몇 개로 끊어 보기로 했네."

"구두점을 달았단 말인가?"

"그런 셈이지."

"그런데 어떻게 해서 가능했나?"

"단어를 띄어 쓰지 않고 붙여 쓴 것은 해독을 더 어렵게 하기 위한 작자의 의도라고 생각했네. 그런데 그다지 영리하지 않은 사람이 그런 목적을 추구할 때는 지나치다 싶을 정도로 어렵게 만들려는 경향이 있어. 암호를 만드는 과정에서 쉼표나 구두점이 필요한 곳에 이르게 되면 쉼표나 구두점 대신 쓸데없이 기호를 붙여서 쓰곤 하지. 이 경우에도 이례적으로 기호가 엉겨 붙어 있는 다섯 군데를 쉽게 찾을 수 있었네. 이 힌트를 얻어 나는 이렇게 문장을 끊어 보았네."

A good glass in the bishop's hostel in the devil's seat / forty-one degrees and thirteen minutes / northeast and by north / main branch seventh limb east side / shoot from the left eye of the death's-head / a bee-line from the tree through the shot fifty feet out.

(주교 저택의 악마의 의자에서 좋은 안경 / 북동 미북 / 41도 13부 / 큰 줄기 동쪽 일곱 번째 가지 / 해골 왼쪽 눈에서 쏜 나무에서 직선으로 총알이 닿는 지점을 지나 50피트 밖.)

"이렇게 끊어 놓아도 여전히 모르겠는걸."

"나 역시 며칠 동안은 몰랐었네. 그 기간 동안 나는 설리번 섬 주변에서 주교 저택으로 불리는 건물이 있는지 부지런히 찾아다녔네. 물론 'hostel'이라는 케케묵은 말은 쓰지 않았네. 그것에 관해 아무런 정보도 얻지 못하자, 나는 수색 범위를 확대시켜 좀 더 조직적인 방법으로 진행하려 했네. 그러던 어느 날 아침 갑자기 주교 저택이 이 섬으로부터 북쪽으로 약 6km 떨어진 곳에 있는 보숍이라는 오랜 집안과 무슨 관계가 있을 수도 있다는 생각이 들었네. 그래서 그 농장으로 가서 그곳의 나이든 흑인들을 대상으로 조사를 다시 실시했네. 결국 제일 나이 든 노파 하나가 보숍 성 같은 곳에 대해 들은 적이 있으며, 나를 그곳으로 안내할 수 있다고 했네. 하지만 그곳은 성도, 주막도 아니며 높은 바위라고 했네.

수고비를 후하게 주겠다고 하자, 노파는 약간 머뭇거리다가 나를 그곳으로 안내해 주었어. 우리는 별 어려움 없이 그곳을 찾았네. 노파를 보내고, 나는 그곳을 계속 살펴보았네. 그 '성'이라는 것은 절벽과 바위가 불규칙하게 모인 것이었는데, 바위 가운데 하나가 고립된 데다 인공적인 모습, 또한 그 높이 때문에 특히 눈에 띄었네. 나는 그 꼭대기에 올라갔는데, 그다음에는 무얼 해야 할지 몰랐네.

이리저리 궁리하고 있는데 내가 서 있던 정상 아래에 약 1m 정도 떨어져 있던, 바위 서쪽 면의 좁은 돌출부에 눈이 갔네. 이 돌출부는 45cm 정도 튀어나왔고 폭은 30cm를 넘지 않았지만 바로 그 조금 윗부분이 움푹 파여 있어서, 마치 우리 선조들이 사용했던 등받이가 움푹 들어간 의자와 비슷해 보였어. 이것이 바로 암호에 인용된 '악마의 의자'라는 것을 전혀 의심하지 않았네. 나는 마치 수수께끼의 모든 비밀을 푼 것 같았네.

'좋은 안경'은 틀림없이 망원경을 말하는 것이라고 생각했네. 안경이란 단어를 뱃사람들이 다른 의미로 사용할 리는 없을 테니까. 나는 곧 망원경을 사용해야 한다는 사실을 알았고, 그곳이 틀림없는 관측 지점이라는 사실도 바로 알아낼 수 있었어. 물론 '41도 13부'와 '북동 미북' 같은 구절도 망원경의 조준 방향을 의미함을 확신할 수 있었지. 이 발견에 몹시 흥분한 나는 서둘러서 집으로 돌아와 망원경을 들고 다시 그 바위로 돌아갔네.

바위의 돌출부로 내려간 다음에 나는 한 가지 사실을 알게 되었는데, 그건 어떤 특정한 자세를 취하지 않고서는 도저히 앉을 수 없다는 것이었지. 이 사실로 내 추리를 더욱 굳힐 수 있었네. '41도 13부'는 물론 지평선과의 각도를 말하는 것이었지. 왜냐하면 수평 방향은 '북동 미북'이라는 말로 분명히 표시되어 있으니까. 나는 나침반으로 수평 방향을 금방 찾아낼 수 있었고, 각도는 느낌으로 가능한 한 41도 13부에 가깝도록 망원경을 맞추어 보니 멀리 나무들 사이로 유독 눈에 띄는 거목이 보이더군. 그 무성한 나뭇잎 사이에 둥근 틈새, 즉 빈 공간 같은 것이 내 시선을 끌었어. 그 빈 공간 속으로 하얀 점 같은 것이 하나 보였는데, 처음에는 무엇인지 구분할 수 없었네. 망원경의 초점을 조절하여 다시 보니 놀랍게도 그것은 사람의 해골이 아니겠나?

이 발견으로 나는 이 수수께끼가 풀렸다고 확신했네. '큰 줄기 동쪽 일곱 번째 가지'란 나무 위 해골 위치를 말하며 '해골 왼쪽 눈에서 쏜 나무에서 직선으로 총알이 닿는 지점을 지나 50피트 밖'은 묻힌 보물을 찾기 위한 방법을 말하는 것일 테니까. 그 의도는 해골 왼쪽 눈에서 총을 쏘거나 총알을 떨어뜨린 지점과 가장 가까운 나무 기둥을 일직선으로 연결해 50피트를 확장한 어느 일정한 지점을 가리킨다는 것을 깨달았네. 그리고 그 지점 아래에 보물이 묻혀 있을 가능성이 아주 높을 것이라고 생각했네."

"모든 것이 정말 명쾌하군. 복잡한 내용임에도 불구하고 단순하고 명료해. 주교 저택에서 내려온 다음부터는 어떻게 했나?"

"나무의 생김새와 위치를 정확하게 파악해 둔 다음 집으로 돌아왔네. 그런데 악마의 의자를 떠나는 순간부터 그 나무의 둥그렇게 빈 공간은 눈에 전혀 띄지 않더군. 내려오면서 몇 번이나 뒤를 돌아보았지만 그 부분은 다시 볼 수 없었네. 이번 일 전체에서 내가 가장 교묘하다고 감탄한 부분도, 그 문제의 둥그렇게 빈 공간이 바위의 돌출부 이외의 그 어떤 곳에서도 결코 보이지 않는다는 사실이었네.

주교 저택 탐험에는 주피터도 동행했었어. 주피터는 지난 몇 주 동안 내 행동이 이상하다고 여겨서 나를 혼자 두지 않으려고 특별히 신경을 썼던 것이 틀림없네. 그러나 다음 날 아침 나는 일찍 일어나 살짝 빠져나와서 그 나무를 찾아 언덕으로 갔네. 많은 고생을 한 끝에 마침내 그 나무를 찾을 수 있었지. 밤에 집으로 돌아와 보니 주피터가 나를 때리겠다고 하더군. 탐험의 나머지 부분은 자네도 함께했으니 잘 알잖아?"

"맨 처음에 땅을 팠을 때 지점이 틀렸던 것은 주피터가 실수로 해골 왼쪽 눈이 아니라 오른쪽 눈에서 황금 곤충을 떨어뜨렸기 때문이었지?"

"정확하네. 그 실수로 총알이 닿는 점, 다시 말해서 나무에서 가장 가까운 말뚝의 위치가 2.5인치 정도 벗어났던 거야. 만일 보물이 총알 지점 바로 아래에 있었다면 그 정도 오차는 별로 문제될 것이 없었겠지만, 총알과 나무의 가장 가까운 점이라는 것은 그저 방향을 결정하기 위한 편의상의 두 점이었기 때문에 처음에는 조그만 오차에 불과했던 것이 직선을 연결해 가는 동안 점점 오차의 폭이 커져서 50피트 떨어진 곳에서는 큰 차이를 나타나게 된 거지. 보물이 여기 어딘가에 반드시 묻혀 있다는 깊은 신념이 없었다면 우리는 헛수고만 했겠지."

"그런데 자네의 과장된 말투와 그 곤충을 흔들어 대던 행동은 얼마나 이상했는지 몰라. 난 자네가 정말 미쳐 버린 줄 알았다니까. 그런데 왜 해골에서 총알 대신 굳이 곤충을 떨어뜨리겠다고 고집을 피운 거야?"

"솔직히 말하면, 자네가 나의 정신 상태를 의심하는 것에 대해 은근히 화가 나서 내 방식대로 자네를 골려 주려 마음먹었던 걸세. 그래서 곤충을 빙빙 돌리기도 하고 나무에서 떨어뜨리게도 한 거야. 그 황금 곤충을 나무 아래로 떨어뜨려야겠다고 생각하게 된 건, 그 곤충이 꽤 무겁다는 자네의 말에서 착안하게 되었다네."

"내가 완전히 당했군. 그런데 아직도 나를 혼란스럽게 하는 것이 한 가지 있네. 구덩이에서 발견한 사람 뼈다귀는 어떻게 생각하면 좋을까?"

"그건 나도 답할 수 없는 질문이네. 하지만 그럴듯한 해석이 하나 있기는 하네. 내가 추측하는 그런 무참한 행위를 믿는다는 것이 썩 유쾌한 일은 아니지만, 키드가 정말 이 보물을 숨겼다면 — 나는 그 사실을 믿어 의심치 않지만 — 틀림없이 조수들이 필요했겠지. 그리고 일을 끝낸 다음에는 이 비밀에 가담한 사람들을 모두 없애 버리는 것이 상책이라고 생각했을 거야. 부하들이 구덩이에서 바삐 일할 동안 곡괭이를 두어 번 휘두르는 것으로도 충분했겠지. 혹은 열두어 번 정도 휘둘러야 하지 않았을까? 그건 아무도 모르는 일이지."

검은 고양이
The Black Cat
1845

 이제부터 내가 쓰려고 하는 끔찍하고도 기이한 이야기에 대해, 나는 다른 사람이 믿어 주기를 기대하지도 않지만 믿어 달라고 사정도 하지 않을 것이다. 내 눈으로 보고도 믿을 수 없는 것을 다른 사람들에게 믿어 달라는 것은 미치광이의 잠꼬대에 불과한 일일 테니 말이다.

 그러나 나는 미친 것도 아니고 꿈을 꾸고 있는 것도 아니다. 나는 내일이면 이 세상을 떠날 신세다. 그러므로 오늘, 내 마음을 짓누르고 있던 무거운 짐을 모두 벗어 버릴 생각이다. 내가 이 글을 쓰는 가장 큰 목적은 한 집안에서 일어난 일련의 사건을 솔직히 그리고 간단명료하게 세상 사람들 앞에 피력하기 위해서이다.

 이 사건들 때문에 나는 공포에 휩싸였고, 고통을 겪었으며,

그리고 마침내 파멸했다. 그러나 나는 그 이유를 설명하고 싶지는 않다. 그 사건은 나에게 공포감을 안겨 주었을 뿐이지만, 다른 사람들에게는 오히려 기이한 느낌을 줄지도 모른다. 하지만 이후 어떤 지력을 가진 사람 — 나보다 침착하고 논리적이며, 기질상 그다지 흥분하지 않는 사람 — 이 나타나서 내가 겪은 사건이 평범한 사건이었을 뿐이라고 밝혀 낼 수도 있을 것이다.

나는 어렸을 때부터 온순하고 정이 많았다. 이런 유약한 성격이 겉으로 드러나서인지, 친구들의 놀림거리가 되는 일이 잦았다. 그리고 나는 무척이나 동물들을 좋아했는데, 그런 나를 위해 부모님은 여러 가지 동물을 사다 주었다. 나는 이러한 동물들과 함께 대부분의 시간을 보냈으며, 그들에게 먹을 것을 주거나 머리를 쓰다듬어 줄 때 세상의 그 무엇도 부럽지 않을 만큼 행복감을 느꼈다. 이러한 버릇은 계속되어, 내가 어른이 되었을 때에는 동물들과 함께하는 시간이 삶의 기쁨을 느끼는 원천이 되어 주었다.

주인에게 충실하고 영리한 개에게 애정을 느껴 본 사람들은, 여기서 느끼는 만족감을 굳이 설명하지 않아도 잘 알 것이다. 인간이라는 존재가 떠벌리는 우정과 의리가 얼마나 하찮고 얄

팍한 것인가를 경험해 본 사람은 사심 없고 희생적인 짐승의 사랑 속에서 마음에 직접 와 닿는 뭉클한 뭔가를 느끼게 마련이니까 말이다.

나는 결혼을 일찍 했는데, 다행히도 아내의 성격이 나와 비슷했다. 내가 동물들을 좋아하는 것을 알고, 아내는 기회가 있을 때마다 귀여운 짐승들을 구해 왔다. 그 수가 날로 늘어 새, 금붕어, 개, 토끼, 조그마한 원숭이 그리고 고양이 한 마리를 기르게 되었다.

그중 고양이는 굉장히 크고 아름다웠다. 털이 새카맣고, 놀랄 만큼 영리한 녀석이었다. 무슨 얘기 끝에 그 녀석이 영리하다는 얘기가 나오면, 미신을 적지 않게 믿고 있는 아내는 '까만 고양이는 모두 변장한 마녀'라는 전설 비슷한 얘기를 자주 들먹이곤 했다. 그렇다고 아내가 전적으로 그러한 이야기를 믿었다는 말은 아니다. 그 이야기를 언급하는 것도 갑자기 그 생각이 떠올라서일 뿐, 별다른 이유가 있는 것은 아니다.

애완동물 중에 플루토(염라대왕) — 이것은 고양이의 이름이었다. — 는 내 마음에 드는 장난꾸러기 친구였다. 이 녀석은 내가 주는 음식만 먹었고, 집 안 어디서건 내 뒤를 졸졸 따라다녔다. 내가 외출이라도 할 때면 고양이가 따라나서지 않게 하려고 온갖 수를 다 써야만 했다.

이와 같이 나와 고양이는 수년간 친밀하게 지냈는데, 그동안 내 기실과 성격은 — 고백하기 부끄러운 일이지만, 광적인 폭음의 결과로 — 극도로 고약하게 변해 버렸다. 내 성격은 날이 갈수록 침울해져 갔고, 다른 사람의 감정 같은 것은 염두에도 두지 않은 채 아무렇지도 않은 일에 공연히 신경질을 내곤 했다. 아내에게 폭언을 퍼붓는가 하면, 급기야는 폭력까지 휘둘렀다. 물론 귀여워하던 동물들에게까지 그 여파가 미쳐, 나는 그들을 본 체도 하지 않았다. 그러나 플루토에 대해선 그래도 다소 애정이 남아 있어 함부로 하질 못했다. 토끼, 원숭이, 개들이 반가워하며 내 곁에 왔을 때는 모질게 대했지만, 플루토에게는 그렇게 심하게 굴 수가 없었다. 그러나 내 병벽은 점점 심해져 — 알코올 중독만한 병벽이 또 어디 있겠는가. — 마침내는 나이가 들어 짜증이 늘어난 플루토에게까지 내 더러운 성질을 드러내고 말았다.

어느 날 밤 잘 다니던 술집에 들렀다가 곤드레만드레가 되어 집에 돌아왔다. 그런데 고양이가 나를 슬슬 피한다는 생각이 들었다. 나는 화가 나서 고양이를 붙잡았다. 그랬더니 내 꼴에 놀란 고양이가 이빨로 내 손을 할퀴어 손등에 가벼운 상처를 내고 말았다.

일순간에 나는 악마의 분노에 휩싸여 내 자신을 잊어버리고 말았다. 내 선천적 영혼이 단번에 내 몸에서 사라지는가 싶더니, 악마도 못 당할 진(gin, 술의 일종)으로 중독된 사심이 내 몸의 곳곳으로 짜르르 퍼져 나갔다. 나는 조끼 주머니에서 칼을 꺼내 들고, 불쌍한 고양이의 목덜미를 붙잡아서 한쪽 눈을 태연히 도려냈다. 이 잔인무도한 폭행을 기록하려는 지금 이 순간도, 나는 수치심으로 얼굴이 화끈거리면서 온몸이 두려움으로 전율하고 있다.

아침에 잠이 깨고 마음 상태가 이성적으로 돌아왔을 때 — 전날 밤의 폭음의 여독이 수면과 함께 풀렸을 때 — 나는 내 범죄에 대한 공포와 참회가 반반 섞인 감정에 빠져 허우적거렸다. 그러나 그 감정도 결국은 희미하고 불확실한 감정에 지나지 않았을 뿐, 내 영혼을 흔들 만한 것은 되지 못했다. 나는 여전히 폭음으로 나날을 보냈고, 내 행동에 대한 모든 기억을 술에 파묻어 버리고 말았다.

이러는 동안에 고양이는 조금씩 회복되어 갔다. 도려낸 눈구멍은 사실 흉측한 꼴이었지만, 더 이상 고통을 받는 것 같지는 않았다. 고양이는 전과 다름없이 집안을 이리저리 걸어 다녔지만, 내가 가까이 가면 극도의 공포감을 느끼며 도망치기 일쑤였다. 그래도 내게 본심이 남아 있었던지, 전에 그렇게도 나를 따르던 동물이 이 모양으로 변한 것을 보고 처음에는 비애를 느꼈다. 하지만 이 감정마저 이내 분노로 바뀌었고, 마침내는 나를 돌이킬 수 없는 파멸의 함정에 빠뜨리려 하는 듯한 짓궂은 감정이 복받쳐 올라왔다.

이러한 감정에 대해서 철학은 아무런 설명도 해 주지 않았다. 그러나 이것은 인간의 마음을 사로잡는 원초적 충동의 하나 — 인간성을 지배하는 불가분의 기본 능력, 혹은 정조의 하나라고 나는 확신한다. 그래서는 안 된다는 이유를 알고 있기 때문에 오히려 몇 번이고 죄악과 어리석음을 범하는 것이 인간이란 존재가 아닐까? 우리는 가장 올바른 판단을 내리고 나서도, 그것이 단지 규칙이라는 사실을 이미 알고 있기 때문에 위반하려는 경향을 보일 때가 있지 않은가.

그런데 거듭 말하거니와, 이 짓궂은 감정은 기어이 나를 파멸의 구렁텅이로 몰아넣고 말았다. 스스로를 괴롭히려는 욕망, 스스로 본성을 거스르려는 욕망, 죄악을 저지르려는 욕망에 내몰린 나는 아무 죄도 없는 고양이에게 상처를 입힌 것으로도 모자라서 결국은 고양이에게 더할 수 없이 잔혹한 행동을 저

검은 고양이

지르고 만 것이다.

어느 날 아침, 나는 태연자약하게 고양이의 목에 올가미를 씌워 나뭇가지에 매달았다. ― 눈물을 흘리면서, 마음 한구석에 이루 헤아릴 수 없는 후회를 하면서 그것을 매단 것이다. 그것은 고양이가 나를 사랑하고 있었던 것을 알고 있었기 때문에, 고양이가 나에게 분노를 일으킬 만한 아무런 이유도 없었기 때문이었다. 또한 이렇게 하는 것이 죄악 ― 치명적인 죄악으로 인해 내 불멸의 영혼은 하느님의 무한한 자비로우심으로도 닿을 수 없는 지옥으로 떨어질 터였다. ― 이라는 것을 알았기 때문이었다.

이 참혹한 행위를 저지른 그날 밤, 나는 '불이야!' 하고 외치는 소리에 잠을 깼다. 내 침대 커튼에 불이 붙었고, 집은 온통 불에 휩싸여 활활 타올랐다. 아내와 하인과 나는 가까스로 이 화염을 뚫고 빠져나왔다. 화마는 모든 것을 파괴했고, 재산은 한순간에 모두 날아갔다. 나는 절망의 함정 속에서 헤매지 않으면 안 될 신세가 되어 버렸다.

나는 이 재난과 내 광포한 행위 사이에 무슨 인과관계가 있는지를 찾아보려고 할 만큼 나약한 위인은 아니다. 그러나 나는 사실을 상세하게 기록함으로써 모종의 인과관계의 가능성이 간과될 위험을 제거하고 싶은 것뿐이다.

불이 난 다음 날, 나는 불탄 집터에 가 보았다. 담은 한쪽만 남은 채 모두 무너졌다. 그 한쪽이라는 것은 건물 중간에 있던, 내 침대의 머리 쪽이 닿아 있던 그리 두껍지 않은 벽이었다. 석회를 바른 덕분에 거센 불길을 견뎌 낸 듯했다. 나는 이것이 최근에 새로 발랐기 때문에 가능했으리라고 생각했다.

그 벽에 많은 사람이 모여 있었고, 어떤 한 곳을 매우 세밀하고도 열심히 조사하고 있는 것 같았다.

"이상한걸!"

"신기한데!"

그와 비슷한 말들이 내 호기심을 이끌었으므로 가까이 가 보았더니, 흰 벽에 얇게 조각이나 한 것처럼 굉장히 큰 고양이의 형상이 나타나 있었다. 놀라울 정도로 사실적인 느낌을 주는 형상이었는데, 고양이의 목에 밧줄이 감겨 있었다.

맨 처음에 이 유령 — 나는 그렇다고밖에 볼 수 없었다. — 을 보았을 때, 나의 놀라움과 공포는 실로 엄청난 것이었다. 그러나 정신을 차린 다음 이성적으로 생각을 더듬어 보자, 고양이가 건물 옆 정원의 나무에 매달려 있던 것이 생각났다.

마당에는 '불!'이라는 외침과 동시에 몰려든 사람들로 북적거렸고, 그들 중 누군가가 그 동물을 나무에서 내려 열려진 창을 통해 내 침실 안으로 던진 모양이다. 그것은 아마 나를 깨울 작정으로 그랬던 것 같다. 다른 쪽 벽돌이 무너지면서 내 잔인함에 희생당한 이 녀석은 다른 벽들이 무너지는 순간 새로 바른 석회 벽에 짓눌러 버렸을 것이다. 벽의 석회분과 화염과 시체가 발산하는 암모니아분이 함께 혼합되어, 이제 보았던 것과 같은 형상을 만들어 놓았을 게다.

앞서 말한 놀라운 사실에 대해, 나는 비록 양심으로는 아니라고 해도 이성으로는 용이하게 설명할 수 있었다. 하지만 그것은 내 상상력에 별다른 영향을 미치지 못했다. 그 후 여러 달 동안 고양이의 환영은 나를 떠나지 않았고, 후회 같기도 하고 그렇지 않은 것 같기도 한 모호한 감정이 내 마음 한 모퉁이에서 싹트기 시작했다. 고양이가 없어진 아쉬움을 달래기 위함이었는지, 그 당시 뻔질나게 다니던 선술집 같은 데서라도 혹시 똑같은 종류나 다소 닮은 고양이가 있지 않나 하고 휘휘 주위를 둘러보곤 했다.

어느 날 밤, 주점에서 멍하니 앉아 있을 때였다. 갑자기 검은 물체 하나가 눈길을 끌었다. 그 물체는 이렇다 할 것이 없는 주점 안에서 진인가 럼(rum, 술의 일종)인가의 술통 위에 쭈

그리고 있었다. 나는 술통 위를 쭉 바라보고 있었는데, 좀 더 빨리 그것이 눈에 띄지 않았다는 것이 참으로 이상하게 여겨졌다. 나는 그것이 뭔가 하고 가까이 다가가서 만져 보았다. 그것은 플루토만큼 큰 검은 고양이었는데 — 아주 큰 고양이었다. — 한 군데만 빼놓고는 플루토와 꼭 닮은 놈이었다. 플루토는 흰 털이 하나도 없었는데, 이 고양이는 형태는 희미하지만 가슴 전체를 뒤덮을 만큼 커다란 반점이 있었다.

내가 녀석에게 다가가 손을 대니까 곧바로 일어나서 내 손에다 몸을 비벼 댔다. 내가 아는 체해 준 것을 기뻐하는 기색이었다. 이거야말로 내가 찾고 있던 고양이였다. 내가 곧 주인에게 그 고양이를 사겠다고 말했더니, 주인은 자기 것이 아니라면서 어디서 왔는지도 모르며 한 번도 본 적이 없다는 것이었다.

나는 녀석을 계속 쓰다듬어 주었는데, 집에 돌아오려고 내가 일어서니까 고양이도 따라오고 싶어 하는 눈치였다. 그래서 따라오도록 그냥 내버려 두었고, 집에 오는 도중에도 여러 번 허리를 굽혀 머리를 쓰다듬어 주었다.

집에 다 왔을 때쯤 고양이는 이미 길이 들어 있었고, 아내도 여러 애완동물 중에서 그놈을 가장 귀여워했다.

그러나 나는 곧 싫증을 느끼게 되었다. 이것은 참으로 뜻밖의 일이었다. 그러나 — 어째서 그런지는 몰랐으나 — 고양이가 확실히 좋아하는 그것이 오히려 나를 불쾌하고 성가시게 하였다. 이 불쾌감과 염증은 점점 극도의 증오로 변해 버렸다. 나는 고양이를 슬슬 피하기 시작했다. 하지만 일종의 수치심과 전에 저지른 참혹한 행위의 기억이 있었기에, 고양이를 육체적으로 학대할 수는 없는 노릇이었다. 그 후 여러 주일 동안 나는 그 녀석을 때리지도 않았고 학대하지도 않았다. 그러나 서서히 나는 고양이에 대해 이루 표현할 수 없는 증오감을 느끼게 되었고, 마치 전염병 환자의 숨을 피하듯이 녀석이 있는 불쾌한 자리에서 도망치곤 했다.

이 녀석에 대한 증오가 싹튼 것은, 고양이를 집에 데리고 온 다음 날 아침에 이 녀석이 플루토처럼 한쪽 눈이 멀어 있다는 것을 알고부터였다. 그러나 아내는 한쪽 눈이 없다는 점 때문에 오히려 이 녀석을 측은히 여기는 것이었다. 전에도 얘기했던 것처럼, 아내에게는 한때 나의 특징이었고 가장 소박하고 순수한 기쁨의 원천이기도 했던 자비라는 감정이 넘쳐났다.

그러나 이 녀석은 내가 자기를 미워하면 할수록 성가시게 내 뒤를 쫓아다니며 재롱을 부렸다. 내가 어디에 앉든지 간에 으레 쫓아와서 내 의자 아래에 앉거나 무릎 위에 뛰어올라, 지긋지긋하게도 핥거나 제 몸을 내 몸에다 비벼 대는 것이었다. 내가 일어나서 걸어가려고 하면 어느새 다리 새로 기어들어와 나를 곤두박질하게 하기도 했고, 그렇지 않으면 길고 뾰족한 발톱으로 옷에 매달려 가슴까지 기어 올라오는 것이었다.

이럴 때에는 이 녀석을 한 방에 날려 버리고 싶었다. 하지만 전에 범한 죄악이 머리에 떠올라서이기도 했지만 — 솔직히 고백하면 — 고양이가 까닭 없이 두려워서 감히 손을 대지 못했던 것이다.

이 공포감은 확실히 육체적 위해에 대한 두려움은 아니었다. 그러나 나로서는 그 두려움의 정체가 무엇인지를 설명할 능력이 없었다. 고백하기에는 좀 부끄러운 일이지만 — 그렇다. 실상 이 중죄인의 감방에서조차도 고백하기에는 좀 부끄럽다. — 고양이가 나에게 불어넣은 전율과 공포감은 상상으로나 가능할 법한 망상에서 생겨난 것이었다. 이 고양이와 전에 내가 죽인 고양이가 유일하게 다른 점은 가슴에 있는 흰 반점이었다. 이 흰 반점의 특이성에 대해 아내는 내게 여러 번 얘기했었다. 이 반점이 크기는 했지만 본래는 대단히 희미한 것이었다. 그러던 것이 서서히 윤곽을 드러냈고, 결국 선명하게 자리를 잡았다. 변화는 거의 알아챌 수 없을 정도로 서서히 진행되었고, 오랫동안 나의 이성은 이러한 변화가 그저 상상일 뿐이라고 믿기 위해 무진 애를 썼다. 그러나 끝내 반점의 윤곽은 이름만 들어도 몸서리가 쳐지는 형상으로 모습을 드러냈다. 이것 때문에 무엇보다도 그 괴물이 미웠고, 무서웠고, 될 수 있으면 없애 버리고 싶었던 것이다. ― 그것은 등골이 오싹하는 무서운 교수대의 형상이었다! ― 아, 그것은 공포와 죄악 ― 고통과 죽음 ― 의 슬프고도 무서운 형상이었다!

나는 이제는 인간적 차원의 비참함을 넘어선 처참함을 맛보았다. 한 마리의 짐승이 ― 그놈의 친구를 나는 하찮게 죽여 버렸지만 ― 나에게, 전능하신 하느님의 형상대로 만들어진 인간인 나에게 이토록 견디기 어려운 고통을 안겨 주다니!

나는 낮이고 밤이고 간에 안식의 기쁨 따위는 쥐꼬리만큼도 느끼지 못했다. 낮이면 녀석이 한시도 내 곁을 떠나지 않았고, 밤이면 또 밤대로 더 이상 '잠'이 주는 은총을 알지 못하게 되었다. 밤마다 표현할 수 없는 공포의 꿈으로부터 깜짝 놀라 깨어나기 일쑤였고, 잠이 깨면 얼굴 위로 그 녀석의 뜨거운 입김과 내 심장을 영원히 짓누르는 엄청난 무게를 느껴야만 했다.

이러한 고통에 시달리다 보니 쥐꼬리만큼이나마 남은 '선'의자취마저 그만 꼬리를 감춰 버렸다. 그러다 보니 사악하고 흉악한 생각이 나의 유일한 친구가 되어 주었다. 나의 무뚝뚝한 성질은 점점 변해서 모든 것과 모든 사람들을 미워하게까지 되었다. 시시각각으로 돌발하는 억제하기 어려운 분노의 폭발에 나는 맹목적으로 내 몸을 맡기게 되었는데, 그럴 때마다 아무 불평도 없이 그 고통을 꾹 달게 참는 희생자는 불쌍하게도 내 아내였다.

우리는 가난해서 할 수 없이 낡은 건물에서 살고 있었다. 어느 날 집안일 때문에 아내는 나를 따라 지하실로 들어왔는데, 그때 마침 고양이가 험한 계단을 쫓아내려왔다. 고양이 때문에 하마터면 내가 계단에서 곤두박질할 뻔해 나의 분노가 극도에 달했다. 격분한 나는 여태까지 참고 있던 유치한 공포감도 잊어버린 채, 도끼를 들어 고양이를 향해 내리찍으려고 했다. 물론 내가 의도한 대로 내리쳤다면 녀석은 그 자리에서 죽어 버렸을지도 모른다. 그러나 아내의 제지로 인해 뜻대로 되지 않았다. 이 간섭으로 말미암아 나는 악마도 못 당할 만큼 격노에 싸여 아내의 손을 뿌리쳤으며, 그 도끼로 아내의 머리를 내리찍었던 것이다. 아내는 끽소리도 못하고 그 자리에서 즉사했다.

가증스러운 살해를 저지른 후, 나는 곧 이 시체를 감출 방법을 찾느라 골몰했다. 낮이든 밤이든 간에, 이웃 사람의 눈에 띄지 않게 시체를 집에서 끌어낼 수 있는 방법이 무엇인지 도무지 떠오르지 않았다. 여러 계획을 생각해 보았다. 시체를 잘게 썰어 불에 태워 버리는 방법도 생각해 보았고, 다음에는 지하실 마루 밑에 구멍을 파고 그 밑에 파묻어 버릴까도 생각해 보았다. 또한 마당 우물 속에 던져 버릴까, 상품처럼 포장해서 상자에 집어넣어 가지고 짐꾼을 시켜 집에서 지고 나가게 할까 하는 궁리도 해 보았다. 그러다가 결국 그 어느 것보다도 훌륭하게 여겨지는 방법이 떠올랐다. 중세기의 승려들이 그들이 죽인 희생자를 벽에 틀어넣고 발라 버렸다고 전해지는 것처럼, 나도 벽과 벽 사이에 이 시체를 틀어넣고 발라 버려야겠다고 결정했다.

 이러한 목적에 있어선 이 지하실이야말로 더할 나위 없이 안성맞춤이었다. 사면의 벽을 아무렇게나 쌓아 올린 채 흙손질도 변변히 하지 않은 상태에서 최근에 석회로 슬쩍 한 번 발라 버렸는데, 지하실의 습기로 인해 아직도 굳어지지 않았다. 더욱이 벽 한쪽은 다른 부분과 같아보이게 하려고 연통, 혹은 벽로를 꾸며 놓았기 때문에 툭 튀어나와 있었다. 이 벽면을 뜯어낸

다음 시체를 그 속에 틀어넣고 전과 같이 발라 놓으면 아무도 의심하지 않을 거라는 확신이 들었다.

이 계산은 틀리지 않았다. 쇠막대기로 아주 쉽게 벽돌을 떼어 낸 다음 시체를 살짝 안쪽 벽에 기대 세우고, 움직이지 않도록 고정시켜 놓은 상태에서 별로 힘들이지 않고 벽돌을 전과 같이 쌓아 올릴 수 있었다. 그다음에는 모르타르와 모래와 종려털을 사다가 기존의 벽면과 똑같아 보이는 석회 반죽을 만들어 조심조심 덧발랐다. 일을 끝마치자, 모든 것이 제대로 되었다는 생각에 안도감이 느껴졌다. 벽은 조금도 손을 댄 것처럼 보이지 않았다. 바닥에 떨어진 티끌 하나도 남김없이 낱낱이 치웠다. 나는 의기양양하게 주위를 휘휘 둘러보면서 혼자서 중얼거렸다.

"적어도 헛수고는 아니었어."

그다음에 할 일은 이와 같은 불행의 원인을 제공한 고양이를 찾아내는 것이었다. 나는 그놈을 죽여 버리려고 굳게 결심하고 있었다. 그때 고양이가 눈앞에 있기만 했다면, 그놈의 운명은 물어보나 마나였다. 하지만 질겁하고 달아난 고양이는 슬며시 없어진 채, 내가 이러한 기분으로 있는 동안에는 내 앞에 얼씬도 하지 않았던 것이다. 가증스런 고양이가 눈앞에 없어져서, 내 마음이 얼마나 홀가분해졌는지는 설명하거나 상상하는 게 불가능하다. 그놈은 그날 밤새도록 모습을 나타내지 않았다. 그리하여 내가 이 녀석을 집에 데리고 온 이후 처음으로, 살인죄라는 무거운 짐이 내 혼을 누르고 있었음에도 불구하고 달게 잠을 잘 수 있었다.

이틀이 지나고 사흘이 지나도 나를 괴롭히던 녀석이 나타나지 않았으므로, 나는 자유로운 몸이 되어 안도감을 느꼈다. 괴물 같은 녀석은 이곳에서 영원히 도망친 것이며, 다시는 나타날 리가 없을 것이다! 나는 더할 나위 없는 행복을 맛보았다!

나는 내가 저지른 사악한 행동에 대해서도 죄의식을 느끼지 않았다. 수차례 취조가 있었지만 문제없이 대답할 수 있었고, 한 번 가택 수사까지 했지만 물론 아무것도 발견될 리 없었다. 나의 행복은 보장되어 있다고 나는 낙관했다.

이 사건이 있은 후 나흘째 되는 날, 뜻밖에도 한 무리의 경관들이 들이닥쳐 또 한 번 엄중하게 가택 수사를 실시했다. 그러나 제아무리 용을 쓰더라도 시체를 감춘 곳은 찾을 수 없으리라고 확신하고 있었기 때문에 나는 조금도 당황하지 않았다. 나는 경관들의 요청에 따라 가택 수사에 동행했다. 경관들은 집안 구석구석을 샅샅이 조사했다.

이것으로 세 번째인가 네 번째로 지하실로 다시 내려갔다. 하지만 나는 전혀 떨지 않았다. 내 심장 박동은 천진난만하게 잠을 자고 있는 아이처럼 평온했다. 나는 두 팔을 구부려 가슴 위에 얹고 이리저리 유유히 활보했다.

경관들은 완전히 의심을 풀고 떠나려 했다. 내 마음의 기쁨은 억누를 수 없을 만큼 강렬했다. 나는 한마디라도 하여 승리를 뽐내고 싶었고, 나의 무죄를 그들에게 한층 더 확실하게 해 두고 싶은 마음으로 불탔다.

경관들이 계단을 올라갈 때, 나는 참다못해 입을 열었다.

"여러분! 여러분들의 의심이 풀려 참으로 기쁩니다. 자, 그러면 여러분의 건강을 빌며 경의를 표합니다. 그런데 여러분! 이 집은요, 이 집은 말이죠, 아주 튼튼하게 지은 집입니다. ― 아무거나 술술 얘기하고 싶은 욕망에 휩싸여, 나는 무얼 얘기하고 있는지도 몰랐다. ― 보통 튼튼하게 지어진 집이 아니지요. 이 벽들은 말이죠. 아, 여러분들, 그만 가시려고요? 이 벽들은 말이죠, 정말 견고하게 쌓아 올린 것이랍니다."

그러고 나서 일단 말을 멈추고, 허세를 부리고 싶은 마음이 미친 듯이 솟구치는 바람에 나는 내가 가지고 있던 막대기로 사랑하는 아내의 시체가 들어 있는 바로 그 부분을 힘껏 후려

갈겼다.

그러나 하느님, 사탄의 이빨에 물리지 않도록 나를 구해 주소서!

때린 소리의 반향이 가시기도 전에 그 무덤 속에서 어떤 소리가 들려왔다! 처음에는 어린애의 울음소리와 같은 것이 막혔다 끊어졌다 하더니, 곧이어 길고 시끄럽게 이어지면서 이상하고도 잔인한 비명 소리로 바뀌었다. 그것은 인간의 소리가 아닌 듯한, 그야말로 괴이쩍은 소리, 울부짖음이었다. 슬피 울부짖는 날카로운 비명 같기도 하고, 승리의 외침 같기도 했다. 지옥이 아니면 들려올 수 없는 소리, 지옥에 떨어진 자들이 지르는 고통의 비명과 악마들이 저주받은 자들을 보면서 내지르는 기쁨의 외침이 섞여진 듯한 소리였다.

그때 내가 무슨 생각을 했는가를 기록하는 것은 어리석은 짓에 불과하다. 나는 정신이 아뜩해져서 비실거리며 걷다가 반대쪽 벽에 부딪힐 뻔했다. 계단 위로 올라가던 경관들도 그 순간 깜짝 놀라 얼어붙은 듯이 서 있었다. 그러다가 내가 정신을 차려 보니, 건장한 경찰관 여섯 명이 달려들어 열두 개의 굳센 손으로 벽을 허물기 시작했다.

벽은 한꺼번에 떨어져 나갔다. 시체는 꼿꼿이 선 채 사람들

앞에 모습을 드러냈다. 이미 대부분 썩고 핏덩어리가 말라붙어 있었다. 시체의 머리 위에는 끔찍한 짐승이 시뻘건 입을 쩍 벌린 채 불꽃처럼 빛나는 한 눈을 크게 뜨고 앉아 있었다.

나는 이 녀석의 간책에 넘어가 원치 않는 살인을 저질렀고, 이 녀석이 비명 소리를 내어 고발하는 바람에 교수형을 당하게 되었다.

나는 이 괴물도 시체와 같이 함께 벽 속에 틀어넣고 발라 버렸던 것이다.

도둑맞은 편지
The Purloined Letter
1845

파리에 머물던 18××년 — 바람 부는 어느 가을날, 어둠이 막 시작될 무렵이었다. 나는 파리 교외 생제르맹의 뒤노 가 33번지 4층에 있는 C. 오거스트 뒤팽의 조그만 서재에서 그와 함께 해포석 파이프를 입에 문 채 명상에 잠기는 이중의 사치를 즐기고 있었다.

우리는 적어도 한 시간 가량 깊은 침묵에 잠겨 있었다. 만일 누군가가 우연히 방 안을 들여다보았다면, 온통 공기를 무겁게 짓누르는 담배 연기의 소용돌이에서 우리가 정신을 잃고 있는 것처럼 보였을지도 모른다.

그러나 나는 이른 저녁 시간부터 뒤팽과 나눌 대화의 주제에 대해 혼자 생각하고 있던 중이었다. 그것은 모르그 가의 사건과 마리 로제 살인 사건에 얽힌 미스터리였다. 그런데 그때 갑자기 문이 활짝 열리더니 우리가 잘 아는 파리 경시청의 총감인 G××가 들어와, 나는 이것이 무슨 우연의 일치인가 하는 생각을 했다.

우리는 그를 반갑게 맞이했다. 겉모습이 다소 비열해 보이긴 해도, 어느 정도 유쾌한 면도 있는 사람인데다 여러 해 동안 만나지 못했기 때문이다.

그때까지 우리는 어둠 속에 그냥 앉아 있었으므로, G××가 방 안으로 들어오자 뒤팽은 램프를 켜려고 일어섰다. 그러나 G××가 단지 우리들에게 놀러온 것이 아니라 어떤 사건에 대해 의견을 들으러 왔을 것이라는 생각이 들었는지, 뒤팽이 램프를 켜려다 말고 입을 열었다.

"그런 얘기는 어두운 데서 듣는 게 좋겠지."

"자네는 묘한 말을 하는군."

총감이 뒤팽을 보며 이렇게 말했다. 그는 자기가 알 수 없는 일은 무엇이든지 '묘하다'고 말해 버리는 버릇이 있었다.

그러고 보면 총감은 항상 묘한 일에만 둘러싸여 있는 사람인지도 모른다.

"맞았어."

총감에게 파이프와 의자를 권하며 뒤팽이 말했다.

"그런데 그 사건이란 뭔가? 사람이 죽었다는 사건은 이젠 딱 질색이야."

적잖게 궁금해 하며 내가 물었다.

"이번엔 살인 사건이 아니야. 사건 자체는 아주 단순해. 우리 경시청의 힘만으로도 훌륭하게 해결할 수 있다고 생각하지만……. 어쨌든 색다른 사건이야. 이런 사건이라면 뒤팽이 꼭 듣고 싶어 할 줄 알고 찾아온 걸세."

"단순하고도 색다른 사건?"

뒤팽이 되물었다.

"아니, 그렇지 않아. 사건 자체는 아주 단순하지만 어떻게 손을 댈 수가 없네. 우리로서는 몹시 난처한 사건이야."

"허어, 그렇다면 일이 너무 단순하기 때문에 도리어 어렵게 생각하는 모양이군."

"어림없는 소리! 그런 소린 아예 하지도 마."

총감은 큰 소리로 웃었다.

"아니, 자네 말을 들으면 영락없이 그렇지 않은가?"

뒤팽이 흥미를 느끼며 물었다.

"그러니까 너무나 명백한 사건이란 말이지? 하하……. 뒤팽, 그렇게 웃기는 얘기는 이제 그만하게."

총감은 배를 움켜쥐며 과장되게 웃었다.

"그렇다면 먼저 사건의 내용을 이야기해 보지."

내가 총감에게 말했다.

총감은 깊은 생각에 잠긴 모습으로 담배 연기를 힘차게 내뿜은 다음, 의자에 앉아 입을 열었다.

"지극히 간단한 이야기인데, 그 전에 약속할 것이 있어. 절대로 비밀을 지켜 달란 말이야. 만약 이 이야기가 밖으로 새어 나간다면, 쫓겨나고 말 거야."

"자, 어서 얘기나 하지."

내가 다시 이야기를 재촉했다.

"그렇지 않으면 그만두는 게 나을 거야. 하여튼 지금부터 이야길 하겠는데, 절대 비밀이라는 걸 알고 들어 줘. 사건이란 궁중의 중요한 서류를 도둑맞은 거야. 그런데 우리는 그것을 훔친 범인을 알고 있어. 현장을 목격한 사람도 있고, 그 서류가 지금 범인의 손에 있다는 것도 분명히 알고 있네."

"어떻게 알고 있단 말인가?"

"그것은 서류 자체의 성질로도 알 수 있고, 또 하나는 만약 그 서류가 범인의 손에서 떠났다면 당연히 일어날 결과가 아직 나타나지 않고 있다는 것으로도 알 수 있네. 즉 범인이 그것을 처치해 버릴 때 반드시 이용할 만한 일이 한 가지 있는데, 아직 이용되지 않고 있단 말이야."

"좀 더 정확하게 말한다면?"

"자, 그럼 사실을 얘기하지. 그 서류는 그것을 가지고 있는 사람에게 어떤 권력, 그것도 아주 절대적인 권력을 휘두를 수 있는 권리를 주게 된다네."

"여전히 모르겠군······."

"아직도 모르겠단 말인가? 그럼 다시 얘기하겠는데, 그 서류의 내용은 이름을 밝힐 수 없는 어떤 고급 관리의 명예와 크게 관련되어 있는 거라네. 또한 그 서류를 가진 사람에게 아주 유리한 입장을 안겨 주기도 하고 말이야."

"그렇지만 아무리 유리한 입장을 얻을 수 있다 해도, 궁중에서 그것을 가지고 있는 사람을 빤히 알고 있다면 그것을 어떻게 이용할 수 있단 말인가?"

나는 잠시 총감의 말을 가로막았다.

"아냐! 그 범인은 바로 D 장관이라네. 그 사람이라면 인간으로서 할 수 있는 짓은 무엇이나 해치울 수 있는 인물이 아닌가. 옳은 일이건 옳지 못한 일이건 가리지 않고 대담하게 해내는 D 장관이라서 두렵다는 거야. 그리고 그 훔쳐낸 방법이 묘하고도 대담무쌍하다네. 사실 그 서류란 것은, 궁중의 어떤 부인이 내실에 혼자 있을 때 받은 편지라네. 그 부인이 편지를 받은 다음 봉두를 열어 읽고 있을 때, 마침 고급 관리 한 사람이 찾아왔네. 부인은 그에게 편지의 내용을 보이고 싶지 않아서 감추려 했으나 이미 때가 늦어, 할 수 없이 겉봉을 거꾸로 해서 책상 위에 놓은 채 손님을 맞이하였네. 그런데 이때 공교롭게도 D 장관이 들어왔고, 어떻게 편지의 냄새를 맡았는지 모르지만 그 편지와 같은 모양의 봉투를 하나 꺼내어 읽는 척하다가 문제의 편지와 슬쩍 바꿨단 말일세. 그러고 나서 그는 공무에 관한 얘기를 얼마 동안 하다가 부인의 방에서 나갔지. 부인은 D 장관의 이러한 행동을 낱낱이 보고 있었지만, 다른 손님(특히 그 내용을 조금도 알리고 싶지 않은)도 있고 해서 그만 눈앞에서 편지를 잃어버리고 만 거라네."

"거 참 그럴듯하군."

뒤팽은 나를 보며 감탄하듯 말했다.

"그 뒤 요 몇 년 동안 이 편지가 지니고 있는 가치가 극히 위험한 정치적 목적에 조금씩 이용되고 있다네. 궁중에서는 하루빨리 사태를 수습하기 위해 그 편지를 도로 찾으려고 법석을 떨었지만 허탕만 치고, 끝내는 나한테로 그 문제를 가지고 왔단 말일세."

"D 장관의 솜씨가 정말로 놀랍군!"

"너무 추켜세우지 말게."

총감은 얘기를 계속했다.

"아직도 편지는 틀림없이 D 장관의 손에 들어 있다네."

"그 편지가 몰고 올 결과를 볼 때, 아직도 어떤 권력이 완전히 이용되지 않고 있다 그 말이지?"

"바로 그거야."

"그래서 나도 그런 확신을 가지고 편지를 찾기 시작했지. 먼저 D 장관의 저택을 샅샅이 뒤지는 일부터 시작했어. 가장 힘든 일은 그들이 전혀 눈치채지 못하도록 찾는 일이었지. 무엇보다도 주의해야 할 것은, 만약 D 장관이 우리가 하는 일을 눈치챈다면 어떤 일이 일어날지 모른다는 것이야."

"그렇지만 그런 것쯤은 자네에게 문제될 게 없지 않은가? 파리의 경찰들은 그런 일들을 얼마든지 하고 있으니 말이야."

"그야 그렇지. 그렇기 때문에 나는 실망하지 않았다네. 게다가 운이 좋은 것은, D 장관이 밤에는 곧잘 집을 비운다네. 그리고 하인들도 그리 많지 않은데다 그들은 D 장관의 방에서 멀리 떨어져 있었어. 그리고 나에게는 파리의 어떤 방이든지,

어떤 책상 서랍이든지 열 수 있는 열쇠가 있지 않은가? 그리하여 나는 한 석 달 동안 D 장관의 집 안을 샅샅이 뒤졌다네. 게다가 이 사건은 내 명예에 관한 일이고, 말하긴 좀 거북하지만 현상금도 두둑이 걸려 있다네. 그래서 나는 조금도 쉬지 않고 편지를 찾으려고 애를 썼으나, D 장관 또한 어찌나 빈틈없는 사람이었던지 도무지 찾을 수가 없더군."

"잠깐! 이런 일도 있다고 생각해 볼 수 있지 않을까? 즉 그 편지는 D 장관의 손에 없을지도 모른다는 거야. 그 집 안이 아닌 다른 곳에 두었을지도 모르는 일 아닌가?"

나는 문득 생각나는 것이 있어서 총감의 말을 가로막았다.

"그렇지는 않을 거야."

내 말에, 이번에는 뒤팽이 설명을 덧붙였다.

"편지가 지니고 있는 가치를 어느 때 이용하게 될지 모르기 때문에, 필요하면 당장 꺼낼 수 있는 곳에 두었을 거야. 더구나 편지는 언제든지 없애 버릴 수도 있어야 하니까 D 장관이 몸에 지니고 있거나 집 안에 있는 것이 분명해."

"맞아, 그럴 거야."

그 말에 총감이 맞장구를 쳤다.

"그래서 강도로 가장하고, D 장관을 습격하여 그의 몸을 몽

땅 뒤져 봤지만 역시 헛수고였다네."

"물론 헛수고지. D 장관이 바보가 아닌 이상, 그런 중요한 편지를 갖고 다니면서 강도를 당하는 일에 대비하지 않았을 리가 없지."

뒤팽이 자신 있게 말했다.

"물론 그는 바보가 아니지. 아니, 도리어 시인이야. 바보와 시인의 차이는 종이 한 장 차이밖에 안 되니까."

"그도 그렇군. 나도 한때는 시인이라고 떠들어 왔으니 말이야. 그런데 그런 얘기보다는 자네의 수사 방법을 좀 더 자세하게 들려주지 않겠나?"

"음, 그렇게 하지. 나는 다시 생각한 끝에, 이것을 찾으려면 아주 오랜 시일이 소요된다는 것을 알았네. 그러고는 수사를 천천히 진행시켰지. D 장관의 저택을 한 칸 한 칸 조사하기로 했다네. 꼭 일주일이 걸렸어. 먼저 방마다 돌아다니면서 서랍이라는 서랍은 물론이고, 모든 가구와 선반 등을 조사했어. 특히 가구에 어떤 비밀의 실마리가 만들어져 있지 않을까 해서, 우리가 사용하고 있는 자로 일일이 재어 가며 조사해 보았네. 그다음엔 의자를 모조리 조사했지. 쿠션은 내가 쓰고 있는 비밀의 바늘로 골고루 찔러 보았고, 책장은 위에 덮은 널빤지까지 뜯어보았네."

"왜?"

"왜냐고? 책상이나 식탁 같은 것에 뭘 숨기려면 으레 널빤지를 뜯어내고 거기다 구멍을 파고 숨겨 두지 않는가. 그래서 나는 책상이나 식탁뿐 아니라, 침대 다리까지 조사했다네."

"구멍 따위는 겉만 두드려 보아도 알 수 있잖은가?"

"아닐세. 물건을 숨길 때는 솜으로 빈 곳을 채우기 때문에 두드려 보는 것만으로는 알 수가 없어. 더구나 절대로 소리를 내선 안 되니까."

"그렇다면 책장의 널빤지를 뜯어내는 것도 마찬가지 아닌가? 또 편지 같은 것이라면 램프의 심지처럼 돌돌 말아서 책상이나 식탁, 의자 같은 것의 다리 틈에 숨겼을지도 모르는 일이고……."

"그야 그렇지. 하지만 그런 것을 찾는 데는 좀 새로운 방법이 있다네. 도수 높은 확대경으로 비춰 보면 모두 꿰뚫어볼 수가 있거든. 조금이라도 상처가 난 흔적이 있거나 작은 구멍이 있을 경우, 그 확대경으로 비추면 주먹 만하게 보이거든. 그래서 조금이라도 틈이 있거나, 티끌이라도 묻어 있으면 곧바로 알 수 있다네."

"거울의 앞판과 뒤판 사이도 조사해 봤나? 그리고 이부자리와 커튼, 마루에 까는 양탄자는……?"

"물론이지. 하지만 집 안을 샅샅이 조사했으나 헛수고였어. 그래서 다음에는 저택 전체를 조사하기 시작했네. 우선 그 집 바깥 전체를 몇 구역으로 나누어 번호를 붙여 놓고, 3㎠씩 확대경으로 조사했지. 뿐만 아니라 그 집의 옆집까지도……"

"옆집까지? 아주 대단한 수고였군!"

나는 어이가 없었다.

"그야 이만저만한 일이 아니지."

"그렇다면 집 둘레의 땅까지도 조사했단 말인가?"

"응, 다행히도 땅에는 블록이 깔려 있었기 때문에 별로 시간이 걸리지 않았어. 블록 사이의 이끼를 살펴보면 움직인 자리를 알 수 있으니까."

"그럼 D 장관의 서류와 책장 안에 든 책은?"

"물론 책은 한 장 한 장 펼쳐 보았지. 흔히들 책을 흔들어 보고 말지만, 나는 끈기 있게 한 페이지씩 뒤졌다네. 그래도 만족하지 못해서 나는 책 겉장까지도 확대경으로 조사해 봤어. 만약 최근에 손을 댄 자국이 있었다 해도, 결코 놓치지 않았을 거야. 특히 새로 들여온 책은 일일이 바늘로 찔러 보기까지 했으니까."

"양탄자 밑의 마루는?"

"물론, 그것도 모소리 확대경으로 조사했지."

"그럼 벽은?"

"암, 벽도!"

"지하실은?"

"물론이지!"

"그렇다면 자네의 추측이 틀렸나 보군. 자네의 상상과는 달리 편지는 집 안에 있는 것이 아니잖은가?"

"나도 그렇게 생각하네. 대체 어떻게 하면 좋을까?"

총감이 힘없이 대답했다.

"좀 더 완전하게 집 안을 조사해야지."

"그 일만은 이제 아주 질렸어."

"편지가 이미 D 장관 저택에 없다는 것은, 내가 이렇게 숨을 쉬고 있는 것과 마찬가지로 명백해."

"그렇지만 나로서는 그것밖에 할 일이 없지 않은가?"

뒤팽은 어이없어하면서 물었다.

"자네는 그 편지의 특징을 자세히 알고 있나?"

"물론이지!"

총감은 수첩을 꺼내더니, 그 편지의 속모양과 겉모양의 특징을 자세하게 읽어 주었다.

그 후 얼마 동안 총감은 멍청하게 앉아 있다가 맥이 빠진 듯 힘없이 돌아갔다. 나는 그가 이토록 실망하는 모습을 한 번도 본 적이 없었다.

그로부터 한 달쯤 지난 어느 날, 총감이 또다시 우리를 찾아왔다. 그는 자리에 앉아 담배를 피우면서, 잠시 동안 세상 이야기를 이러쿵저러쿵 지껄였다. 나는 그가 왜 뒤팽을 또 찾아왔는지 궁금하여 먼저 말을 꺼냈다.

"여보게, G. 그 도둑맞은 편지는 어떻게 되었나? D 장관을 도저히 당해 낼 수가 없어서, 일찌감치 단념해 버린 것은 아닌가?"

"아니, 뒤팽 말대로 다시 한 번 집 안을 샅샅이 뒤져 봤어. 하지만 역시 허사였어."

"그런데 그 편지를 찾아내면 준다는 현상금은 도대체 얼마나 되지?"

"아주 대단해. 확실한 금액을 이 자리에서 말하긴 어렵지만, 이것만은 내가 큰소리칠 수 있어. 만약 나에게 그 편지를 찾아 주는 사람이 있다면, 내 이름이 적힌 수표로 5만 프랑을 당장 줄 수도 있다네. 사실, 편지의 중요성은 요즘 날로 더해 가는 모양이야. 그래서인지 현상금도 곱으로 늘었네. 그러나 나는 그 보수가 세 곱으로 늘어난다고 해도 이 이상의 일은 할 수가 없군."

"음, 알겠어. 그런데…… 나는 자네가 이 문제에 대해서 충분히 노력했다고 생각하지 않네. 좀 더 강한 노력이 필요한 것 같은데, 자네 생각은 어떤가?"

"어떻게? 어떤 방법으로?"

"가령 말일세. 이 문제에 대해서 남의 의견도 좀 참작하는 게 어떨까? 하하하……. 자네 아바네시(19세기 영국의 유명한 학자)의 얘기를 알고 있나?"

"아바네시? 그런 걸 내가 알 게 뭐야! 시시한 이야기는 그만둬."

"그럴지도 모르지만 내 말 좀 들어 보게. 옛날에 아주 인색한 부자가 있었는데, 이 부자는 어찌나 인색했던지 자기의 병 치료도 어떻게 공짜로 할 수 없을까 하고 궁리할 정도였지. 그러던 어느 날 아바네시와 만나, 이 얘기 저 얘기를 주고받다가 슬쩍 자기의 병 증세를 마치 다른 사람의 이야기처럼 했다네. '선생님이라면 그런 병에 어떤 약을 권하시겠습니까?' 하고 물은 거야. 그러니까 과연 수가 높은 아바네시 선생인지라, '어떤 약을 권하겠느냐고? 그야 의사를 만나 보라고 권하겠네'라고 대답했다더군."

"그렇지만 나는 남의 충고를 기꺼이 받아들일 각오를 하고 있는걸. 그리고 어떤 사례라도 할 거고……. 지금 이 문제에 대해서 내게 힘을 빌려 주는 사람이 있다면, 서슴지 않고 5만 프랑을 내놓겠다고 하지 않았나?"

총감은 좀 당황한 모양이었다.

"그렇다면……."

뒤팽은 잠깐 말을 끊고 서랍에서 수표장을 꺼냈다.

"지금 이 자리에서 5만 프랑을 내놓을 텐가? 이 수표에 서명만 한다면 당장 그 편지를 내주겠네."

나는 깜짝 놀랐다. 총감은 더 놀란 모양인지, 벼락이라도 맞은 것처럼 의자에서 벌떡 일어섰다. 그러나 그는 아무 말도 하지 못한 채, 그냥 멍하니 입을 벌리고 눈알이 금세 튀어나올 듯 놀라움에 차 있었다. 마치 여우에게 홀린 사람처럼 뒤팽을 바라볼 따름이었다. 잠시 후, 그는 제정신으로 돌아갔는지 5만 프랑의 수표를 떼어 뒤팽에게 내주었다. 그러나 여전히 의심이 풀리지 않는다는 표정이었다.

뒤팽은 조심스레 수표를 접어 지갑에 넣었다. 그러고 나서 총감이 지금까지 눈에 불을 켜고 찾고 있던 문제의 편지를 책상 서랍에서 꺼내어 그 앞에 내놓았다.

총감은 다시 한 번 놀랐다. 그는 떨리는 손으로 편지를 받아 내용을 읽어 보더니 미친 듯이 문 쪽으로 달려갔다. 아까 뒤팽이 5만 프랑의 수표를 요구했을 때부터 한마디도 말을 하지 않은 채였는데, 그대로 방을 뛰어나간 것이었다.

총감이 밖으로 나가고 나자, 그제야 뒤팽은 내게 그 까닭을 이야기하기 시작했다.

"파리의 경찰관이라면 누구나 쓸모 있는 사람들이지. 그들은 아주 유능하고 끈기 있고, 빈틈없기로도 유명하지. 그뿐인가? 그들은 경찰관으로서 필요한 지식도 충분히 갖추고 있네. G는 D 장관 저택을 수색한 이야기를 나에게 들려주었을 때도, 나는 과연 그들로서 할 수 있는 일을 다 했다고 생각했었지. 그런데 그것은 어디까지나 그들의 능력이 미칠 수 있는 범위 내의 일뿐이었단 말일세."

"그 능력의 범위가 무엇인가?"

"범위? 글쎄…… 그들의 능력은 그것뿐이었던 거야."

뒤팽은 자신 있게 말을 이었다.

"그가 취한 방법은, 그 방법 자체만으로 볼 때는 최고였어.

더구나 그 최고의 방법을 거의 완전무결하게 해치웠지. 만약 그 편지가 그들의 수사 능력 범위 안에만 감춰져 있었다면, 물론 그들도 그 편지를 찾아냈을 거야."

"다만 그들의 능력이 이번의 상대에게는 맞지 않았다는 것뿐이야. 그는 사건을 너무 지나치게 생각했거나, 아니면 너무 단순하게 생각했기 때문에 실수를 한 거야. 이번 경우는 마치 초등학교 학생만도 못하다고 할 정도로 그들이 어리석었단 말일세.

내가 알고 있는 한 초등학교 아이는, 짝수냐 홀수냐를 알아맞히는 게임을 아주 잘하여 칭찬이 자자했다네. 이 게임은 대개 자갈 같은 것을 몇 개 손에 쥐고 있다가 그 손에 든 자갈의 수가 짝수인지 홀수인지 알아맞히는 일이었는데, 내가 알고 있는 그 아이는 학교 안의 어떤 아이와 게임을 해도 꼭 그것을 알아맞혔다는군. 매번 그것을 알아맞힐 수 있었던 데는 한 가지 원리가 있었는데, 그 아이가 그 이유를 내게 설명해 주었다네. 그 원리라는 것은 아주 간단했는데, 단지 상대방의 눈치를 살피는 것뿐이었어. 가령 상대방이 아주 어리석은 아이라면 그가 '짝수냐 홀수냐?' 하고 물었을 때, 덮어놓고 한 가지 쪽을 댄단 말일세. 만약 그것이 틀렸더라도 그다음부터는 꼭꼭 알아맞히게 되는데, 그것은 다음과 같은 원리에서지. 어리석은 상대방의 경우는 처음에 이겼으니까, 두 번째도 먼젓번 이긴 수를 쥘 확률이 크단 말일세. 그런데 상대방이 좀 똑똑한 놈일 때는 우선 이렇게 생각해 본다네. '내가 처음에 댄 수가 틀린 수이니 두 번째도 반드시 먼저와 같은 수를 쥘 거라고 생각할 수 있지만, 약은 체하는 저놈은 내가 하고 있는 생각을 알아채고는 이번에도 처음에 쥐었던 수를 손에 쥘 거다'라는 원리라네.

그래서 그 아이에게 나는 다시 물었지. '네가 알고 있는 힘과 상대방의 힘을 일치시키기 위해서는 어떻게 하느냐?'고. 그랬더니 그 아이는 서슴지 않고, '상대방이 지혜로운가, 바보인가? 착한 사람인가, 나쁜 사람인가를 먼저 생각합니다. 그리고 상대방이 지금 생각하는 것을 알려고 할 때는 우선 제 표정을 될 수 있는 대로 상대방의 표정과 비슷하게 하여, 어떤 생각이나 감정이 제 마음에 떠오르기를 기다립니다'라고 대답하지 않겠나."

"이쪽에서 알고 있는 것과 상대방의 그것과를 일치시킨다는 일, 그것은 바꾸어 말하면 상대방의 힘을 정확하게 잰다는 말이 아닌가?"

"맞았어, 바로 그거야. 그 총감의 부하들은 첫째로 이 일치시키는 힘이 없었고, 둘째로는 상대방의 능력을 정확하게 재어 보지 못했기 때문에 보기 좋게 실패하고 만 거야. 가령 내가 무엇을 찾는다고 할 때, 나 같으면 여기에 감추었으리라 하는 지점에서 찾는다면 그것은 실패할 것이 뻔하지. 즉 그들은 상대방을 너무 단순하게, 쉽게 생각하고 덤벼들었단 말일세. 다시 말하면 그들이 한 조사에는 융통성이라는 것이 없었단 얘기지. 사건이 있을 때마다 고작 한다는 것이, 할 수 없이 하지 않으면 안 되는 그런 방법을 약간 범위를 넓혀 크게 해 보는 정도니까. 그것도 아주 큰 보수라도 생기는 경우에 말이야. 그렇지만 중요한 원리와 원칙을 무시했기 때문에 그때마다 실패할 수밖에 없었던 거지.

이번의 편지 사건만 하더라도 그들이 쓰던 이제까지의 수사 방법을 조금이라도 바꾸어 볼 생각은 하지 않고 기껏해야 구멍을 뚫어 본다, 바늘로 찔러 본다, 두드려 본다, 확대경으로 살펴본다는 따위의 방법만 동원했지. 하지만 그것은 여느 때 쓰던 수사 방법의 규모만 커진 것에 지나지 않았단 말일세. 다시 말하면 총감의 오랜 경험 — 무엇을 숨길 경우, 의자의 발이나 책상의 널빤지 등에 감춘다는 식의 — 에 의존해서 수사 방향을 지레 결정해 버리고 수사를 진행시켰으니, D 장관과 같은 상대방에게 그것이 통용되지 않았을 것은 너무나 당연하지. 또한 그는, D 장관을 바보가 아니면 시인이라고 가정하고 덤벼들었기 때문에 실패한 것이기도 해."

"D 장관이 시인이라는 말은 사실인가? 그의 형제가 모두 문필가로 유명하다는 것은 나도 알고 있었어. 그러나 D 장관은 미분학에 관한 책을 펴낼 만큼 수학에는 뛰어나도, 시인이 될 수는 없다고 생각하는데……."

"만약 D 장관이 수학자이기만 했다면, 총감이 나에게 수표까지 주고 가지 않아도 되었을 거야. 하지만 그는 수학자인 동시에 시인이기도 했으므로, 나는 그것을 중심으로 해서 방법을 생각해 냈었지. 게다가 그는 행정관이고 또한 대담한 성격을 갖고 있는 사람이라, 그런 인간이라면 틀림없이 보통 방법으로 편지를 감출 리가 없다고 생각했다네. 그뿐 아니라, 그는 경찰이 하는 일까지 미리 짐작하고 있었다는 것도 알 수 있었지. 그가 밤이면 집을 비운다고 했는데, 실은 경찰에게 편지가 집 안에 없다고 믿게 하려고 그랬을 걸세. 그런 것을 보고, 나는 D 장관이 총감보다 훨씬 약은 사람이라고 짐작했지. 그래서 D 장관은 도리어 경찰의 눈이 그다지 쏠리지 않을 곳, 말하자면 아주 허술한 곳을 택했으리라고 생각했다네. 아마 자네도 기억하고 있겠지만, 총감이 우리를 처음 찾아왔을 때 내가 그에게 사건이 너무 명백하기 때문에 도리어 어쩔 줄 모르는 게 아니냐고 말했잖아. 그때 총감은 마구 웃어 댔지만 말이야."

"응, G가 우습게 여기던 것을 기억하고 있네."

"물질계에는 정신계와 아주 같은 점이 얼마든지 있어. 그래서 이 두 가지의 비교는 곧잘 토론의 대상이 되고 있다네. 그런데 자네는 거리의 상점 간판 중에서 어떤 것이 가장 눈에 잘 띈다고 생각하나?"

"글쎄, 나는 그런 걸 생각해 본 일이 없는데."

"그럼 자넨 이런 놀이를 알고 있나? 지도를 펼쳐 놓고 지명 찾기 하는 것 말일세. 한 사람이 도시의 이름이나 강의 이름을 부르면, 다른 한 사람이 그것을 찾아내는 놀이 말이야. 그런데 이 놀이를 처음 하는 사람은 대개 제일 작은 글씨로 쓰인 지명을 골라 상대방을 괴롭히려 하지만, 그 놀이에 익숙한 사람은 그와 반대로 지도의 이쪽부터 다른 한쪽 끝까지 걸쳐 쓰인 커다란 글자의 이름을 부른다네. 왜냐하면 너무 큰 글자는 도리어 사람의 눈에 잘 띄지 않기 때문이지. 그와 마찬가지로 상점의 간판도 너무 크게 써 놓으면 오히려 사람의 눈에 잘 들어오지 않는단 말일세. 그런데 총감은 너무 영리했던 탓인지, 아니면 너무 어리석었던 탓인지 그것을 확실히 깨닫지 못하고 있었단 말이야. D 장관이 편지를 아주 눈에 잘 띄는 곳에 놓아두었는데도, 오히려 찾는 사람의 눈에는 띄지 않은 결과가 되었다는 사실을 총감은 미처 생각하지 못한 거지.

그래서 나는 D 장관이라는 사람이 대담무쌍한데다가, 실로 세심한 잔꾀를 가지고 있는 사람이라고 생각했지. 따라서 편지를 가장 잘 이용하기 위해서 언제나 자기와 가장 가까운 곳에 둔다는 걸 눈치챘어. 그것은 총감이 그토록 엄밀하게 조사했는데도 편지를 찾지 못했다는 것으로 더욱 확실해졌지. 그래서 나는 하나의 확신을 갖게 됐어. D 장관은 편지를 깊이 감추지 않고, 남들이 대수롭지 않게 여길 장소에 두었다고 말이야. 그래서 나는 이 생각을 확인해 보기 위해 푸른빛 색안경을 준비해 가지고 D 장관을 찾아갔었네. 그는 마침 집에 있더군. 몹시 짜증이 나는 때였는지 늘어지게 하품을 하면서 어슬렁어슬렁 방 안을 거닐고 있었어. 나는 요즘 아주 눈이 나빠져 안경이 필요하다고 하면서 준비했던 푸른빛 색안경을 썼지. 그리고 겉으로 보기에는 그의 얘기에 귀를 기울이는 체하면서, 사실은 방 안을 아주 조심스레 살펴보았어. 그중에서도 특히 주의한 것은, D 장관 바로 곁에 있는 커다란 책상이었다네. 책상 위에는 악기가 한두 개, 책이 대여섯 권, 그리고 여러 가지 편지와 서류 같은 것이 너절하게 놓여 있었어.

그런데 아무리 봐도 유별나게 눈에 띄는 것이 없더군. 그래서 다른 곳으로 눈을 돌렸지. 그때 나는 문득 두꺼운 종이로 만들어진 값싼 편지통 하나를 발견했는데, 조그만 손잡이에 때 묻은 푸른 리본이 드리워져 있었어. 서너 칸으로 나뉘어 있는 편지통이었지. 거기에 편지 하나가 들어 있었는데, 그 편지는 아주 더럽고 구겨진데다가 가운데가 거의 찢어져 있었어. 마치 처음에는 보잘것없는 것이므로 박박 찢어 버릴까 하다가 생각이 달라져서 그냥 둔 것처럼 말이야. 그 편지에는 검은 봉인이 커다랗게 찍혀 있었고, 눈에 띄는 큰 글씨로 'D 장관에게'라는 글자가 여자의 글씨체로 씌어 있었지. 나는 이 편지가 눈에 띄자마자 바로 문제의 편지임을 알았다네. 하기야 겉으로 보기에는 총감이 일러 준 편지의 모양과는 딴판이었지. 같은 점이라고는 편지의 크기뿐이었어. 그런데 내가 그것이라고 단정한 것은, 아주 더러워졌다는 점이야. D 장관의 성격답지 않게, 보는 사람이 가치 없는 것이라고 생각하도록 하려는 수작이라 여겨지더군. 더욱 의심쩍은 것은 그 편지통이 놓여 있는 장소야. 그야말로 어떤 사람의 눈에라도 띄는 곳에 있었거든. 이런 모든 것들을 종합해서 단정해 버린 나는 되도록 시간을 끌면서, D 상관이 스스로 열중할 수 있는 문제를 꺼내어 토론을 했지. 그러면서 편지를 좀 더 세밀하게 관찰했네. 나는 새로운 사실을 또 발견했어. 흔히 편지봉투를 다시 이용할 때 쓰는 방법으로 만들어, 그 위에 새로 봉인을 하고 이름을 썼다는 사실 말이야. 이것으로 나는 그 편지가 문제의 편지라는 것에 완전히 자신이 생겼어. 그래서 나는 D 장관에게 작별 인사를 하고 그 방을 나올 때, 일부러 금빛 담배통을 테이블 위에 놓고 나왔다네.

이튿날 아침, 잃어버린 담배통을 찾으러 간 것처럼 나는 다시 D 장관을 찾아가서 전날 하던 토론을 계속했지. 그런데 때마침 창 밖에서 총소리 같은 것이 들리며, 무서운 비명과 함께 군중들이 떠드는 소리가 들려오는 거야. D 장관은 곧 창가로 뛰어가 창문을 열고 밖을 내다보더군. 바로 이때 나는 편지통에 꽂힌 편지를, 미리 준비해 가지고 간 편지와 살짝 바꾸어 버렸다네. 물론 그 편지의 모양과 똑같은 편지를 만드느라고 무척 애를 먹었지.

그런데 밖에서 일어난 소동은, 소총을 가진 어떤 놈이 머리가 돌았던지 여자들이 많이 모여 있는 곳에서 총을 쏘았다는 거야. 미치광이가 아니면 주정뱅이일 거라며 장관은 다시 제자리로 돌아왔어. 나는 이내 작별 인사를 하고 나왔지만, 실은 그 가짜 미치광이도 내가 돈을 주고 산 사람이었다네."

"그런데 왜 가짜 편지를 대신 두고 왔지? 처음 갔을 때 당당하게 빼앗아 왔으면 될 게 아닌가?"

"D 장관은 목숨을 아끼지 않는 대담한 사람 아닌가? 게다가 장관의 저택 안에는 주인을 위해 목숨을 바칠 하인이 수두룩하단 말일세. 만약 자네의 말대로 난폭한 짓을 했다간, 먼저 내 자신이 살아서 돌아오지 못했을 거야. 나는 파리에서 영원히 행방불명되어 버렸을 거야.

그리고 또 다른 목적이 있었지. 그것은 정치적인 문제인데, 나는 이 편지 도난 사건에 대해서 어디까지나 그 궁중의 부인 편이라네. 편지를 잃어버린 이후, 장관은 그 부인을 자기의 권력에 복종시켰네. 하지만 이젠 그가 그 부인의 권력에 복종해야 된단 말일세. 그렇지만 장관은 아직도 편지가 없어진 것을 모르고 있을 뿐 아니라, 편지가 자기에게 있다고 믿으면서 지나친 짓을 계속할 것이란 말일세. 그렇게 되면 그가 장관 자리에서 쫓겨날 것은 뻔한 일이지 않은가."

"그럼 대신 놓고 온 편지엔 뭐라고 써 두었나?"

"글쎄……. 그냥 백지를 넣기는 좀 쑥스럽지 않은가? 그런데 언센가 D 상관이 비엔나에서 나에게 지독한 짓을 한 적이 있거든. 나는 그걸 생각했어. 그때 나는 싱글싱글 웃으면서 '언젠가는 꼭 복수할 거요' 하고 말했거든. 또 이번의 모든 일을 누가 했는지 궁금해 할 것 같아서, 백지 가운데 이렇게 몇 줄 써 넣었지.

그토록 가혹한 음모도 디에스테스에게는 앙갚음이 되었음. 아트레우스에게는 맞지 않을지언정…….

이 구절은 크레비용(프랑스의 극작가)이 쓴 <아트레>(그리스의 전설로서, 아트레우스와 디에스테스 형제의 비극을 그린 연극. 아트레우스가 자신의 아내를 유혹한 디에스테스에 대한 복수로 디에스테스의 아들을 죽인 뒤, 그 아들의 고기를 디에스테스로 하여금 먹게 한다는 이야기)에 나오는 말이라네."

범인은 너다
Thou Art the Man
1844

 래틀배러의 수수께끼를 풀기 위해 이제부터 나는 기꺼이 오이디푸스 역을 맡으려 한다. 래틀배러의 기적 — 오직 하나뿐인 진실로, 누구나 인정하고 이의를 내세우지 않는 뚜렷한 기적 — 을 일으킨 속임수의 비밀을 풀 수 있는 사람은 오직 나밖에 없었기 때문이다.

 이 기적 때문에 래틀배러 사람들은 무신론에 종지부를 찍고, 일찍이 회의론을 받들고 있던 사람들조차도 모두 정통파 신앙으로 개종했던 것이다.

 이 사건은 — 사건에 어울리지 않게 경박스럽게 이야기하는 것이 다소 민망하기는 하다. — 18××년 여름에 일어났다. 래틀배러에서 촉망받는 자산가이며 존경받는 시민의 한 사람인 버너배스 셔틀워드 씨가 살해 의혹이 있는 상황에서 며칠간 실종되었다.

어느 토요일 이른 아침, 셔틀워드 씨는 24km쯤 떨어진 ××시로 가기 위해 말을 타고 떠났다. 그날 밤 돌아올 예정이었는데, 그가 떠난 지 두 시간 뒤에 타고 갔던 말만이 주인은 물론 안장도 없이 되돌아왔다. 말은 큰 상처를 입었으며, 온몸은 진흙으로 잔뜩 뒤덮여 있었다.

이런 상황을 접한 주변 사람들은 크게 놀랐다. 하지만 하루가 지나 일요일 아침이 되어도 셔틀워드 씨가 나타나지 않자, 래틀배러의 사람들은 분명 그가 사고를 당한 것이라 생각하고 그의 시체를 찾아 나섰다.

이 수색에 가장 열성적이었던 사람은 셔틀워드 씨와 가장 친한 친구인 찰스 굿펠로 씨였다. 사람들은 그를 '찰리 굿펠로' 또는 '올드 찰리 굿펠로'라고 불렀다.

우연의 일치인지, 아니면 사람들의 이름이 성격에도 어떤 영향을 미치는 것인지는 알 수 없지만 — '찰스'라는 이름을 가진 사람들을 보면 대부분이 개방적이고 남자다우며 성실하고, 친절하며 솔직한 기질을 가졌다. 그들은 부드럽고 낭랑한 목소리로 듣는 사람의 기분을 유쾌하게 해 줄 뿐 아니라, '나는 한 점 부끄러움 없는 양심을 가졌고, 아무도 두려워하지 않으며, 비열한 행동 따위는 결코 하지 않는다'는 듯한 눈으로 늘 상대방의 얼굴을 똑바로 쳐다본다. 활달하고 인정 있는 '풍채 좋은 신사'들이 찰스라는 이름을 가진 것도 이 때문인지도 모른다.

올드 찰리 굿펠로 — 그는 래틀배러에 온 지 여섯 달 남짓밖에 되지 않았고, 이곳에 오기 이전의 그에 대해 아는 사람도 없었다. 하지만 그는 래틀배러의 영향력 있는 사람들과 친하게 지내는 데 조금의 어려움도 겪지 않았다. 남자들은 그의 꾸밈없는 말을 진심으로 받아들였고, 여자들은 그에게 감사받고 싶은 마음으로 무슨 일이든 하고 싶어 했다. 그렇게 된 데는 '찰스'라는 이름도 한 몫을 했고, 아울러 '최상의 추천서'라고 할 수 있는 그의 순진한 얼굴 덕분이기도 했다.

앞에서 말한 것처럼, 셔틀워드 씨는 래틀배러의 으뜸가는 부자였을 뿐 아니라 존경받는 인물 가운데 한 사람이었는데, 특히 그가 올드 찰리 굿펠로와 형제처럼 친하게 지냈다.

두 사람은 이웃에서 살았다. 그러나 셔틀워드 씨가 올드 찰리 굿펠로의 집을 방문하는 일은 거의 없었다. 설령 방문을 한다 해도 굿펠로의 집에서 식사하는 등의 일은 없었다. 그럼에도 불구하고, 두 사람은 지나칠 정도로 가깝게 지냈다.

올드 찰리는 하루에도 서너 번씩 셔틀워드 씨가 어떻게 지내고 있는지를 들여다보았고, 그의 집에서 자주 아침을 먹거나 차를 마셨다. 때론 저녁 식사까지도 대접받곤 했는데, 두 사람이 식사할 때는 포도주가 빠지는 법이 거의 없었다. 그들이 마시는 포도주의 양은 확인하기 어려울 정도로 엄청났다. 특히 올드 찰리가 좋아하는 포도는 사토 마르고였는데, 셔틀워드 씨는 찰리가 술을 계속 마시는 것을 흐뭇하게 바라보곤 했다.

그러던 어느 날 술을 제법 마신 다음 분위기가 무르익자, 셔틀워드 씨는 친구인 올드 찰리의 등을 두드리며 말했다.

"여보게, 올드 찰리. 자네는 내가 태어나 지금까지 만난 사람들 가운데 가장 유쾌하고 기분 좋은 사람일세. 자네가 그렇게 술 마시는 것을 좋아하는 것을 보니, 내가 사토 마르고를 박스째 보내 주지 않으면 안 될 것 같네. 그렇고 말고……."

셔틀워드 씨에게는 말을 덧붙이는 버릇이 있었다. '그렇고 말고'라든가 '틀림없이'라든가 '정말이지'라는 정도의 말을 벗어나는 일이 거의 없었는데, 지금도 그는 예외 없이 '그렇고 말고'를 덧붙인 것이다.

"오늘 오후에 가장 좋은 포도주 두 상자를 시내에서 주문하여 자네에게 보내 주겠네. 자네에게 주는 선물일세. 그렇고 말고! 자네는 잠자코 있게나. 이로써 이야기는 끝났네. 며칠 지나, 자네가 잊고 있을 무렵에 자네에게 배달될 테니까."

이렇듯 셔틀워드 씨의 호인다운 기질에 대해 이야기하는 이유는, 그들 두 사람 사이에 얼마나 인간다운 친밀함이 깊은가를 보여 주려는 것일 뿐 다른 뜻은 전혀 없다.

그리고 그 일요일 아침에 셔틀워드 씨의 불행이 알려졌을 때, 올드 찰리 굿펠로처럼 심각하게 걱정하면서 충격 받은 사람을 나는 지금껏 본 적이 없다. 가엾은 말이 주인을 태우지도 않은 채 안장도 없이 가슴에 피를 흘리며 돌아왔다는 이야기를 처음 들었을 때, 그는 행방불명된 사람이 마치 자신의 혈육이나 되는 것처럼 발작을 일으키듯 온몸을 부들부들 떨었다.

처음에 그는 너무도 슬퍼서 아무것도 할 수 없다는 듯 망연자실하게 있었다. 다만 셔틀워드 씨의 다른 친구들에게는 너무 소동을 피우지 말고 당분간 — 일주일이나 이 주일, 또는 한 달이나 두 달 — 기다리면서 무슨 일이 일어났는지를 알아보자고 설득했다. 그러면서 혹시 셔틀워드 씨가 탈 없이 돌아와 말을 먼저 돌려보낸 까닭을 설명해 줄지도 모르지 않느냐고 했다.

사람이 지나치게 심한 슬픔에 빠지면, 자칫 일을 뒤로 미루며 우물쭈물하는 경향을 보인다. 그들은 몸은 물론 마음까지 마비되어 어떤 행동도 하기를 두려워한다. 그리하여 마치 노부인처럼 침대에 조용히 누워 '슬픔을 달래는 것', 즉 고통을 반추하는 것 이외에는 아무것도 하지 않으려 한다.

래틀배러 사람들은 올드 찰리의 지혜와 분별력을 매우 높이 평가하고 있었으므로, 대부분 그의 말에 고개를 끄덕이며 '어떤 일이 일어날 때까지' 소란을 피우지 않으려고 애를 썼다.

그런데 이 같은 생각이 사람들 속에서 일반적인 결론으로 자리 잡아가고 있었을 때, 한 젊은이가 매우 수상한 말을 던짐으로써 사람들을 혼란에 빠뜨렸다. 그는 셔틀워드 씨의 조카로, 돈을 헤프게 쓰는데다 다소 성격이 과격한 젊은이였다.

페니페더라는 이름의 조카는 '조용히 기다리자'는 분별 있는 말에 동의하지 않고, '죽은 사람의 시체'를 찾으러 나서야 한다고 주장했다. '죽은 사람의 시체' — 이것이 그가 쓴 표현이었다.

"이상한 말을 하는구먼. 두 번 다시 그런 말을 입에 올리지 않도록 하게!"

올드 찰리의 말은 모여 있던 마을사람들에게 커다란 영향을 주었다. 군중 속의 한 사람이 의심하는 목소리로 이렇게 외침으로써 사람들의 생각을 환기시켜 주었다.

"도대체 저 페니페더 씨는 부자 삼촌이 행방불명된 데 대해 무얼 그리 정확히 안다고, 저토록 거리낌 없이 '죽은 사람'이라고 단언을 하지?"

그러자 잠시 사람들 속에서 가벼운 술렁거림이 일어났다. 특히 올드 찰리와 페니페더 씨 사이에서 말다툼이 벌어졌는데, 그런 두 사람 사이의 언쟁은 그리 놀라운 일이 아니었다. 지난 서너 달 동안 두 사람 사이에 호감이라고는 전혀 없었기 때문이다. 페니페더 씨는 함께 살고 있는 자신의 삼촌 집에서 올드 찰리가 제멋대로 행동하는 것을 보고 격분하여 그를 쓰러뜨린 일까지 있었으니 말이다.

그 사건 때 올드 찰리는 모범적일 정도로 온화하고 자애롭게 행동했다고 알려졌다. 쓰러졌던 자리에서 일어난 그는 옷차림만 바로잡았을 뿐 전혀 보복하려 들지 않았다. 다만 '때가 되면 모두 갚아 주지'라고 한마디 중얼거렸다고 한다. 이것은 매우 자연스럽고 정당한 분노의 표시로서, 화가 가라앉으면 금방 잊혀질 법한 다툼에 지나지 않았다.

사정이야 어떻든 — 무엇보다도 그것은 지금의 이야기와는 아무 상관없는 일이다. — 래틀배러 사람들은 페니페더 씨의 설득에 의해, 몇 무리로 나누어서 셔틀워드 씨의 행방을 찾아보기로 결정했다. 페니페더 씨는 그 언저리 지역을 철저히 살펴보기 위해서는 흩어져서 찾는 것이 더 낫다고 판단한 것이다.

그러나 이때 올드 찰리가 어떤 교묘한 근거를 대서, 흩어져서 찾는 것이 무분별한 생각이라고 설득했는지는 기억나지 않는다. 아무튼 페니페더 한 사람을 제외한 래틀배러의 모든 사람들이 한데 뭉쳐 셔틀워드 씨를 찾아 나섰다. 그리고 올드 찰리가 앞장서서 길 안내를 했다.

사실 올드 찰리보다 길 안내를 잘할 사람은 없었다. 그는 살쾡이처럼 민첩한 눈을 번뜩이며 길을 안내했는데, 누구도 그 근처에 그런 길이 있다고 생각지도 못할 온갖 종류의 길로 사람들을 안내하며 밤낮없이 막다른 함정과 골목들을 들쑤시고 다녔다. 일주일쯤 찾아다녔는데도, 셔틀워드 씨의 흔적은 전혀 발견되지 않았다.

하지만 말 그대로 자취가 전혀 없었던 것은 아니다. 얼마쯤

범인은 너다 253

의 발자취는 분명 있었기 때문이다.

그의 말굽은 다소 특이한 것이었는데, 래틀배러 동쪽 5km 지점의 큰길까지 발자국이 나 있었다. 그 발자국은 다시 숲을 빠져나가 옆길로 들어가 있었는데, 이 길은 다시 큰길로 되돌아올 수 있는 800m 남짓의 지름길이었다.

발자취를 따라 이 옆길을 얼마쯤 가니, 마침내 길 오른쪽에 반쯤 가려진 물웅덩이가 있었다. 발자취는 이 웅덩이 반대쪽에서 완전히 사라졌는데, 어떤 종류의 싸움이 여기서 벌어진 듯했다. 뭔가 무겁고 큰 것 — 사람 몸보다 훨씬 무겁고 큰 것이 옆길에서 물웅덩이까지 끌려온 듯한 자국이 군데군데 있었던 것이다. 그리하여 사람들은 물웅덩이를 두어 번 주의 깊게 훑어보았지만 아무것도 발견되지 않았다.

사람들은 이렇다 할 결과가 없는 것에 실망하여 되돌아가려 했다. 그러나 순간 굿펠로 씨가 웅덩이의 물을 퍼내 보자고 제안했다. 이 제안은 흔쾌히 받아들여졌으며, 모두들 올드 찰리의 슬기로움과 사려 깊음에 감탄했다.

사람들 중에는 시체를 파내게 될지도 모른다고 여겨 삽을 가져온 사람이 적지 않았다. 덕분에 물웅덩이는 빠르게 바닥이 드러났다.

바닥이 드러나자, 남은 진흙 가운데서 검은 비로드 조끼가 발견되었다. 거기 있는 사람들은 그것이 페니페더 씨의 것임을 바로 알아봤다.

조끼는 많이 찢어진 데다 피로 더럽혀져 있었다. 셔틀워드 씨가 말을 타고 집을 나서던 날 아침에 페니페더 씨가 그 조끼를 입고 있었던 것을 기억하는 사람이 몇 있었다. 그리고 만일 필요하다면, 그 잊을 수 없는 날 아침부터 페니페더 씨가 그 조끼를 입고 있지 않았음을 증언하겠다는 사람도 있었다. 하지만 셔틀워드 씨가 실종된 뒤 페니페더 씨가 그 조끼를 입은 걸 본 적이 있다고 말하는 사람은 아무도 없었다.

사태가 심각해짐에 따라, 페니페더 씨에게 의심의 눈초리가 쏠리기 시작했다. 두드러지게 창백해진 얼굴과 변명 한마디 하지 못하는 그의 모습은 이 같은 의혹을 굳혀 주기에 충분했다. 상황이 이렇게 되자, 그와 가까이 지내던 친구들도 재빠르게 그에게서 등을 돌리고는 예전에 그를 좋아하지 않던 사람들보다도 더 큰 소리로 '당장 체포하라'고 요구했다.

반면, 굿펠로 씨의 관대함은 이와 좋은 대조를 이루면서 빛을 발했다. 그는 온정에 찬 말투로 페니페더를 옹호했는데, 그는 '훌륭한 노신사 셔틀워드 씨의 상속자'인 이 젊은이가 한때 격렬해진 감정을 이기지 못하고 자신을 모욕했던 것을 진심으로 용서한다는 뜻을 내비쳤다. 그는 이렇게 말했다.

"나는 진심으로 그를 용서했습니다. 유감스러운 일이지만, 페니페더 씨에게 불리하면서도 의심스럽게 되어 버린 이 상황을 철저히 파헤치기보다는, 그가 양심적으로 행동할 수 있도록…… 몹시 당황스런 이 일의 최악의 사태를 막기 위해서라도…… 다소의 변설을 늘어놓고 싶은 심정입니다."

굿펠로 씨는 자신이 가진 모든 것을 쏟아 놓겠다는 듯이 30분쯤 변론을 늘어놓았고, 사람들은 그의 지혜로움과 넉넉한 마음에 크게 감명을 받았다.

그러나 마음이 따뜻한 사람은 사태를 냉정하게 관찰하거나 판단하는 능력이 떨어지는 경우가 적지 않다. 그런 류의 사람들은 친구를 도우려는 생각으로 지나치게 서두르기 때문에 뜻밖의 실수나 사고, 불의 같은 번거로움에 빠져 버릴 확률이 높은 법이다. 그리하여 모처럼 친절한 의도를 지녔으면서도 자기주장을 올바로 펴지 못해서, 오히려 반대의 결과를 불러오기도 하는 것이다.

이 경우 역시도 올드 찰리의 웅변으로 인해 부정적인 결과를 가져오고 말았다. 그가 아무리 페니페더를 위해 애써 변호를 했다 해도, 그 한 마디 한 마디 — 청중의 의견에 따르면, 그 말투는 노골적이었고, 말하는 사람의 품위가 느껴지는 것은 결코 아니었다. — 는 그에게 이미 쏠려 있는 의혹을 더욱 깊게 했을 뿐 아니라, 그에 대한 사람들의 노여움만 커지게 하는 결과를 낳고 말았다.

올드 찰리가 저지른 잘못 가운데 가장 기묘한 실수는 페니페더를 '훌륭한 노신사 셔틀워드 씨의 상속자'라고 한 것이었다. 사람들은 지금까지 그 사실을 깨닫지 못하고 있었다. 그들은 셔틀워드 씨가 — 그 조카 말고는 살아 있는 가족이나 친척이 아무도 없었다. — 1, 2년 전에 조카인 페니페더에게 의를 끊겠다고 몇 번이나 위협한 것을 기억하고 있었던 것이다. 그 일로 말미암아 사람들은 이미 의를 끊은 것으로 받아들이고 있었다.

래틀배러 사람들은 이렇게 단순했다. 올드 찰리의 이 말로 인해 사람들은 곧 그 일을 생각해 냈고, 그것은 단순한 위협이 아니었을지도 모른다고 여기기 시작했다. 그리하여 사람들은 'cui bono?'라는 자연스러운 의문, 무서운 범행을 그 젊은이의 소행이라고 믿게 만든 조끼보다도 더 확실한 의혹을 갖게 된 것이다.

여기에서 오해의 소지를 없애기 위해, 하려던 이야기에서 잠시 벗어나 내가 지금 쓴 아주 간단한 라틴어 문장을 살펴보고 갖가지로 잘못 해석되고 있음을 지적하고 싶다.

'cui bono?'는 온갖 훌륭한 장편소설이나 그 밖의 작품들 — 예를 들면 '세실'의 저자인 고어 부인의 작품들 속에 나온다. 그녀는 카르디아어(語)에서 치카소어(語)에 이르기까지 온갖 언어를 인용하는데, 그 학식은 정연한 계획 아래 '필요상' 벡포드 씨의 체계에서 도움을 받았다.

온갖 훌륭한 장편소설이라 함은 블루워, 디킨스, 터너페니, 에인즈워즈의 작품을 말하며, 'cui bono?'라는 두 마디 라틴어는 이 작품들 속에서 '무엇 때문에' 또는 '무슨 이익 때문에'라는 뜻으로 쓰였다. 그러나 본래는 'cui'는 '누구', 'bono'는 '이익 때문에'라는 뜻을 갖고 있으므로, '누구의 이익 때문에'라는 말이다.

이것은 순수한 법률 용어로, 우리가 지금 의심하고 있는 어떤 사람의 행위가 그 개인에게 어떤 이익을 가져다주는지, 그 행위를 함으로써 어떤 이익을 얻는지를 생각해 볼 때 적용시킬 수 있는 것이다.

지금의 경우, 누가 이익을 얻느냐는 의문에 곧바로 페니페더 씨를 끌어들이고 만 것이다. 그에게 유리한 유언장을 만들었던 삼촌이 의를 끊겠다고 위협했기 때문이다. 그러나 이 위협은 실행되지 않았고, 본디의 유언장도 고쳐지지 않은 것 같았다. 만일 고쳐졌다면, 용의자의 살인 동기는 당연히 복수일 수밖에 없는 것이다. 그러나 이것은 인연을 되살려, 삼촌의 덕을 보려는 생각에 방해가 되고 말았을 것이다.

그러나 유언장은 고쳐지지 않았고, 고치겠다는 위협이 조카의 머릿속에 계속 남아 있었다면, 그것은 범행을 저지를 아주 강력한 동기가 된다고 봐도 무리가 아닐 것이다. — 래틀배러의 선량한 주민들은 이렇게 판단했다.

때문에 페니페더 씨는 그 자리에서 체포되었고, 사람들은 다시 한 번 조사한 뒤 그를 끌고 집으로 돌아왔다. 그러나 돌아오는 도중에 의혹을 뒷받침할 만한 사건이 또 일어났다.

열성적으로 앞장서 가던 굿펠로 씨가 갑자기 두세 걸음 달려가 몸을 구부리더니, 덤불 속에서 자그마한 물체를 집어 들었다. 그런데 그가 그것을 서둘러 살펴보고 나서 웃옷 주머니에 감추려 하는 것을 사람들이 본 것이다. 굿펠로 씨는 사람들이 보았다는 것을 알게 되자 하던 동작을 멈추었고, 그것은 페니페더 씨의 스페인제 주머니칼이라는 것이 이내 밝혀졌다. 그

칼자루에 페니페더의 머리글자가 새겨져 있었고, 칼은 뽑혀진 채 피투성이가 되어 있었다.

조카의 유죄는 의심할 여지가 없어졌고, 래틀배러에 도착하자마자 신문을 받기 위해 바로 치안 판사 앞으로 끌려갔다.

여기서 다시 매우 불리한 방향으로 사태가 전개되었다. 셔틀워드 씨가 실종된 날 아침 어디 있었느냐는 판사의 물음에, 피의자인 페니페더는 매우 건방진 태도로 대답했다. 그는 그날 아침 라이플총을 가지고, 조금 전 굿펠로 씨의 재치로 피투성이가 된 조끼를 발견했던 그 물웅덩이 근처로 사슴 사냥을 갔었다고 대답했다.

굿펠로 씨는 앞으로 나아가 눈물을 글썽이며 자기를 신문해 달라고 신청했다. 그는 다른 사람들과 마찬가지로 신이 자신에게 내린 엄숙한 의무가 있기 때문에 더 이상 침묵하고 있을 수가 없다고 말했다.

그는 몹시 불리한 상황 속에 놓인 페니페더 씨에게 진정한 애정을 보이며 그를 구하려 했다. ─ 그가 자기에게 무례하게 굴었음에도 불구하고 ─ 굿펠로 씨는 의혹을 품게 하는 사태를 호의적으로 설명하기 위해 온갖 상상력을 동원하여 가설을 제시하려 애를 썼다. 하지만 지금은 모든 증거가 너무도 확실했으므로 꼼짝달싹할 수 없는 지경이었다. 그러자 굿펠로 씨는 자신의 심장이 터져 산산조각 나더라도, 더 이상 머뭇거리고 있을 수 없기 때문에 자신이 아는 것을 모두 말하겠다고 했다.

그리고 그는 다음과 같이 설명했다. 셔틀워드 씨는 떠나기 전날 오후 조카에게 — 굿펠로 씨 귀에 들리는 곳에서 — 내일 아침 ××시로 가는 것은 농상은행에 거액의 돈을 예금하기 위해서며, 또한 지금까지의 유언장을 무효로 하고, 조카에게 1실링을 주고 의를 끊겠다고 했다는 것이었다.

판사는 피고에게 굿펠로 씨가 지금 한 말이 진실인지 아닌지 대답하기 바란다고 엄숙하게 요구했다. 그러자 페니페더 씨는 사실이라고 솔직히 인정했고, 모여 있던 사람들은 모두 깜짝 놀랐다.

판사는 셔틀워드 씨 저택 안에 있는 피고의 방을 수색하기 위해 두 경관을 보내는 게 옳다고 판단했다. 수색을 하고 돌아온 두 경관은 노신사가 늘 몸에 지니고 있었던 것으로 알려진, 실을 꼬아서 만든 적갈색 가죽지갑을 가지고 돌아왔다. 그러나 지갑 안에 귀중한 내용물은 없었다. 판사가 피고에게 그것을 어떻게 했는지, 숨겨 둔 곳이 어디인지를 캐물었으나 아무 소용이 없었다. 페니페더 씨가 아무것도 모른다고 완강하게 주장했기 때문이다.

경관은 또 셔틀워드 씨의 침대와 굵은 삼베 천 사이에서 그의 머리글자가 새겨진, 피해자의 피가 말라붙은 와이셔츠와 손수건을 찾아냈다.

이때 피해자의 말이 상처 때문에 마구간에서 죽었다고 전해졌으므로, 굿펠로 씨는 가능하다면 총알을 찾아내기 위해 죽은 말을 검사해야 한다고 제안했다. 그리하여 그 일이 즉시 이루어졌다. 굿펠로 씨는 말 가슴의 총알구멍을 주의 깊게 살펴본 다음 아주 큰 총알을 찾아냈다.

총알을 조사해 본 결과, 피고의 유죄가 의심할 여지가 없다는 것을 확실하게 말해 주듯 페니페더 씨의 라이플총에 정확하게 들어맞았다. 래틀배러나 가까운 이웃에 사는 다른 사람의 라이플총에는 전혀 맞지 않는 총알로 밝혀진 것이다.

그리고 사태를 한층 더 확실하게 한 것은, 이 총알의 이음매 오른쪽에 난 홈이었다. 검사 결과, 피고가 자기 것이라고 인정한 거푸집에 생긴 홈과 꼭 들어맞았다.

이 총알이 발견되자, 판사는 더 이상의 증언이나 신문할 필요가 없다고 했다. 그리고 이 사건에서는 보석이 허용되지 않는다고 단언했다. 이 엄격한 조치에 굿펠로 씨가 깊은 동정을 담아 항의했으며, 거액의 보석금을 요구하더라도 보증인이 되겠다고 신청했으나 판사는 들으려고도 하지 않았다.

올드 찰리의 이러한 너그러움은, 래틀배러에 사는 동안 그가 늘 한결같이 보여 주었던 상냥하고도 기사도적인 원칙에 완전히 들어맞는 것이었다. 다만 굿펠로 씨는 따뜻한 동정심에 쫓긴 나머지, 궁지에 몰린 젊은 친구를 위해 보증인이 되겠다고 신청했을 때 자신에게 단 1달러의 재산도 없다는 사실을 깜빡 잊은 듯했다.

이 사건의 귀결은 이미 예견되어 있었다. 페니페더 씨는 다음번 재판 날에 모든 래틀배러 사람들의 저주 속에 재판을 받게 되었다. 상황 증거가 — 굿펠로 씨가 양심 때문에 법정에 제출하지 않을 수 없었던, 특히 추가된 몇몇 사실에 의해 명백해졌으므로 — 너무나 굳건하고 결정적인 것으로 여겨졌다. 때문에 배심원들은 따로 협의하는 일도 없이 곧 '1급 살인 유죄'라고 평결을 내렸다.

그 뒤 이 불행한 젊은이는 사형 판결을 받고, 가차 없는 법의 복수를 기다리기 위해 주 형무소로 호송되었다.

그동안 올드 찰리 굿펠로 씨는 그 고상한 행동으로 말미암아,

전보다도 더 래틀배러의 순박한 사람들과 친밀해졌다. 사람들은 이전보다 열 배는 더 그를 마음에 들어 했던 것이다.

그리고 주민들에게 인정받은 자연스러운 결과로서, 그동안 하지 못했던 조촐한 친목회를 자주 열곤 했다. 그 모임은 재치와 쾌활함이 넘쳤다. 물론 친한 친구 조카 위에 무겁게 드리워져 있는 불행하고 음울한 운명이 가끔 생각나 좀 씁쓸해하곤 했지만 말이다.

그러던 어느 화창한 날, 이 아량 있는 노신사는 한 통의 편지를 받고 놀라는 한편 매우 기뻐했다.

찰스 굿펠로 씨에게

삼가 아룁니다. 우리 회사의고객인 셔틀워드 씨로부터 두 달 전에 받은 주문에 따라 사토 마르고(보라색 봉인) 한 상자를 귀하 앞으로 보냅니다.

상자의 표지는 다음과 같습니다.

사토 마르고 A No. 1
6다스(1/2그로스)

H. F. B.(.혹즈 프로크즈 복즈) 회사
18××년 6월 21일

추 신 : 이 편지를 받으신 다음 날 자동차로 배달될 예정입니다.
  존경하는 셔틀워드 씨에게 인사 올립니다.
  H. F. B. 회사

사실 굿펠로 씨는 셔틀워드 씨가 죽은 뒤로 사토 마르고에 대해 잊고 있었다. 그러므로 그는 그것을 신의 뜻에 의해 자신에게 주어진 선물로 여겼다.

물론 그는 굉장히 기뻐했고, 기쁨에 넘친 나머지 선량한 셔틀워드 노인의 선물을 맛보기 위해 다음 날 래틀배러의 사람들을 초대하여 만찬회를 갖기로 했다.

그는 사람들을 초대할 때 셔틀워드 씨에 대해서는 한마디도 하지 않았다. 그는 ― 만일 내 기억이 맞는다면 ― 선물 받았다는 사실을 아무에게도 말하지 않았다. 그저 두 달 전에 주문하여 내일 받게 된, 특히 값비싸고 향기로운 포도주를 마시러 와 주기 바란다고 하면서 사람들을 부른 것이다.

옛 친구로부터 포도주를 선물 받은 사실을 어째서 말하지 않는지, 나는 그 까닭을 생각할 때마다 혼란스러웠다. 그가 잠자코 있는 진정한 까닭을 나로서는 확실히 이해할 수가 없었다. 물론 그에게는 뭔가 그럴듯한 이유가 있었겠지만 말이다.

이리하여 그 다음 날 잘 차려입은 많은 사람들이 굿펠로 씨 집에 모여들었다. 래틀배러에 사는 사람들의 반은 온 것 같았다. — 나도 그중 한 사람이었다.

그러나 올드 찰리가 잘 차린 저녁 식사를 거의 다 먹을 때까지도 사토 마르고가 도착하지 않아 주인을 당황하게 했다. 하지만 다행히도 사람들이 돌아가기 전에 배달되었다. 그것은 엄청나게 큰 상자였다. 모두들 몹시 기분이 좋았으므로 식탁 위에 올려놓고 내용물을 꺼내 보자고 했다.

일은 곧 실행되었다. 나도 거들었다. 상자는 순식간에 식탁의 병들과 접시 사이에 올려졌고, 그 바람에 접시와 병이 두세 개 부딪쳐서 깨졌다. 올드 찰리는 몹시 취해 있었는데, 우스꽝스런 모습으로 식탁 윗자리에 앉아 '보물을 개봉하는' 의식을 진행했다. 그는 질서를 지키라고 말하면서 유리컵으로 식탁을 힘차게 쾅쾅 두들겼다.

소란스러움이 멈춘 다음, 이런 경우 흔히 그렇듯이 잠잠한 정적이 찾아왔다. 뚜껑을 열어 달라는 부탁을 받고, 나는 무척 기뻐하며 그의 말을 따랐다. 끌을 집어넣고 망치로 두세 번 가볍게 두들기자, 갑자기 상자 윗부분이 튕겨져 오르며 열렸다.

그 순간이었다. 심한 상처로 피투성이가 된, 몹시 부패한 셔틀워드 씨의 시체가 튀어 올라와 굿펠로 씨 맞은편에 앉았다. 빛을 잃은 듯한 썩은 시체가 분노에 찬 눈으로 굿펠로 씨의 얼굴을 잠시 바라보았다. 그러더니 천천히 그러나 또박또박하고 분명한 목소리로 말했다. ㅡ "범인은 너다"라고. 그런 다음 상자 옆으로 쓰러지더니, 식탁 위에서 손발을 계속 떨었다.

그 뒤의 광경은 말로 표현하기 힘든 것이었다. 사람들은 문이나 창문을 찾느라 정신이 없었고, 힘센 사나이들마저 너무나도 두려운 나머지 정신을 잃을 정도였다. 파티장은 삽시간에 아수라장으로 변해 버렸다.

공포에 찬 무서운 비명을 한바탕 지르고 난 다음, 모든 사람들의 눈길이 굿펠로 씨에게로 쏠렸다.

조금 전까지 승리감과 포도주의 취기로 불그레하던 그의 얼굴에서는 핏기가 완전히 사라졌으며, 그의 얼굴에 떠오른 ㅡ 죽어야 할 운명을 알게 된 고뇌에 찬 표정은, 비록 내가 천 년을 산다 해도 잊을 수 없을 만큼 기기묘묘한 것이었다.

잠시 동안 그는 대리석 상(像)처럼 굳어 있었다. 그의 눈은 텅 비고 안쪽으로 깊숙이 돌려져, 자기 자신의 비참하고 냉혹한 넋을 지켜보고 있는 것 같았다. 그러나 드디어 그의 눈이 빛나는가 싶더니 바깥 세계로 되돌아왔다.

그는 의자에서 벌떡 일어나더니 머리와 어깨를 식탁 위에 무겁게 떨어뜨렸다. 그리고는 고통스러운 표정으로 시체에 다가가서, 저간의 사정을 격렬한 말투로 털어놓기 시작했다.

페니페더 씨가 그 죄로 말미암아 감옥에 들어가 사형을 선고받은 무서운 범죄의 모든 이야기를······.

그가 말한 내용은 대충 다음과 같다. ─ 그는 물웅덩이 언저리까지 셔틀워드 씨를 쫓아가, 그 자리에서 권총으로 말을 쏘았다. 그러고 나서 권총 개머리판으로 셔틀워드 씨를 때려죽이고 지갑을 빼앗았다. 그리고는 말이 죽은 걸로 알고 물웅덩이 옆 가시덤불까지 힘들게 끌고 갔다. 셔틀워드 씨의 시체는 자기 말에다 실은 다음, 숲에서 멀리 떨어진 안전한 곳에다 숨겨 놓았다.

조끼, 주머니칼, 지갑, 총알은 페니페더 씨에게 복수하기 위해 자신의 손으로 발견된 장소에 놓아두었다. 또 피 묻은 손수건과 와이셔츠도 사람들이 쉽게 찾을 수 있는 곳에다 숨겨 두었다.

그 끔찍한 독백이 끝나갈 무렵, 이 죄인의 목소리가 더듬거리는가 싶더니 이내 희미해졌다.

마침내 고백이 끝나자, 그는 비틀거리며 일어나서 뒤로 물러서려고 했다. 하지만 더 이상 서 있지 못하고 순간 앞으로 고꾸라지더니 그대로 숨이 끊어지고 말았다.

다행히 때를 놓치지 않고 이 같은 고백을 이끌어낸 방법은 매우 효과적이었지만, 이 기막힌 효과에도 불구하고 실은 매우 단순한 것이었다.

굿펠로 씨의 솔직함은 늘 정도가 지나쳐, 그것을 나는 불쾌하게 여겼었다. 그리고 지나치다 싶을 만큼 온정적인 태도 또한 처음부터 의혹을 불러 일으켰다.

페니페더 씨가 그를 때렸을 때 나는 그 자리에 함께 있었는데, 그 순간 그의 얼굴에 떠오른 잔인하기 이를 데 없는 표정은 복수할 수 있는 기회가 생기기만 하면 곧 실행할 게 틀림없다는 확신을 내게 주었다. 나는 래틀배러의 선량한 사람들과는 다른 시각으로 올드 찰리의 행동을 지켜봐야겠다고 생각했다.

유죄를 입증하는 증거들이 나타날 때마다, 그것이 직접적인 것이든 간접적인 것이든 관계없이 모두가 그에 의해 발견되었다는 것을 나는 쉽게 알아차릴 수 있었다.

그러나 사건의 진상에 대해 내가 눈을 뜬 것은, 굿펠로 씨가 죽은 말의 몸속에서 총알을 발견했을 때였다. 총알이 들어간 곳의 구멍과 꺼낸 곳의 구멍이 다르다는 것을, 래틀배러 사람들은 잊고 있었지만 나는 잊지 않았다. — 총알이 말의 몸을 관통해 버렸는데도 말의 몸속에서 발견되었다고 한다면, 그것은 발견한 사람이 넣은 게 틀림없다고 나는 생각했다.

피투성이가 된 와이셔츠와 손수건도 총알에서 짐작한 생각을 뒷받침해 주었다. 조사 결과, 피는 고급 붉은 포도주에 지나지 않은 것으로 판명되었기 때문이다.

이런 사실들과 함께 요즘 굿펠로 씨의 씀씀이가 늘어난 것을 생각하자, 의혹이 생기기 시작했다. 이 의혹은 누구에게도 말하지 않고 내 마음에만 숨겨 두고 있었으므로 한층 더 강해져 갔다.

나는 그동안 굿펠로 씨가 사람들을 안내해 갔던 곳을 중심으로, 되도록 넓은 범위에 걸쳐 비밀리에 정밀 조사를 시작했고 셔틀워드 씨의 시체를 찾아 나섰다. 그 결과 며칠 뒤, 가시덤불로 가려져 있는 오래된 마른 우물을 찾아냈다. 그리고 이 우물 바닥에서 찾고 있던 것을 마침내 발견했다.

그때 나는 굿펠로 씨가 셔틀워드 씨의 비위를 맞추면서 샤토마르고 한 상자를 약속받았을 때, 그 두 사람의 이야기를 얼핏 들었던 것이 떠올랐다. 나는 여기에서 힌트를 얻어 일을 꾸몄다. 단단한 고래 뼈를 한 개 얻어 시체의 목구멍 속에 집어넣고 헌 포도주 상자에 시체를 넣었다. 매우 조심스럽게 시체를 반으로 접은 다음, 고래 뼈를 반으로 접어 휘도록 하여 시체가 아래에 내리눌려 있도록 억지로 뚜껑을 덮어 누른 다음 못을 박았다. 물론 못을 빼면 뚜껑이 튕겨져 나가면서 시체가 곧바로 튀어나와 꼿꼿하게 서 있기를 기대한 것이었다.

상자 준비가 되자, 앞에서 말한 대로 글과 숫자와 주소 성명을 써넣었다. 그러고 나서 셔틀워드 씨가 거래하던 포도주 상인 이름으로 편지를 쓰고, 내가 신호를 보내는 대로 곧 마차에 상자를 싣고 굿펠로 씨 집 문으로 가져가도록 하인에게 지시를 해 놓았다.

시체로 하여금 말을 하게 한 것은, 내 복화술 솜씨를 몰래 사용한 것일 뿐이다. 이렇게 하면 아무리 잔인하고 부끄러움을 모르는 인간일지라도 양심의 가책을 느끼게 되리라 생각했기 때문이다.

이제 더 이상 설명할 것은 없다고 생각된다.

페니페더 씨는 곧 풀려났으며, 삼촌의 유산을 물려받아 경험이라는 교훈의 지혜를 빌어 새로운 사람이 되었다. 그리고 그 뒤로 줄곧 행복하게 새로운 삶을 살았다.

고자질하는 심장
The Tell-Tale Heart
1843

사실이다! 나는 너무나도 신경질적이었으며, 지금도 그러하다. 그렇지만 왜 나를 미친 사람이라고 말하려 드는가? 병 때문에 내 감각은 날카로워졌지만, 마비되지도 둔해지지도 않았다. 무엇보다도 청각이 예민해졌다.

나는 하늘과 땅의 모든 소리를 들었다. 지옥의 소리도 들었다. 그런데 내가 미치다니?

여러분은 이 이야기를 경청하기를! 그리고 내가 얼마나 분명하고 차분하게 이야기하는지 관찰하기를!

그 생각이 처음에 어떻게 내 머릿속에 떠올랐는지는 말할 수 없다. 그러나 한 번 떠오른 뒤에는 밤이고 낮이고 머릿속을 떠나지 않았다. 거기에는 목적도 없었고 열정도 없었다.

나는 그 노인이 좋았다. 그가 나에게 잘못한 적은 한 번도 없다. 나를 욕한 적도 결코 없다. 나는 그의 재산을 바란 것이 아니었다. 생각하건대, 그것은 그의 눈 때문이었다. 바로 그 눈 때문이었다!

그의 한쪽 눈은 독수리의 눈을 닮았는데, 창백하고 푸른 눈 위에 엷은 막이 있었다. 그 눈이 내게로 향할 때마다 피가 얼어붙는 것만 같았다. 그리고 서서히, 너무나도 서서히 그 노인의 목숨을 빼앗아 그 눈으로부터 영원히 벗어나겠다고 마음먹었다.

이 점이 중요하다. 여러분은 내가 미쳤고, 미친 사람은 아무것도 모른다는 환상을 가질지도 모른다. 하지만 내가 얼마나 조심스럽고, 깊게 생각하며, 감쪽같이 그 일을 현명하게 해 나갔는지 여러분이 보았어야 했는데…….

나는 일에 착수했다. 그를 죽이기 전 일주일 동안, 나는 더없이 친절하게 그를 대했다. 그리고 매일 밤 자정 경에 그의 방 걸쇠를 돌려 너무나도 살며시 문을 열었다. 그리고 머리가 들어갈 만큼 문을 연 뒤, 빛이 새어나오지 못하도록 덮개를 잠근 희미한 등불을 방 안으로 집어넣고 머리를 들이밀었다.

얼마나 교묘하게 머리를 집어넣었는지, 여러분이 보았다면 아마도 웃었을 것이다. 나는 서서히, 너무나도 서서히 움직였기 때문에 노인의 잠을 깨우지 않았다. 머리를 다 들이밀고 노인이 침대에 누워 있는 것을 보기까지 긴 시간이 걸렸다. 보라. 미친 사람이 어떻게 이처럼 현명할 수 있단 말인가? 머리가 무사히 방으로 들어간 뒤 조심스럽게, 정말이지 조심스럽게(문이 삐걱거렸으므로) 등불 덮개를 열자 한 줄기 엷은 빛이 그 독수리 눈에 떨어졌다.

나는 일주일 동안 매일 밤 자정 경에 이 일을 했는데, 그때마다 그 눈은 감겨 있었다. 그러므로 그 일을 하기란 불가능했다. 나를 괴롭혔던 것은 그 노인이 아니라, 그의 악마의 눈이었<u>으므로.</u>

그리고 매일 아침 동이 틀 때, 나는 대담하게 그 방으로 들어가 용기를 내어 그에게 말을 걸고 다정한 목소리로 그를 부르며 밤새 잘 잤는지를 물었다. 매일 밤 자정 경에 내가 잠들어 있는 자신을 찾아갔다고 의심했다면, 그 노인이야말로 선견지명을 지닌 늙은이일 것이다.

여드레째 되는 밤에는 그 어느 때보다도 조심스럽게 문을 열었다. 시계의 분침이 내 손보다 더 빨리 움직이는 것처럼 느껴졌으니까. 그 이전에는 나의 총명함, 나 자신의 능력이 그렇게 대단하다고 느끼지 못했었다. 나는 승리감으로 흥분을 감추지 못할 지경이었다.

내가 서서히 문을 열려고 할 때, 노인은 꿈에서도 나의 비밀스런 행동과 생각을 짐작하지 못했을 것이다. 그런 생각이 들자, 나는 낮은 소리로 키득거렸다. 어쩌면 내가 내는 소리를 그가 들었을 수도 있다. 마치 놀란 듯, 그가 갑자기 침대 위에서 몸을 뒤척였으니까 말이다.

내가 물러섰을 거라고 생각하겠지만, 천만의 말씀이다. 도둑 맞을까 두려워서 덧문을 걸어 잠가 두었으므로 방은 짙은 어둠으로 캄캄했다. 문 여는 것을 그가 보지 못했다는 것을 알았기 때문에, 나는 문을 서서히 계속 밀었다.

그런데 머리를 집어넣고 등불 덮개를 열려 할 때 손가락이 미끄러져 양철 소리가 나자, 노인이 침대에서 벌떡 일어나 소리쳤다.

"거기 누구냐?"

나는 조용히 있었고, 숨소리조차 내지 않았다. 한 시간 내내 나는 근육 하나 움직이지 않았는데, 그동안 노인이 드러눕는 기척을 전혀 느끼지 못했다. 그는 여전히 침대에 앉아 귀를 기울이고 있었던 것이다. 마치 내가 밤마다 벽 속에 있는 죽음의 파수꾼에 귀를 기울인 것처럼······.

이윽고 노인이 내는 희미한 신음 소리가 들렸는데, 나는 그것이 죽음을 두려워하는 신음 소리라고 생각했다. 그것은 고통이나 슬픔의 신음 소리가 아니었다. 그것은 공포에 억눌렸을 영혼의 심연에서 올라오는 낮은 숨 막힘의 소리였기 때문이다.

나는 그 소리를 잘 알고 있었다. 수많은 밤, 정확히 자정에 세상 모든 것이 잠들었을 때, 그 소리는 내 가슴으로부터 올라와 끔찍한 메아리처럼 울려 퍼지곤 했다. 그리고 내 마음을 어지럽히던 공포를 더 깊게 했다.

나는 그 소리를 잘 알고 있었고, 노인이 무얼 느낄지도 알고 있었다. 그랬기에 마음속으로 키득거리면서도 그를 동정했다. 침대에서 돌아누우며 희미한 소리를 낸 이후에도, 그가 계속 깨어 있다는 것을 알 수 있었다.

분명 그가 느끼던 무서움은 그의 마음속에서 계속 커져 갔을 것이다. 그는 아무것도 아니라고 생각하려 애썼으나, 그렇게 할 수 없었을 것이다. 그리고 그는 이렇게 스스로에게 중얼거렸을 것이다.

'굴뚝에서 나는 바람 소리일 뿐이야. 마루에 생쥐가 지나가는 거겠지.'

'귀뚜라미가 한 번 운 것뿐이지.'

그렇다, 그는 이런 생각을 하며 마음의 안정을 얻으려 했을 것이다. 그러나 그것이 모두 헛수고임도 알았을 것이다. 그렇다. 모두 헛수고였다. 검은 그림자를 앞세우며, 죽음이 그에게 다가와 그 제물을 둘러싸고 있었으므로……. 그는 보지도 듣지도 못했지만, 알아차릴 수 없는 그림자의 음산한 영향으로 방 안에 있는 나의 존재를 느낄 수 있었을 것이다.

그가 다시 드러눕는 소리를 듣지 못한 채 너무도 인내심 있게 오랫동안 기다린 나는 등불 덮개를 조금, 아주 조금 열기로 마음먹었다. 그걸 열었는데, 얼마나 서서히 열었는지 여러분은 상상할 수 없을 것이다. 드디어 거미줄 같은 희미한 한 줄기 빛이 나와 틈새를 지나 독수리 같은 그 눈에 떨어졌다.

눈은 떠져 있었는데 완전히 부릅뜬 눈이었다. 그것을 쳐다보자 나는 화가 치밀었다. 나는 너무나도 분명히 그 눈을 보았다. 전체적으로 희미한 푸른빛에 무서운 엷은 막이 있어 뼛속까지 얼어붙는 것 같았다.

그러나 나는 노인의 얼굴도 몸도 보지 못했다. 마치 본능에 의한 것처럼, 나는 그 저주스러운 지점으로 너무나 정확하게 빛을 비추었기 때문이다.

여러분들이 광기로 오해하는 것은, 감각이 지나치게 예민한 것에 지나지 않는 것이라고 나는 이미 말한 적이 있다. 솜으로 싼 시계에서 나는 것 같은, 낮고 둔탁하며 빠른 소리가 이윽고 내 귀에 들렸다. 그 소리 역시 내가 너무나 잘 알고 있는 것이었다. 그것은 노인의 심장이 뛰는 소리였다. 북치는 소리가 병사들의 용기를 자극하듯, 노인의 심장 뛰는 소리는 나의 노여움을 증폭시켰다.

그러나 나는 조용히 참고 있었다. 숨도 거의 쉬지 않았다. 움직이지 않은 채 등불을 잡고 있었다. 불빛을 얼마나 오랫동안 눈에 비출 수 있을지 시험했다. 그러는 동안 빌어먹을 심장 박동 소리는 점점 커져만 갔다. 그 소리는 매초마다 점점 더 빠르고 커졌다. 노인의 공포가 극에 달한 것임에 틀림없다! 정말이지 매초마다 커져 갔다! 여러분은 내 말을 잘 이해할 수 있을 것이다. 나는 신경질적이라고 이미 말한 바 있다.

한밤중에, 낡은 집의 죽음 같은 침묵 속에서 듣고 있는 이런 소리는 나를 극도로 흥분시켜 참을 수 없는 공포를 느끼게 할 지경이었다. 그러나 굳건하게 참으며 조용히 서 있었다. 그러나 박동 소리는 점점 더 커져만 갔다. 나는 이제 심장이 터질 거라고 생각했다. 그러면서 나는 새로운 걱정에 사로잡혔다. 누군가가 이 소리를 들을지도 모른다는 걱정……. 운명의 시간이

다가왔다!

큰 고함을 지르며 나는 등불 덮개를 열고 방 안으로 뛰어들었다. 노인은 외마디 소리를 질렀다. 단 한마디. 곧 나는 그를 바닥으로 끌어내려 무거운 침구를 씌웠다. 그리고는 이제까지의 행동을 생각하며 웃어 제쳤다. 그러자 오랫동안 심장이 둔탁한 소리를 내며 뛰었다. 그러나 그것으로 나는 초조해 하지 않았다. 벽을 통해 들리지는 않을 테니까.

결국 박동 소리는 멎었다. 노인은 죽었다. 나는 침구를 치우고 시체를 살폈다. 그는 돌이었다. 죽은 돌이었다. 나는 노인의 심장 위에 손을 얹고 오랫동안 그대로 있었다.

박동이 멈추었다. 그는 돌처럼 죽어 있었다. 그의 눈은 이제 더 이상 나를 괴롭히지 않을 것이다.

혹시 여러분은 여전히 나를 미친 사람으로 생각하는가? 하지만 내가 시체를 숨길 때 얼마나 현명하게 준비했는지에 대한 설명을 들으면 더 이상 그렇게 생각하지 않을 것이다. 밤이 이슥했고, 나는 서둘러서 일을 해치우기 시작했다. 그러나 아무런 소리도 내지 않았다. 우선 나는 시체를 토막 냈다. 머리를 잘라 낸 다음 팔과 다리를 잘라 냈다.

방바닥의 널빤지 석 장을 뜯어내고 각목 사이에 그것들을 쑤셔 넣었다. 그리고는 너무도 간교하고 교묘하게 널빤지를 다시 맞추어 넣었기 때문에, 그 누구라도 이상한 점을 찾아내지 못할 것이다. 어떤 종류의 얼룩이나 핏자국도 없었다.

그러기에 나의 모든 행동은 너무나 조심스러웠다. 통에 모두 넣었다. 하하하! 이 모든 일을 마치자 4시가 다 되어 갔는데, 자정 때처럼 여전히 어두웠다. 시계가 4시를 알리는 종소리를 치고 있을 때 현관문을 두드리는 소리가 들려왔다. 나는 가벼운 마음으로 문을 열어 주러 아래로 내려갔다. 이제 그 무엇이 두렵겠는가.

세 남자가 들어왔는데, 그들은 정중하게 경관이라고 자신들을 소개했다. 밤중에 이웃사람이 비명 소리를 들었는데, 나쁜 일이 일어났을지도 모른다는 의심이 생겨 경찰서에 연락을 한 모양이었다. 그래서 그들(경관들)이 가택 수색을 나온 것이다.

나는 웃음을 지었다. 무엇을 두려워해야 한단 말인가? 나는 그들을 정중하게 맞이했다. 비명 소리는 내가 꿈속에서 지른 것이라고 말했다. 노인은 시골에 가셔서 안 계신다고 말했다.

나는 방문자들을 집 안 이곳저곳으로 안내하며, 잘 조사해 보라고 말했다. 그리고 드디어 그들을 노인의 방으로 데리고 가서, 그의 재산이 안전하게 그대로 있는 것을 보여 주었다. 나는 방으로 의자를 가지고 와서 그들에게 피곤할 테니 여기서 좀 쉬라고 했다. 완벽한 승리감에 사로잡혀 대담해진 나는 내가 앉을 의자를 시체를 숨긴 바로 그 지점에 놓았다.

경관들은 만족해했다. 나의 태도가 그들을 납득시킨 듯했다. 나는 이상하게도 침착했다. 내가 기분 좋게 대답하는 동안 그들은 앉아서 이런저런 이야기를 나누었다.

그러나 시간이 흐름에 따라, 나는 내 자신이 창백해짐을 느끼고는 그들이 어서 돌아가 주기를 바랐다. 머리가 아프고, 귀에서 이상한 소리가 나는 것 같았다. 그러나 그들은 여전히 잡담을 나누었다. 울림이 더 분명해졌다. 귀 울림이 계속되자, 나는 이런 느낌을 없애기 위해 좀 더 자유롭게 이야기했다. 그러나 계속되던 귀 울림이 극에 달한 순간, 나는 그 소리가 내 귓속에서 나는 것이 아님을 깨달았다.

의심할 여지없이 나는 몹시 창백해졌다. 그러나 나는 더욱 고조된 목소리로 유창하게 말했다. 그러자 울리던 그 소리가 더 커졌다. 나는 대체 어떻게 해야 한단 말인가? 그것은 낮고 탁하고 빠른 소리로, 솜에 싼 시계에서 나는 소리 같았다.

나는 숨이 막혀 헐떡거렸다. 그러나 경관들은 듣고 있지 않았다. 나는 더 빨리, 더 격렬하게 지껄였다. 그러나 그 소음은 꾸준히 커져 갔다.

나는 자리에서 일어나 사소한 것들에 관해 논쟁을 했고, 격렬한 몸짓을 해 가며 큰 목소리로 말했다. 그러나 소음은 계속 커져만 갔다. 왜 그들은 가지 않는 것일까? 마치 그들에게 관찰되고 있는 것에 화가 난 듯, 나는 무겁게 발걸음을 옮기며 이쪽저쪽을 돌아다녔다. 그러나 소음은 계속 커져만 갔다.

아! 어떻게 한단 말인가? 나는 거품을 물고, 고함을 치며 욕설을 퍼부었다! 그때까지 앉아 있던 의자를 잡아 흔들고 널빤지 위에 비벼 보았다. 그러나 소음은 점점 더, 점점 더 커졌다! 그리고 경관들은 여전히 즐겁게 지껄이며 미소 짓고 있었다. 그들은 과연 듣지 못했을까?

전능하신 신이여, 이럴 수는 없습니다! 그들은 들었다! 그들은 의심했고, 그들은 알았다! 놈들은 나의 공포를 갖고 논 것이다! 그렇게 생각했고 지금도 그렇게 생각한다.

그러나 어떤 것도 이런 고통보다는 낫다! 어떤 것도 이런 비웃음보다는 견딜 만하다! 이런 위선적인 웃음은 더 이상 참을 수 없다! 나는 소리라도 지르고 나서 죽어야 한다는 느낌이 들었다. 그리고는 다시 소리가 들렸다. 더 크게! 더 크게!

나는 소리쳤다.

"나쁜 놈들! 더 이상 시치미 떼지 마! 내가 죽였다! 널빤지를 뜯어봐! 여기, 바로 여기! 이 소리는 끔찍한 그의 심장 박동이란 말이다!"

타르 박사와 페더 교수의 광인 치료법
The System of Doctor Tarr and Professor Fether
1845

18××년 가을, 프랑스 남부 지방을 여행하던 중, 나는 파리에서 의과대학 친구들로부터 많이 들었던 광인의 집, 즉 정신병원에서 몇 킬로 떨어지지 않은 곳에 이르게 되었다. 그런 곳에는 한 번도 가 본 적이 없었기 때문에 놓치기 아까운 기회라는 생각이 들었다. 그래서 나는 며칠 전에 우연히 알게 된 여행 동료에게 한 시간 정도만 그곳을 살펴보자고 제안했다.

그는 처음에는 바쁘다고 둘러댔지만, 나중에는 광인에 대한 일반적인 공포 때문이라며 반대했다. 하지만 그는 자신에게 예의를 지키느라 내 호기심을 풀 기회를 포기하지 말라고 했다. 자신은 말을 타고 주변을 돌아보며 천천히 가고 있을 테니, 그날 혹은 늦어도 그 다음 날까지는 자기를 따라잡으라고 말했다.

그러면서 그가 나에게 작별 인사를 하자, 나는 그곳으로 들어가는 데 약간의 어려움이 있을 수 있다는 생각이 들어 이 점에 대한 우려를 언급했다. 그는 이 같은 사립 정신병원의 규칙은 공공 병원보다 더 까다롭기 때문에, 관리인인 메이야르 씨를 개인적으로 알고 있거나 추천서를 갖고 있지 않으면 들어가기 쉽지 않을 것이라고 말했다. 그러면서 자신은 광기라는 것에 대한 꺼림칙한 느낌 때문에 그곳에 들어가고 싶지 않지만, 자신이 몇 년 전부터 메이야르 씨와 알고 지낸 사이니까 병원 문까지 동행하여 그를 소개시켜 주겠다고 했다.

나는 그에게 감사했다. 큰길을 돌아 우리는 잡풀이 우거져 있는 지름길로 들어섰다. 그 길은 산기슭 언저리를 덮고 있는 빽빽한 숲으로 이어져 있었는데, 이 습하고 음산한 숲속을 3 km 정도 말을 타고 달리자 '광인의 집'이 시야에 들어왔다.

그 집은 오랜 세월 동안 방치되어 있는 듯한 황폐한 성채였는데, 그 모습이 나에게 커다란 두려움을 불러일으켰다. 나는 돌아가고 싶은 생각이 들어 말을 세웠으나, 그러한 나약함이 이내 부끄러워져 계속 나아갔다.

정문을 향해 올라가던 중에 나는 문이 약간 열려 있고, 그 사이로 엿보는 사람이 있음을 알아차렸다. 잠시 후, 엿보고 있던 사람이 앞으로 나오더니 내 동행인의 이름을 부르며 다가와 우호적으로 악수를 청했다. 그가 바로 메이야르 씨였다.

그는 단단한 몸집을 가진 옛날식의 미남자였는데, 품위 있는 태도에서 위엄과 권위가 느껴졌다. 내 동행인은 메이야르 씨에게 나를 소개시켰다. 그리고는 병원을 둘러보고 싶어 한다는 내 바람을 말했고, 메이야르 씨가 나에게 모든 배려를 아끼지 않겠다고 약속하자 그는 떠나갔다. 그리고 그 이후로 다시 그를 만나지 못했다.

나의 여행 동료가 가고 나자, 관리인은 매우 깨끗한 응접실로 나를 안내했다. 그곳에는 많은 책과 그림, 화분, 악기 등이 있었는데, 매우 세련된 분위기였다. 벽난로에서는 불길이 활활 타오르고 있었다.

내가 들어서자, 피아노 앞에서 벨리니의 아리아를 부르고 있던 젊고 아름다운 여인이 노래를 멈추고서 우아한 태도로 맞아 주었다. 하지만 그녀의 목소리는 무척 낮았고, 전체적으로 가라앉아 있는 느낌이었다. 음울하고 창백한 표정에서는 극도의 슬픔이 전해져 왔는데, 그것은 그녀가 상복을 입고 있었기 때문인지도 모른다. 아무튼 그녀의 그런 모습은 내 가슴에 존경심과 관심, 경탄이 뒤섞인 감정을 불러일으켰다.

파리에 있을 때, 나는 메이야르 씨의 사립 정신병원이 흔히 '진정 체계'라고 부르는 것에 입각하여 관리되고 있다는 얘기를 들은 적이 있었다. 그 체계란 어떤 체벌도 내리지 않고 격리 수용을 배제한 상태를 말한다. 환자들은 은밀하게 관찰되지만 겉보기에는 많은 자유가 주어진다. 대부분의 환자들은 보통사람들이 입는 평상복을 입고, 건물과 주변의 정원을 자유롭게 돌아다닐 수 있는 것이다.

눈에 보이는 것들을 하나하나 돌아보면서, 나는 그 젊은 여자 앞에서 말하는 것에 주의를 기울였다. 그녀가 정상인지 아닌지 잘 알 수 없었기 때문이다. 사실 그녀의 눈 주위에는 정체를 알 수 없는 불안한 광채가 드러나 있었는데, 그 광채를 보면서 나는 그녀가 정상이 아닐지도 모른다는 생각을 했다.

그래서 나는 화제를 일반적인 것에 한정시켰고, 미친 사람들을 불쾌하게 하거나 흥분시키지 않을 것이라고 생각하는 것들만 골라서 이야기했다.

그녀는 내가 말하는 것에 대해 완벽하다고 할 만큼 이성적인 태도로 대답했으며, 그녀 본래의 지력도 아주 정상적이었고 감정 상태 또한 매우 안정적이었다. 하지만 오랜 세월 동안 '광기'라는 학문을 접한 나로서는 그렇게 확실하게 정상이라는 사실을 신뢰할 수 없었기에, 처음에 기울였던 주의를 이야기하는 동안 내내 유지했다.

잠시 후, 영리해 보이는 제복 차림의 하인이 과일과 포도주가 담긴 쟁반을 날라 왔다. 쟁반에 놓인 것을 내가 먹기 시작하자, 그 여자는 곧 방을 나갔다. 그녀가 나간 뒤, 나는 메이야르 씨에게 묻는 듯한 시선을 보냈다. 그가 말했다.

"아아, 아니네. 조카딸뻘 되는 먼 친척이네. 아주 교양 있는 아이지."

"의심한 점, 백 번 사과드립니다. 하지만 이해해 주시리라 믿습니다. 당신의 훌륭한 관리 운영이 파리에까지 잘 알려져 있어, 그럴 수도 있다고 생각한 거죠. 그러니까……."

"그러니까…… 더 이상 말 안 해도 알겠네. 신중한 태도를 보여 주었으니, 내가 오히려 고마워해야 될 걸세. 젊은이들에게서는 그런 신중함을 보기 힘들거든. 이곳을 방문하는 사람들의 경솔함 때문에 종종 불미스러운 사건이 일어나곤 한다네. 예전 체계로 운영할 때는, 이곳 환자들에게 마음 내키는 대로 이리저리 돌아다닐 수 있는 권리가 있었지. 한데 이곳을 관찰하러 온 무분별한 사람들 때문에 종종 위험한 발작을 일으키기도 했다네. 그 이후로는 어쩔 수 없이 철저한 격리 체계를 시행하고 있네. 때문에 판단력을 믿을 수 없는 사람에게는 이곳 입장을 허가하지 않는다네."

"아니, 예전의 체계로 운영하고 있을 때라니요! 그렇다면 제가 들었던 '진정 체계'는 더 이상 시행되지 않고 있다는 말씀입니까?"

나는 그의 말을 반복하며 물었다.

"영원히 그 체계를 포기하기로 결론 내린 지가 이제 서너 주 되었네."

"저런! 정말 놀라운 일이군요!"

그러자 그가 한숨을 쉬며 말했다.

"옛날 치료법으로 되돌아가는 것이 절대적으로 필요하다는 것을 알게 되었네. 진정 체계의 위험성은 언제나 두렵고, 그 장점도 지나치게 과대평가되어 왔거든. 나는 적어도 이 병원에서는 정당하게 시도되었다고 믿고 있네만……. 우리는 이성적 인간성의 발로로 제안할 수 있는 것은 모두 했다네. 자네가 좀 더 이른 시기에 우리를 방문하지 않은 것이 유감스럽군. 그랬다면 본인 스스로 평가할 수 있었을 텐데. 짐작하건대, 청년은 진정 요법에 대해서 세부적으로 잘 알고 있다고 느껴지는군."

"전부 아는 것은 아닙니다. 몇 사람 거쳐 전해 들었을 뿐입니다."

"그렇다면 그 체계를 일반적인 용어로 '환자들의 비위를 맞추는 체계'였다고 해 두세. 우리는 광인의 머릿속에 있는 어떤 망상과도 대립하지 않네. 그 반대로, 우리는 그 망상에 빠져들도록 더 부추겨 주었네. 여러 치료들이 이렇게 오랫동안 지속적으로 행해졌네. 광인들의 이성을 일깨우는 데는 삼단논법만 한 것이 없다는 데는 논쟁의 여지가 없지. 예를 들어 스스로를 닭이라고 망상하는 환자가 있다고 하세. 치료법은 그것을 사실이라고 인정하고, 환자가 그 사실을 충분히 사실로서 인식하지 못하는 어리석음을 질책한 다음 한 주일간 닭에게 주는 일정량의 식사 이외에 어떤 것도 주지 않는 것이네. 이런 방법을 사용하면 옥수수 몇 알이나 모래알로도 놀라운 효과를 낳게 되지."

"하지만 이 '묵인의 법칙'이 전부였습니까?"

"천만에. 우리는 음악과 춤, 일반적인 체육활동, 카드놀이, 책읽기 같은 단순한 활동에 중점을 두었네. 우리는 개개인에게 신체적 질환을 치료하는 것처럼 가장하고, '광기'라는 단어는 절대 사용하지 않았네. 장점은 광인 한 사람 한 사람이 다른 모두의 행동을 지켜 주도록 하는 것이었네. 광인의 이해와 판단을 신뢰하는 것이 바로 그의 육체와 정신을 찾도록 해 주는 것이니까. 우리는 감시인을 고용하는 등의 비용을 들이지 않고도, 이런 식으로 해 나갈 수 있었네."

"그럼 어떤 종류의 체벌도 가하지 않았습니까?"

"그렇다네."

"환자들을 격리하지도 않았구요?"

"매우 드물게는 격리한 적도 있네. 간혹 증세가 심각해지거나 갑자기 난폭성을 드러내면, 우리는 그가 다른 사람들에게 영향을 주지 못하도록 격리된 방으로 옮겼다네. 보호자가 데려갈 때까지 그런 상태로 두었지. 왜냐하면 그런 난폭한 광기에 대해서는 우리가 할 수 있는 일이 없기 때문이네. 그런 사람들은 대개 공공 병원으로 옮겨진다네."

"그럼 지금은 이 모든 것을 바꾸었다는 말씀이지요. 결과는 더 낫다고 생각하십니까?"

"확신하네. 그 체계에는 단점도 있고 위험성도 있네. 다행스럽게도 이제는 프랑스의 모든 정신병원에 이 체계가 전파되고 있지."

"정말 놀랍군요. 저에게 말씀하신 것들이 말입니다. 그러니까 현재 시점에서는 이 나라 어디에도 광인을 위한 다른 치료법이 존재하지 않는다는 것이군요."

"젊은이, 자네는 아직 젊지 않은가. 이제는 다른 이들의 소문을 믿지 않고, 자네 스스로 세상에서 일어나는 일들을 판단하는 방법을 배우게 될 때가 되지 않았나. 들은 것은 아무것도 믿지 말고, 눈으로 보는 것은 절반만 믿게. 우리 병원에 대해서도 어떤 무지한 자들 때문에 자네가 오해한 것이 분명하니까. 하지만 저녁을 먹고 충분히 여독이 풀리면 기꺼이 건물 전체를 보여 주겠네. 그러고 나서 우리 병원을 본 모든 사람들이 말하는, 이제까지 고안된 체계와는 비교할 수 없을 정도로 효과적으로 운영되는 체계를 소개해 주겠네."

"직접 만들어 내신 체계 말씀입니까?"

나는 물었다.

"기분 좋게도 그렇다네. 적어도 어느 정도까지는 그렇다고 할 수 있지."

이런 식으로 한두 시간 동안 이야기를 나눈 다음, 메이야르 씨는 그곳의 정원과 온실을 보여 주었다.

"우리 환자들은 보여 줄 수 없네. 지금 당장은 곤란하지. 민감한 사람은 그런 광경을 보면 다소간의 충격을 받곤 하지. 게다가 곧 저녁 식사를 할 텐데, 식욕을 떨어뜨리게 하고 싶지는 않네. 자, 일단 저녁을 먹으러 가세. 성 메노 산(産) 송아지 고기에 벨루테 소스를 친 양배추를 대접하지. 부조 산 포도주도 한잔 하고. 그러면 신경이 충분히 진정될 것이네."

여섯 시에 저녁 식사가 나왔다. 메이야르 씨는 나를 커다란 식당으로 안내했는데, 거기에는 스물다섯에서 서른 명 정도 되는 사람들이 모여 있었다. 그들의 옷이 지나치게 사치스럽고 도회지 세력가처럼 과시하는 듯한 세련미를 풍기고 있는 것으로 보아, 그들은 분명 좋은 집안에서 자라고 교육받은 사람들이라고 여겨졌다.

나는 이 손님들 중 적어도 3분의 2가 여자들이라는 것을 알아차렸다. 그리고 그중 어떤 이들은 요즘 파리 사람들이라면 절대 좋은 취향이라고 평가받지 못할 옷을 입고 있었다. 적어도 칠순은 되어 보이는 여자들이 반지, 목걸이, 귀걸이 등 보석으로 잔뜩 치장을 했고, 지나칠 만큼 가슴과 팔을 드러내고 있었다. 게다가 제대로 만들어진 옷은 거의 없었으며, 입은 사람에게 어울리지도 않았다.

주위를 둘러보다가 나는 응접실에서 메이야르 씨가 소개해 주었던 흥미로운 아가씨를 발견했다. 그러나 그녀가 버팀살이 들어간 드레스에 하이힐을 신고, 브뤼셀 레이스가 달린 지저분한 모자를 쓰고 있는 것을 보고 나는 몹시 놀랐다. 옷이 지나치게 커서 그녀의 얼굴은 우스꽝스러울 정도로 작아 보였다. 그녀를 처음 보았을 때, 그녀는 깊은 슬픔에 잠긴 채 너무나도 잘 어울리는 상복을 입고 있었는데 말이다.

간단히 말해서, 식탁에 모인 이들의 옷에는 기묘한 분위기가 깃들어 있었다. 나는 내가 알고 있는 '진정 체계'에 대한 것들을 떠올리면서, 광인들과 저녁을 함께한다는 사실을 알고 내가 저녁 내내 불편한 마음을 가질까 봐 메이야르 씨가 식사를 마칠 때까지 나를 속이려 하는 건지도 모른다는 생각을 했다.

그러면서도 파리에서 들었던, 남쪽 시골사람들은 낡은 관념을 많이 가진 독특한 괴짜들이라는 사실을 떠올렸다. 또한 모인 사람들 중 몇몇과 이야기를 나누자마자 불안했던 마음도 완벽하게 사라졌다.

식당은 편안하고 적당한 크기였음에도 불구하고, 그다지 우아한 분위기는 아니었다. 바닥에 양탄자도 깔려 있지 않았다. 하지만 프랑스에서는 종종 양탄자를 깔지 않기도 한다. 창문에도 역시 커튼이 없었다. 덧문은 닫혀 있었는데, 파리의 상점 덧문을 본떠 대각선으로 걸치는 쇠막대로 안전하게 고정되어 있었다.

건물은 내가 관찰한 바에 의하면, 그 자체가 성채의 한쪽 날개를 형성하고 있었다. 때문에 창문이 그 평행사변형의 삼면에 나 있었고, 나머지 한쪽에 문이 있었다. 창문은 모두 다해서 열 개 이상이었다.

식탁은 최상으로 차려져 나왔다. 음식은 필요 이상으로 넘쳐서, 그 낭비는 가히 야만적이라고 느껴질 정도였다. 아나킴족이라도 배불리 먹일 만큼 음식이 풍성하게 나왔는데, 이렇게 저녁 식사 한 끼에 아낌없이 써 버리는 것은 난생 처음 보는 광경이었다.

그러나 식당 배치에는 특별한 안목이나 취향이 없는 것 같았다. 식탁 위건 방 안이건, 빈 공간이 있는 곳에는 촛불이 지천으로 놓여 있었다. 은 받침대에 꽂힌 수많은 양초에서 퍼져 나오는 밝은 불빛 때문에 어둑한 빛에 익숙해진 내 눈은 몹시 괴로웠다.

동작이 민첩한 하인 몇 명이 시중을 들고 있었고, 건물 한쪽 끝에 놓인 커다란 식탁 곁에는 바이올린과 피리, 북과 트럼본을 연주하는 일고여덟 명의 사람들이 앉아 있었다. 식사를 하는 동안 이 악사들은 온갖 소음으로 나를 괴롭혔다. 하지만 그들은 즐겁게 음악을 추구하는 것 같았고, 나를 제외한 그 자리에 있는 모든 이들에게 커다란 즐거움을 선사했다.

내가 본 모든 것들은 대체적으로 기괴했다. 그렇지만 세상은 다양한 사고방식과 관습을 가진 온갖 종류의 사람들로 구성되어 있지 않은가. 게다가 나는 여행을 많이 해 왔기 때문에 어떤 경우에도 평상심을 유지할 수 있었다. 나는 침착하게 메이야르 씨의 오른쪽 자리를 지키고 앉아, 최고의 식욕으로 앞에 놓인 음식들을 맛있게 먹었다.

대화는 유쾌하고 일반적인 것이었다. 여성들은 어디서나 그렇듯 매우 수다스러웠다. 대화를 하는 동안, 나는 대부분의 사람들이 교육을 제대로 받은 사람들이라는 것을 알 수 있었다. 그리고 메이야르 씨는 그 자체가 유쾌한 일화들로 가득한 하나의 세계였다. 그는 이 병원 관리인으로서 자신의 지위에 조금도 거리낌이 없었다. 그리고 정말 놀랍게도, 광기라는 주제는 그 자리에 있는 모든 이들이 가장 선호하는 것이었다. 환자들의 기행에 대한 놀라운 이야기들이 수없이 오고갔다.

내 오른쪽에 있는 뚱뚱하고 키가 작은 한 신사가 말했다.

"한때 여기 한 환자가 있었는데, 그는 자기가 주전자라고 생각했지요. 어쨌거나 어떤 특정한 물건이 얼마나 많은 광인들의 머릿속에 들어갔는지는 새삼스럽게 이상한 일도 아니니 않습니까? 또한 프랑스에 인간 주전자를 내놓을 수 없는 광인 보호소는 거의 없으니까요. 우리가 본 그는 영국산 도자기 주전자였는데, 아침마다 양가죽이랑 분필가루로 자기 몸을 윤이 나도록 조심스럽게 닦는 게 일과였죠."

그러자 맞은편에 앉은 키 큰 남자가 말했다.

"그리 오래되지 않은 일인데, 자기가 당나귀라고 생각하는 환자가 있었습니다. 은유적으로 말하자면, 사실에 가깝지요(당나귀, 즉 donkey는 속어로 얼간이, 바보라는 뜻). 참 골칫거리였는데, 울타리를 벗어나지 못하게 막느라 애를 많이 먹었어요. 자꾸 담장을 넘어가려 했으니까요. 그는 오랫동안 엉겅퀴 말고는 아무것도 먹지 않았습니다. 결국 우리가 그것 말고는 아무것도 먹지 못하도록 했더니 생각이 고쳐지더군요. 한데 다음엔 끊임없이 뒷발질을 하는 겁니다. 이렇게……."

"드 코크 씨! 예의를 지켜 주시면 대단히 감사하겠어요."

이때 키가 큰 남자의 옆에 앉아 있던 한 늙은 부인이 끼어들었다.

"제발 발 좀 가만히 두세요! 제 옷을 다 망쳤잖아요. 특징을 설명하는 데 그렇게 실제적인 방법이 필요한가요? 여기 있는 사람들은 그렇게 설명하지 않아도 충분히 이해할 수 있다구요.

맹세하지만, 당신은 그 불쌍한 광인이 상상했던 것보다 더 대단한 당나귀예요. 당신 연기는 살아 있는 것처럼 자연스럽지만……."

"대단히 죄송합니다, 부인! 수만 번 죄송합니다! 기분을 상하게 할 마음은 추호도 없었습니다. 라플라스 부인, 이제 저는 당신과 건배할 영광을 얻고 싶습니다."

드 코크 씨는 이렇게 말을 하고 나서 깊게 절을 하더니, 과장된 동작으로 라플라스 부인의 손에 키스를 한 다음 잔을 들어 건배했다.

그 모습을 보고 있던 메이야르 씨가 나에게 말했다.

"자, 내 친구여! 여기 성 메노 산 송아지고기 한 조각을 자네에게 보내네. 특별히 좋은 것이지."

이때 세 명의 몸집 좋은 하인이 들어와 무언가를 담은 거대한 접시를 식탁 위에 안전하게 올려놓았다. 그것은 '잘 구워 낸 신기한 괴물'처럼 보였다. 자세히 살펴보니 영국식으로 토끼를 요리하듯 통째로 구워 낸, 무릎을 꿇고 있는 작은 송아지 한 마리였다. 그리고 송아지의 입에는 사과가 물려 있었다.

"감사합니다만, 사양하겠습니다. 사실대로 말하자면, 성 뭐라는 송아지고기가 저에게는 별로 맞지 않습니다. 그냥…… 이

것 전체가 그다지 저에게 맞지 않는 것 같군요. 접시를 바꾸어 토끼고기를 좀 맛보겠습니다."

나는 정중하게 대답했다.

식탁 위에는 일반적인 프랑스 토끼고기가 담긴 작은 접시들이 놓여 있었다. 프랑스 토끼요리는 나도 추천할 수 있을 만큼 대단히 맛있는 것이었다.

"피에르, 이 젊은이의 접시를 바꿔 드리고 고양이를 곁들인 토끼고기를 드리게."

메이야르 씨가 큰 소리로 지시했다.

"뭐라구요?"

나는 놀라서 반문했다.

"고양이를 곁들인 토끼고기 말이네."

"아, 감사합니다만…… 다시 생각해 보니까, 역시 아닙니다. 그냥 햄이나 양껏 먹겠습니다."

나는 속으로 생각했다. 이 지방 사람들의 식탁에서 내가 무엇을 먹고 있는지 도무지 알 수가 없다. 이 사람들이 먹는 고양이를 곁들인 토끼나 그 비슷한 것들……. 가령 토끼를 곁들인 고양이 따위는 절대 먹지 않을 생각이다.

그때, 식탁 끝 쪽에 앉아 있던 시체처럼 창백한 안색을 한 사람이 중단된 대화의 실마리를 잡았다.

"여러 괴상한 사람들 중에서, 오래전에 자기가 코르도바 치즈였다고 집요하게 우기는 환자가 있었습니다. 손에 칼을 들고 다니면서, 자기 다리를 조금만 잘라 내서 먹어 보라고 친구들에게 졸라 대며 돌아다니곤 했습니다."

그러자 또 다른 사람이 끼어들었다.

"물론 그는 엄청난 바보였지요. 그렇지만 우리 모두 알고 있는 어떤 사람과는 비교도 안 됩니다. 이 괴상한 신사는 예외지요. 자기가 샴페인 병이라는 망상에 빠져, 언제나 이런 식으로 갑자기 터뜨려 거품을 내던 사람 말입니다."

그는 무례하게도 왼쪽 뺨에다 오른쪽 엄지손가락을 갖다 대고는 코르크 마개가 터지는 소리를 내더니 손을 뗐다. 그리고는 혀를 재빨리 굴려 샴페인 병에서 김빠지는 것처럼 몇 분 동안이나 치이익 소리를 흉내 냈다. 내가 보건대, 이 행동은 분명히 메이야르 씨의 마음에 들지 않았을 것 같았다.

그러나 그는 아무 말도 하지 않았고, 커다란 가발을 쓴 깡마른 남자에 의해 대화가 다시 시작되었다.

"그리고 이런 바보도 있었습니다. 자기가 개구리라고 착각하는 사람이었지요. 전혀 닮지도 않았는데 말이죠. 청년, 당신이 그 사람을 한 번 봤으면 좋았을 거요."

그가 나를 바라보며 말을 이었다.

"그의 자연스러운 모습을 봤으면 정말 흐뭇하셨을 겁니다. 그가 개구리가 아닌 이상, 그가 개구리가 아니라는 사실을 관찰하는 저로서는 안쓰럽지요. 하지만 그가 '개굴개굴, 개굴개굴' 하고 우는 소리는 세상에서 제일 훌륭한 소리였습니다. B플랫 음이죠. 그리고 그가 식탁 위에다 팔꿈치를 이렇게 얹고…… 술이 한두 잔 들어간 후에 말입니다. 이렇게 입을 부풀리고, 이렇게 눈을 굴리면서 잽싸게 눈을 깜빡이면……. 이렇게요! 정말로 맹세하지만 당신은 그 재주에 감탄해서 넋을 잃을 겁니다."

"틀림없이 그랬겠지요."

내가 그의 말에 답을 하자, 또 다른 누군가가 말했다.

"그리고 말입니다. 작은 가이야르라는 사람도 있었는데, 그는 자기가 양초 심지라고 생각하는 사람이었습니다. 그 사람은 자신의 엄지와 검지로 자기 몸을 잡을 수 없다는 것 때문에 정말로 고민했답니다."

"정말 그랬겠군요."

"그리고 쥘 드술리에르라는 사람은 정말 독특한 천재였는데, 자신이 호박이라는 생각 때문에 미쳤답니다. 자신을 파이로 만들어 달라며 요리사를 괴롭혔는데, 요리사는 단호하게 거절했지요. 제 쪽에서 보자면, 드술리에르식 호박 파이는 정말 훌륭한 요리가 되지 않았을까 싶기도 합니다."

"놀랍군요."

나는 대답을 해 주며, 메이야르 씨를 의문에 찬 눈으로 쳐다보았다. 그러자 그가 말했다.

"하하하! 헤헤헤! 히히히! 호호호! 후후후! 정말 훌륭하군! 놀라지 말게, 내 친구. 여기 있는 우리 친구들은 모두가 재치 있는 사람들이라네. 한마디로 괴짜라고 할 수 있지. 하지만 문자 그대로 이해하면 안 된다네."

이때 또 다른 사람이 말했다.

"그리고 말이죠. 위대한 부퐁이라는 사람도 있었어요. 뭐든지 자기 방식대로 하는 유별난 사람이었지요. 사랑 때문에 정신이 나가서, 자기 머리가 둘이라고 착각했지 뭡니까. 하나는 치체로의 머리라고 주장했습니다. 또 다른 하나는 이마 꼭대기부터 입까지는 데모스테네스의 머리, 입부터 턱까지는 브로엄 경의 머리가 복합되었다고 생각했지요. 그 말이 틀릴 수도 있습니다만⋯⋯ . 하지만 그는 자기가 옳다는 사실을 당신에게 설득시킬 수 있었을 겁니다. 그는 대단한 화술을 가진 사람이었으니까요. 웅변술에 대단히 열성을 보이는 데다, 자신을 과시하지 않고는 견디지 못하는 사람이었죠. 예를 들어서, 그는 저녁 식탁 위에 뛰어오르기도 했습니다. 이렇게요! 그리고……"

이때 옆에 있던 친구가 그의 어깨에 손을 얹으며 귓속말로 무엇인가를 속삭였다. 그 순간 그는 말을 멈추더니 의자에 도로 주저앉았다. 그러자 귓속말을 하던 친구가 말했다.

"네모난 팽이 불라르란 사람도 있었습니다. 그 사람을 네모난 팽이라고 부르는 건…… 사실 전적으로 비이성적이거나 변덕스럽지는 않았지만, 자신이 팽이로 변했다는 익살스러운 생각에 사로잡혀 있었기 때문입니다. 그가 핑핑 도는 것을 보았다면 당신도 분명 웃음을 터뜨렸을 겁니다. 그는 몇 시간이고 한쪽 발끝으로 서서 돌곤 했는데요, 이런 식으로 말입니다……. 이렇게……."

그때 막 귓속말 때문에 말을 끊었던 친구가 똑같은 짓을 해 보였다. 그러자 한 늙은 여자가 목소리를 잔뜩 높여 외쳤다.

"그렇지만 말예요, 당신이 말하는 불라르 씨는 미친 사람이었어요. 기껏해야 멍청한 광인에 지나지 않았다구요. 한 가지

여쭈어 보겠는데, 인간 팽이에 대해서 들어 보신 적이라도 있나요? 그건 정말 어처구니없는 얘기예요. 하지만 조외스 부인은 알다시피 더 이성적인 사람이었죠. 그녀에게는 별난 생각이 하나 있었지만, 그건 지극히 상식적인 것이어서 그녀를 아는 모든 사람들에게 즐거움을 주었지요. 그녀는 심사숙고한 뒤, 어떤 우연에 의해 자신이 닭으로 변했는지 알아냈답니다. 그렇지만 그녀는 말씀드린 대로 상식적으로 행동했어요. 그녀는 아주 멋지게 날개를 펄럭였어요. 이렇게…… 이렇게……. 그리고 울음소리도 정말 맛깔스러웠죠. 꼬꼬댁…… 꼭꼭꼭! 꼬꼬댁…… 꼭꼭꼭! 꼬꼬댁…… 꼬꼬꼬꼬꼭."

"조외스 부인, 예의를 갖춰 주시기 바랍니다! 숙녀답게 행동하든지, 아니면 당장 식탁을 떠나든지 맘대로 하시오."

갑자기 메이야르 씨가 화를 내며 말을 막았다.

그 부인은 — 그녀가 방금 묘사한 조외스 부인에 대한 이야기를 듣고 나서, 그녀 자신이 곧바로 조외스 부인으로 불려지는 것에 나는 몹시 놀랐다. — 귀밑까지 얼굴을 붉히면서, 책망 받은 사실에 몹시 무안해하는 듯했다. 그녀는 고개를 푹 숙인 채 한마디 대답도 하지 않았다.

그러자 다른 젊은 여인이 그 주제를 다시 시작했다. 바로 응접실에서 본 아름다운 숙녀였다.

"오, 조외스 부인은 바보였어요! 하지만 유제니 살사펫은 대단히 건전한 생각을 가지고 있었죠. 그녀는 정말 아름답고 고상해 보이는 숙녀였는데, 보통의 옷 입는 방식이 격에 맞지 않는다고 생각했어요. 언제나 옷을 안쪽이 밖으로 나오도록 뒤집어 입고 싶어 했죠. 그건 아주 쉬운 일이죠. 이렇게…… 그리고 이렇게, 이렇게……. 그리고 이렇게……."

"맙소사! 살사펫 양!"

이때 열 사람이 넘는 목소리가 동시에 소리쳤다.

"뭐 하는 거요? 참으시오! 그걸로 충분해요. 우리는 어떻게 하는 것인지 아주 똑똑히 알고 있소! 참아요! 참아!"

그리고 몇 명의 사람들은 그녀가 메디치의 비너스로 가장하는 것을 막기 위해 벌써 의자에서 일어나고 있었다. 그때 성채의 주 건물 어딘가에서 커다란 비명 소리가 들려오는 바람에, 이 소동은 아주 효과적이면서 절정에 달했다.

내 신경은 그 외침 소리에 몹시 자극되었다. 그리고 자리에 앉은 모든 사람들을 나는 진심으로 동정했다. 나는 이성적인 사람들이 이렇게 공포에 질려 있는 모습을 생전 본 적이 없었다. 그들은 시체처럼 창백해져 갔다. 의자 속으로 몸을 잔뜩 움츠린 채 횡설수설하며 반복되는 비명 소리에 귀를 기울이고 있었다.

다시 비명 소리가 들렸다. 더 커지고 가까워진 듯했다. 그리고 세 번째는 매우 컸고, 네 번째가 되자 기세가 분명히 수그러들었다. 소음이 확실하게 줄어들자 모인 사람들의 활기는 즉시 되살아났고, 이전처럼 일화 이야기들로 가득 찼다. 나는 이제 감히 끼어들 구실만 찾고 있었다.

메이야르 씨가 말했다.

"그저 바가텔 같은 당구 놀이이군. 우린 이런 것들에 익숙해서 그다지 신경을 쓰지 않는다네. 광인들은 종종 연주회처럼 환호성을 지르며 일어나곤 하거든. 한 사람이 일어나면 또 한 사람……. 마치 밤에 개떼가 그러는 것처럼. 하지만 이런 고함 협주 이후에 일제히 도망치려는 경우도 종종 있지. 물론 이럴 땐 약간의 위험을 각오해야 하네."

"감독하는 사람은 얼마나 됩니까?"

"현재로선 전부 해서 열 명 이상은 아니네."

"주로 여성들이겠지요?"

"그렇지 않네. 모두 남자이고, 덩치 좋은 사람들이라고 할 수 있지."

"그렇군요! 전 언제나 광인의 대다수가 연약한 여성이라 생각해 왔는데요."

"보통은 그렇지만 늘 그렇지는 않다네. 얼마 전에는 여기에 스물일곱 명 정도의 환자가 있었는데 그중 열여덟 명이 여자였지. 하지만 최근에는 보다시피 상황이 많이 바뀌었다네."

"그렇죠. 많이 바뀌었죠. 당신도 보다시피."

라플라스 부인의 정강이를 걷어찼던 신사가 끼어들었다.

"그렇죠. 많이 바뀌었죠. 당신도 보다시피!"

앉아 있던 사람들 전부가 소리쳤다.

"모두 입을 다무시오!"

메이야르 씨가 무섭게 화를 내며 말했다. 그러자 거의 1분 동안 좌중은 죽은 듯이 침묵을 지켰다. 한 숙녀는 메이야르 씨의 말에 따르느라고 지독히도 기다란 혀를 내밀고는 연회가 끝날 때까지 양손으로 쥐고 있었다('입 다물다'로 해석되는 'hold a tongue'을 문자 그대로 해석하면 '혀를 쥐다'라는 뜻이다).

나는 메이야르 씨에게 몸을 기울여 속삭이듯 말했다.

"이 숙녀분은, 방금 말씀하신 이 훌륭한 숙녀분 말입니다. 꼬꼬댁 꼭꼭꼭 소리를 들려주신…… 그분은 제 생각으로는 그다지 해가 되지 않을 분입니다. 그다지 말입니다."

"해가 되지 않다니! 도대체 무슨 말을 하려는 건가?"

메이야르 씨는 전혀 놀라움을 감추지 않고 외쳤다. 나는 머리를 긁적이며 말했다.

"그저 약간만 이상해진 분이지요? 저는 이분이 특별히…… 위험하지는 않은 분이라고 생각하고 있는데요. 그렇습니까?"

"맙소사! 대체 뭘 상상하는 건가? 이 숙녀분, 조외스 부인은 내 특별한 친구로서 나처럼 극히 정상적인 분이네. 약간 괴벽은 있지만, 나이 든 부인네들은 모두가 다소 괴벽이 있기 마련이지."

"물론입니다. 물론 그렇지요. 그렇다면 다른 신사분들과 숙녀분들도 모두……."

메이야르 씨는 위엄 있게 몸을 세우며 내 말을 중단시켰다.

"모두 내 친구이자 관리인들이지. 아주 좋은 친구이자 조수들이고."

"뭐라구요! 모두 말입니까? 그 여자분과 모두 말입니까?"

나는 어이없다는 투로 물었다.

"분명히 그렇다네. 우리는 여자들 없이는 아무것도 할 수 없네. 여자들은 세상에서 가장 훌륭한 광인 간호사들이지. 그들은 저마다 자기만의 방식을 가지고 있네. 여자들의 빛나는 눈동자는 놀라운 효과를 발휘하네. 뱀의 매혹 같은 것이지."

"물론입니다. 물론 그렇죠. 하지만 저 사람들은 약간 이상하게 행동하지 않습니까? 그렇게 생각하지 않으시는지요?"

"이상하다! 별나다! 왜 그렇게 생각하는가? 여기 남쪽 지방에서는 그다지 점잔을 빼지 않네. 우리 좋을 대로 하지. 인생을 즐기고, 뭐 그런 일들 말이야. 젊은이도 알다시피……."

"물론입니다. 물론 그렇죠."

"그리고 아마 이 부조 산 포도주가 약간 취하게 하는 술이지. 조금 세지. 이해하겠는가?"

"물론입니다. 그런데 그 명성 있는 진정 체계 대신에 당신이 실행했던 체계가 아주 엄격했다는 말씀입니까?"

"절대 그런 건 아니네. 우리의 격리 수용은 필요한 만큼 엄격하네. 하지만 의학적 치료는 다른 방법보다 환자에게 맞는 편이네."

"새로운 체계는 당신이 직접 만든 것입니까?"

"전적으로 그렇지는 않네. 어떤 부분은 아마 젊은이도 틀림없이 들어 봤을 사람이지만, 타르 교수의 논문에서 따 왔네. 그리고 다시 몇 가지 수정을 거쳤는데, 자네도 영광스럽게 가까이 알고 지냈을 저 저명한 페더 교수의 생각에서 왔다고 기꺼이 인정하겠네."

"말씀드리기 정말 부끄럽습니다만, 두 분 신사의 이름은 한 번도 들어 본 적이 없습니다."

내가 이렇게 대답하자, 메이야르 씨는 의자를 갑자기 뒤로 밀치고서 손을 치켜들며 소리쳤다.

"맙소사! 내가 분명 젊은이의 말을 잘못 들었을 테지! 정말 그렇단 말인가? 박식한 타르 박사와 저명한 페더 교수, 두 분 다 한 번도 들어 보지 못했단 말인가?"

"제 무지를 인정하지 않을 수 없지만, 진실은 무엇보다도 신성한 것이어야 합니다. 뛰어난 두 분의 저서를 모르고 있었다니 스스로가 먼지처럼 보잘것없이 느껴집니다. 곧장 그분들의 글을 찾아서 주의를 기울여 정독하겠습니다. 메이야르 씨, 당신은 정말…… 제 자신을 부끄럽게 만드셨습니다."

나는 말했다. 그리고 그것은 사실이었다.

그는 내 손을 가볍게 잡으며 친절하게 말하기 시작했다.

"젊은이, 이제 말은 그만하고 백포도주나 한잔 같이 들지."

우리는 포도주를 마셨다. 모인 사람들은 우리를 따라 아낌없이 술을 들었다. 그들은 잡담했고, 농담했고, 웃었고, 수천 가지 어리석은 짓들을 했다. 바이올린은 날카롭게 울려 댔고,

북은 둥둥거렸고, 트럼본은 팔라리스의 놋쇠 황소처럼 울부짖었다. 술기운이 점점 높아짐에 따라 연회 전체는 점점 악화일로를 치닫다가 마침내 아수라장으로 변했다.

그동안 메이야르 씨와 나는 백포도주와 부조 포도주 몇 병을 사이에 두고 목소리를 최대한 높여 대화를 계속했다. 보통 크기의 목소리로 내는 말 한마디는 나이아가라 폭포 바닥에서 물고기 한 마리가 외치는 것보다 들릴 가능성이 희박했다.

나는 메이야르 씨의 귀에다 대고 소리쳤다.

"저, 저녁 식사 전에 예전의 진정 체계에서 일어날 수 있는 위험에 대해서 언급하셨지요. 어떤 것입니까?"

"아, 때때로 아주 커다란 위험이 있네. 광인의 변덕은 설명될 수 없으니까. 내 의견은 타르 박사와 페더 교수의 의견처럼, 광인들을 감독 없는 상태로 돌아다니게 허락하는 것은 절대 안전하지 않다는 것이네. 우선 광인을 말 그대로 진정시켜야 하겠지만, 다루는 것이 쉽지 않다네. 그 교활함도 대단하고 말이야. 그들은 뭔가 숨은 계획이 있다면 놀라운 지혜로 감추어 두네. 때문에 능숙하게 이성을 가장할 수 있는 환자의 능력은 형이상학자들의 정신 연구에 있어 아주 독특한 문제가 될 수 있지. 광인이 완벽하게 정상적으로 보일 때, 그때가 바로 그에게 환자복을 입힐 최적기라네."

"광인의 집을 직접 감독했던 경험에 비추어, 광인에게 자유를 주는 것이 위험하다고 생각하게 된 실질적인 이유가 있습니까?"

"여기에서? 나 자신의 경험으로 보아 말인가? 음, 그렇다고 할 수 있네. 예를 들어 보지. 그다지 오래전도 아닌데, 바로 이 병원에서 기묘한 상황이 벌어진 적이 있었네. 알다시피 진정 체계가 적용되고 있었기 때문에 환자들은 자유로운 상태였지. 환자들은 눈에 띄게 잘해 나갔네. 특별히 그랬지. 생각이 있는 사람이라면 그들이 눈에 띄게 잘해 나간다는 바로 그 사실에서, 무언가 그들이 악마적인 계획을 꾸미고 있다는 것을 알았어야 했네. 어느 화창한 아침, 관리인들은 느닷없이 손과 발이 묶인 채 감방에 던져졌네. 바로 그들이 광인인 것처럼 광인들에게 감독받았단 말이네. 관리인 사무실을 탈취한 광인들에 의해서 말이네."

"그럴 리가요! 그런 말도 안 되는 일은 생전 처음 듣습니다."

"사실이네. 그 모든 게 어느 멍청한 광인에 의해 일어났네. 그놈은 전혀 들어 본 적 없는 정부 체계, 즉 광인의 정부를 만들겠다는 망상에 사로잡혀 있었네. 추측하건대, 그는 자기 생각을 시도해 보고 싶어 했던 것 같네. 그래서 그는 환자들을 설득해서 그들을 지배하는 권력을 전복하려는 음모에 가담하게 한 것이지."

"그런데 정말 성공했습니까?"

"물론이지. 관리인과 관리당하는 측이 곧 자리를 바꾸게 되었지. 광인들이 풀려난 데 반해, 관리인들은 즉시 감방에 갇혀 기사도적인 예의로 취급받았지. 그러고 보면 그렇게 정확히 반대로 된 것은 아니군."

"그렇지만 곧 반혁명이 일어났을 것으로 생각되는데요. 그런 상황이 오랫동안 지속되었을 리가 없습니다. 이웃사람들, 보호소를 보러 오는 방문객들…… 그런 사람들이 경고를 보냈을 텐데요."

"젊은이는 그 점에서 틀렸네. 그러기에는 폭동 대장이 너무 영악했지. 그는 어떤 방문객의 출입도 허용하지 않았네. 예외가 있었는데, 멍청하게 생긴 한 사내를 들어오게 한 것이지. 그 사내를 두려워할 이유는 전혀 없었네. 그는 사내를 안으로 들여서 이곳저곳 구경시켜 주었는데, 그와 즐거운 시간을 보내기 위해서였지. 실컷 속여먹고 나서 대장은 그를 내보냈네."

"그러면 얼마나 오랫동안 그 광인이 지배했습니까?"

"아, 긴 시간이었네. 틀림없이 한 달…… 아니, 얼마나 더 오래갔는지는 정확히 모르겠네. 한동안 광인들은 정말 즐거운 시절을 보냈지. 그건 분명해. 그들은 누더기 옷을 벗어 버리고 가족의 옷과 보석을 마음껏 썼다네. 이 성채의 창고엔 술이 가득 보관되어 있었지. 그 광인들이 어떻게 마셔 없앴는지는 아마 악마밖에 모를 걸세. 그들은 아주 행복하게 지냈다고 말할 수 있네."

"그럼 폭동 대장이 시행했다는 그 특별한 치료법이라는 것은 무엇이었습니까?"

"음, 그거라면 광인이 꼭 바보는 아니라는 것이네. 그 광인의 치료법이 이전 것보다 훨씬 나았다는 게 사실 내 정직한 의견이네. 그것은 아주 독보적인 치료법이었네. 단순하고, 깔끔하고, 아무 문제도 없고, 사실 아주 즐겁고, 그리고……."

이때 일련의 외침 소리가 들려와 메이야르 씨의 말이 중단되었는데, 바로 직전에 우리의 비위를 거스르게 했던 외침 소리와 같은 성질의 것이었다.

그러나 이번에는 급속도로 다가오는 것 같은 느낌이 들었다. 나는 외쳤다.

"오, 세상에! 틀림없이 광인들이 풀려난 것입니다."

"정말 그런 것 같군."

몹시 창백해진 메이야르 씨가 대답했다. 그가 말을 채 끝내기도 전에 고함과 저주의 소리들이 창문 아래쪽에서 들려왔다. 그리고 바로 다음 순간, 바깥에 있는 몇몇 사람들이 방 안으로 들어오려 하는 것이 분명했다. 큰 망치로 문을 부수고 있었고, 무서운 기세로 덧문을 비틀어 흔들어 댔다.

경악스러운 혼란의 장면이 뒤를 이었다. 메이야르 씨는 놀랍게도 장식장 아래로 몸을 내던졌다. 나는 그가 좀 더 단호하리라 예상했었다. 마지막 15분 동안 오케스트라 연주자들은 의무를 다하는 데 지나치게 몰입해 있었다. 그러다가 갑자기 벌떡 일어나더니 자신들의 식탁을 온통 어지럽히며 '양키 두들'을 하나의 음으로, 비록 음정은 맞지 않았지만 초인적인 에너지로 처음부터 끝까지 연주하기 시작했다.

그때 식탁 위에 뛰어오르는 것을 애써 자제하고 있던 신사가 만찬 식탁 위에 놓인 술병과 잔 사이로 펄쩍 뛰어올랐다. 그리고는 식탁 위에 안전히 자리를 잡자마자 연설을 시작했는데, 무슨 소리인지 들을 수만 있었다면 의심할 바 없이 대단한 연설이었을 것이다.

바로 그 순간, 팽이 이야기를 하던 남자가 굉장한 힘으로 두 팔을 몸에서 직각으로 뻗은 채 방 주위를 빙빙 돌기 시작했다. 그는 사실상 팽이와 같은 몸짓으로 그가 가는 길에 방해되는 모든 사람을 속속들이 때려눕혀 버렸다.

큰 소리를 내며 샴페인이 터지는 소리를 듣고, 나는 그것이 식사 중에 섬세한 연기를 해 보였던 사람에게서 나오는 소리라는 것을 알 수 있었다.

그리고 다시, 그 개구리 사나이가 자기 영혼의 구원은 마치 그가 내는 모든 음에 달려 있다는 듯이 개굴거리기 시작했다. 그리고 이 모든 것들 한가운데서, 끊임없이 시끄럽게 구는 당나귀의 소리가 모든 소리를 누르고 솟아올랐다.

조외스 부인으로 말하자면, 나는 그 불쌍한 여자를 위해서 울 수도 있을 터였다. 그녀는 지독히 혼란스러워 보였다. 그러나 그녀는 방 한쪽 구석 벽난로 옆에 서서 목소리를 최대한 높여 끊임없이 "꼬꼬댁…… 꼭꼭꼭꼭!" 하고 울 뿐이었다.

그리고 소동은 클라이맥스에 달했다. 연극의 파국이었다. 고함 소리와 이러저러한 외침과 꼬꼬댁 소리 외에는, 바깥에서 침입하는 사람들에 대해 어떤 저항도 하지 않았다.

그 사이에 열 개의 창문이 급속히 그리고 거의 동시에 부서지며 열렸다.

나는 그 광경을 바라보며 느꼈던 놀라움과 두려움을 절대 잊지 못할 것이다. 침입자들은 창문을 통해 훌쩍 뛰어들어 왔다. 그들은 발을 구르며 엉망진창으로 울부짖었고, 곧 우리를 향해 몰려들어 왔다.

나는 끔찍하게 얻어맞았다. 그 후 소파 아래로 굴러 들어가 꼼짝도 못 하고 누워 있었다. 나는 15 분 정도 거기 누워 있으면서, 그동안 방 안에서 일어나는 일에 귀를 바싹 기울였다. 그리고 결국 이 비극의 만족스러운 결말을 보게 되었다.

메이야르 씨는 동료에게 폭동을 일으키자고 충동질한 광인의 이야기를 내게 해 주었는데, 아마도 자신의 공적에 대해 이야기했던 듯하다. 이 신사는 2년인가 3년쯤 전에는 실제 이 병원의 감독이었으나, 그 자신도 미쳐 가면서 환자가 되었던 것이다. 나를 소개시켜 주었던 여행 동료는 이 같은 사실은 모르고 있었던 것 같다.

폭동 당시, 10명의 관리인들은 꼼짝 못하고 제압당할 수밖에 없었다. 그들은 온몸에 타르가 칠해지고 꼼꼼히 페더(깃털)가 묻혀져서 지하 감방에 감금당했다. 한 달 이상 갇혀 있는 동안, 메이야르 씨는 친절하게도 그들에게 '광인 치료법'을 구성하는 타르와 깃털(가공의 인물에 타르(tarr)와 깃털(feather)이란 이름을 붙임으로써, 모든 것이 광인의 머리에서 나온 장난임을 암시하고 있다)뿐 아니라 빵과 물도 풍부하게 허락해 주었다. 물은 매일 그들 머리 위로 펌프질해 주었다. 그러나가 마침내 한 관리인이 하수구로 도망쳐서 나머지 동료들에게 자유를 주게 된 것이었다.

그로써 메이야르 씨의 체계는 막을 내렸으며, 성채에서는 다시 대폭 수정된 진정 체계가 적용되었다. 그러나 나는 자신의 치료법이 여러 치료법 가운데 가장 훌륭한 것이라는 메이야르 씨의 의견에 동의하지 않을 수 없다. 그가 적절히 관찰한 바에 의하면, 그것은 '단순하고 깔끔하고 아무 문제도 없었던' 것이다.

한 가지 덧붙일 것은, 타르 박사와 페더 교수의 저술을 찾아 유럽의 모든 도서관을 다 뒤졌지만 이날까지 복사본 하나도 얻지 못했다는 것이다.

**작가 세계:
포의 내면, 문학으로 남다**

 에드거 앨런 포는 미국 문학사뿐만 아니라 전 세계 문학사에 있어서 독보적인 위치를 차지하는 작가이다. 그는 생애의 대부분을 빈곤과 불운, 상실과 정신적 고통 속에서 보냈지만, 그 고통은 오히려 그의 문학적 상상력을 비상하게 만들었다. 고딕 문학의 대표자이자 현대 단편소설의 선구자, 추리소설 장르의 창시자, 심리학적 공포와 초현실의 경계선을 탐사한 실험가로서, 포는 장르 문학과 순수 문학의 경계를 넘나들며 후대의 문학, 철학, 과학, 심리학에 이르기까지 지대한 영향을 끼쳤다.

포는 1809년 미국 보스턴에서 태어났다. 배우였던 부모는 그가 세 살 되던 해에 차례로 사망했고, 포는 리치먼드의 담배 상인 존 앨런 가정에 입양되다시피 하여 자랐다. 그러나 앨런 가문과의 관계는 평탄치 않았다. 부유한 상인이었던 양부 존 앨런은 포의 문학적 재능에 무관심했고, 재정적 지원도 제한적이었다. 그 결과 포는 버지니아 대학교에서 중도 퇴학하고, 이후에도 생계를 위해 군에 입대하거나 문학 잡지에 기고하며 생활고와 싸워야 했다. 포의 삶은 줄곧 상실의 연속이었다. 친어머니, 양어머니, 사랑했던 아내 버지니아까지 모두 병으로 잃었고, 그의 내면은 깊은 슬픔과 고독으로 물들었다. 이 내면의 비극은 『어셔가의 몰락』, 『검은 고양이』, 『타르 박사와 페더 교수의 광인 치료법』과 같은 작품 속에서 고스란히 반영되었다.

포는 종래의 낭만주의 문학이 다루지 않았던 영역-죽음, 광기, 환각, 무의식, 범죄, 죄책감-을 정교하게 문학 형식 안에 구성한 인물이다. 그는 단편소설이라는 문학 형식을 집중적으로 발전시킨 최초의 작가 중 하나로, 이야기의 구조적 긴밀함과 플롯의 치밀함을 강조했다. 특히 "단편은 한 번의 앉은자리에서 읽히고, 단 하나의 정서를 집중적으로 전달해야 한다"고 주장한 그의 문학 이론은 후대 작가들에게 지대한 영향을 주었다.

그의 대표작인 「모르그가의 살인」(1841)은 현대 추리소설의 시초로 평가된다. 이 작품에서 포는 치밀한 분석력과 관찰력, 그리고 논리적 추론으로 범죄를 해결하는 '탐정'이라는 새로운 문학적 인물을 창조했다. 이 인물, 오귀스트 뒤팽은 후에 아서 코난 도일의 셜록 홈즈, 애거서 크리스티의 에르퀼 푸아로의 원형으로 자리잡는다. 그는 추리소설을 통해 인간 이성의 힘을 드러내면서도 동시에 그 이면의 비이성적 요소를 파고들었다는 점에서, 단순한 장르 작가가 아닌 '인간 인식의 경계'를 시험한 실험가로 볼 수 있다.

포의 작품 세계는 초기 정신분석학자들에게도 깊은 관심의 대상이 되었다. 프로이트는 포를 "무의식적 욕망과 죄책감의 심리 구조를 문학적으로 표현한 작가"로 평가했으며, 라캉과 보들레르, 바슐라르 같은 프랑스 이론가들 또한 포의 심리적 구조에 주목했다. 「검은 고양이」나 「고자질하는 심장」에서 드러나는 자아 분열과 자기 고백, 환청과 환영은 근대 심리학의 핵심 개념들을 예감하는 듯하다. 그는 인간 내면에 숨은 파괴 충동, 억압된 욕망, 공포의 구조를 파헤치며 당대의 낭만주의적 자아상과는 전혀 다른 어두운 인간상을 구축했다. 이 같은 내면 심리의 묘사는 근대 문학이 '의식의 흐름'이나 '무의식의 세계'로 진입하는 계기를 마련했다고 평가된다. 포는 단순한 이야기꾼이 아니었다. 그는 문학과 과학, 철학

사이의 경계를 넘나드는 사유를 펼쳤다. 대표적인 예가 그의 후기 산문시 『유레카(Eureka)』(1848)이다. 이 작품에서 그는 빅뱅이론을 예견하듯 "모든 원자가 하나의 점으로부터 확산되었으며, 결국 다시 수축되어 그 짐으로 돌아갈 것"이라 주장했다. 현대물리학자들이 이를 "문학이 예언한 우주론"이라며 주목했을 정도다. 또한 포의 작품은 이후 기호학자들에게도 해석의 소재가 되었다. 로맹 자콥슨, 움베르토 에코, 줄리아 크리스테바 등은 그의 작품에서 반복되는 상징, 부호, 언어 구조를 분석하며 현대 기호학의 문학적 사례로 제시했다. 포는 "독자와의 숨은 계약"을 구조 속에 내포함으로써, 언어가 단순한 소통의 수단이 아니라 의미를 생성하는 기호 체계임을 작품 자체로 증명해낸 것이다.

그는 시와 산문, 극, 장르 소설에 대해 엄격한 기준을 제시하며 당대 문학계를 주도한 비평가이기도 했다. 『시 작법에 대하여(The Philosophy of Composition)』에서 그는 시는 감정을 자극하기보다 '미(美)의 효과'를 전달해야 한다고 주장했다. 대표시 「까마귀(The Raven)」는 이러한 이론을 가장 성공적으로 구현한 작품으로, 반복 구조와 음률, 이미지의 연쇄를 통해 비극적 정조를 극대화한다. 그의 생애 말기는 더없이 비극적이었다. 아내 버지니아가 1847년 결핵으로 세상을 떠난 뒤 포는 정신적으로 심각한 충격을 입었다. 우울증과 환각, 알코올 중독에 시달리며 여러 도시를 떠돌던 그는 1849년, 볼티모어에서 의식을 잃은 채 발견되었고, 며칠 후 병원에서 생을 마감했다. 그의 죽음은 여전히 명확하게 밝혀지지 않았으며, 사인을 둘러싼 수수께끼는 포 자신이 남긴 문학만큼이나 기이하고 미스터리하다. 포의 문학은 유럽과 아시아, 남미의 수많은 문학가들에게도 영향을 주었다. 프랑스의 상징주의 시인 샤를 보들레르는 포를 "20세기 문학의 예언자"로 찬미하며 그의 작품을 번역·보급했으며, 말라르메, 발레리, 도스토옙스키, 나보코프, 나쓰메 소세키, 에도가와 란포에 이르기까지 포의 영향은 국경을 넘었다. 그의 작품은 영화, 음악, 미술, 공연예술 등에서도 꾸준히 재해석되고 있다. 할리우드의 호러 영화 감독들은 물론, 알프레드 히치콕이나 팀 버튼과 같은 연출가들도 포의 상상력을 적극 차용했고, 록과 메탈 음악의 시각 이미지, 가사 속에도 포의 상징은 살아 숨 쉰다.

오늘날 포는 교육현장에서도 빠짐없이 다뤄지는 인물이다. 단지 '무서운 이야기'를 쓴 작가가 아니라, 인간 존재의 경계를 탐색하고, 언어와 의미, 상징과 무의식의 작동 방식을 실험한 사상가로서 그는 문학을 넘어서 다시 읽히고 있다. 디지털 시대의 독자들에게조차 포의 서사는 낡지 않다. 그는 고전의 깊이와 현대적 긴장, 상징과 혼돈, 그리고 인간적 절규를 동시에 품고 있는 예외적 작가다.

에드거 앨런 포는 '공포'의 작가인 동시에 '형식과 의미의 실험실'을 연 과학적 상상력의 소유자이며, 인간 존재의 가장 심연을 통찰한 문학적 연금술사이다. 그는 고전과 근대를 잇는 문학사의 전환점에서, 인간 내면의 깊이와 우주적 사유의 끝을 동시에 응시한 작가로 남아 있다. 에드거 앨런 포는 단지 창작자일 뿐 아니라, 당대 문학 생태계를 이끌었던 적극적인 편집자이자 출판 기획자이기도 했다. 그는 여러 문학 잡지의 편집장으로 일하며 동시대 작가들의 글을 가려내고, 작품의 수준을 끌어올리는 데 기여했다. 특히 『서던 리터러리 메신저』(Southern Literary Messenger)와 『브로드웨이 저널』(Broadway Journal)에서 활동하며 문학 편집의 새로운 기준을 제시했고, 당대 미국 문학의 질적 성장에 실질적인 영향을 주었다. 그러나 이 과정에서 동료 작가들과 충돌도 잦았고, 그의 직설적인 비평 어조는 많은 논란을 낳았다. 포는 동시대 작가들을 향한 날카로운 비평으로도 악명이 높았다. 특히 헨리 워즈워스 롱펠로우(Henry Wadsworth Longfellow)를 향한 '표절' 비난은 문학계의 큰 논쟁을 불러일으켰다.

그는 문학이 도덕적 설교나 단순한 감상에 머물러서는 안 된다고 주장하며, 엄격한 형식과 예술적 정교함을 강조했다. 이는 낭만주의적 감상과 도덕성을 중시하던 미국 문단의 주류와 갈등을 빚는 배경이 되었지만, 결과적으로 미국 문학의 자율성과 비평 문화를 강화하는 계기가 되었다.

그는 미국이라는 신생 문학 공간에서 '문학이란 무엇인가'를 끊임없이 되물은 작가였다. 당대의 미국 작가들이 유럽 문학의 영향력 아래 모방적 서사에 머물렀다면, 포는 미국만의 정체성을 갖춘 문학 형식을 창조하려는 야심을 지녔다. 고딕이라는 유럽 전통을 차용하되, 그것을 미국적 심리와 사회 환경에 맞게 변형한 그의 문체는 이후 낯설고 독창적인 미국 문학의 뿌리가 되었다. 윌리엄 포크너, 허먼 멜빌, 나다니엘 호손 등 미국 문학사의 거장들 또한 포의 문체 실험과 내면 탐구에서 영향을 받았음을 인정한 바 있다.

사후 수십 년 동안 포의 명성은 오히려 더 크게 확산되었다. 그의 작품은 20세기 중반 이후 대학 커리큘럼에 포함되며 문학적 정전을 형성했고, 전 세계 수많은 언어로 번역되어 각국 문학의 흐름에도 유입되었다. 특히 포의 '분석적 사고를 통한 이야기 구성', '심리적 불안정성의 서사화', '장르 파괴와 융합'의 문학 기법은 이후의 모더니

즘, 포스트모더니즘 문학, 심지어 사이버펑크 소설과 같은 현대 서사 장르에도 지속적으로 영향을 미쳤다. 최근에는 그의 작품이 디지털 환경에서 인터랙티브 콘텐츠로 재구성되며 새로운 독자층과의 접점을 만들어가고 있다.

이처럼 에드거 앨런 포는 단지 과거의 작가가 아니다. 그는 문학의 형식을 실험하고, 인간 존재의 심연을 탐사하며, 새로운 이야기 방식과 감각을 제시한 개척자였다. 지금도 세계 각국의 젊은 독자들은 그의 문장을 읽으며, 인간의 공포와 죄의식, 사랑과 상실, 존재의 모호함을 직면한다. 고전의 무게를 지니면서도 여전히 살아 숨 쉬는 작가. 에드거 앨런 포는 우리 시대의 독자에게도 질문을 던지고 있다.

> "당신은 진실로 인간의 마음속 어둠을 응시할 준비가 되어 있는가?"